远方遐想

刘凤池 著

国际文化出版公司

·北京·

图书在版编目（CIP）数据

远方遐想 ／ 刘凤池著. —北京：国际文化出版公
司，2022.8
ISBN 978-7-5125-1424-9

Ⅰ. ①远… Ⅱ. ①刘… Ⅲ. ①散文集-中国-当代
Ⅳ. ① I267

中国版本图书馆 CIP 数据核字（2022）第 106026 号

远方遐想

作　　者	刘凤池	
责任编辑	戴　婕	
出版发行	国际文化出版公司	
经　　销	全国新华书店	
印　　刷	天津中印联印务有限公司	
开　　本	880 毫米 ×1230 毫米	32 开
	10 印张	190 千字
版　　次	2022 年 8 月第 1 版	
	2022 年 8 月第 1 次印刷	
书　　号	ISBN 978-7-5125-1424-9	
定　　价	59.00 元	

国际文化出版公司
北京朝阳区东土城路乙 9 号　　　　　邮编：100013
总编室：（010）64270995　　　　传真：（010）64270995
销售热线：（010）64271187
传真：（010）64271187-800
E-mail：icpc@95777.sina.net

序

　　前两年我曾出了一本小书《诗与远方》，把我几十年来随手写下的一些小诗，大多是到中国和世界各地旅行时写下的，积攒到一起，暂且算作个诗文集吧。希望它如同抛入大海的一个小小的许愿瓶，在洪流中，能偶然地被与我心愿相通的人拾起，以此来分享我的见闻与感悟。但是，一来对于不熟悉格律诗词的朋友，读起来似乎费劲。二来我自己也觉得言犹未尽，特别是面对世界自然和文化遗产所蕴藏的无穷魅力，总觉得还想说点什么，如鲠在喉，不吐不快，因此，又不惜用笨拙的笔墨写了些散文，把我感受至深的那些景、那些人、那些事写下来，希望与朋友们分享，因此就有了这本散文集。

　　我年轻时就喜欢那句名言"读万卷书，行万里路"，并把它写在自己的日记本上，成了我人生践行的座右铭。

　　我对世界总是充满着好奇和梦想，世界那么大，人又是何等的渺小，"渺沧海之一粟，哀吾生之须臾"，如何以自己渺小的人生，去感受宇宙的浩瀚与无穷，如何从世界的雄奇与壮阔，去感受大自然和人类创造的美，不负人生？每个人也许都有不同的答案，但我以为，最好的办法莫过于旅行与读书。只有在旅行中，将自己置身于大漠的星空，伟岸的高山，苍茫的大海，你才会深切地体验到世界的美妙与多彩，只有博览群书，你才会更广更深地了解世界、了解人类，与古往今来，各色各样人的思想、感情和灵魂对话。一句话，只有通过旅行和读书，才能把我们从一个"小我"，融入"大我"之中，把我们从单调、孤寂的生活带入无比绚丽的世界，让我们活出有趣的人生，拓展生命的宽度和长度。

有人对我说："你走了世界那么多的地方，不觉得世界上的很多地方都大同小异吗？比如西方世界的教堂，不是都差不多嘛，还有意思吗？"我回答说："如果你仔细观察，连两片树叶都不一样，何况是教堂呢。耶路撒冷的圣墓大教堂和伯利恒的圣诞大教堂一样吗？巴黎圣母院的大教堂和西班牙的圣家堂一样吗？如果你了解它的历史、文化特色，没有一件东西是一样的。旅行的意义不仅要探索世界不同的风景、不同的历史、不同的文化，还要从看似一样的东西中，发现它们不一样的地方和寓意。"也有人对我说："你走过世界那么多地方了，现在再到一个新的地方还会兴奋吗？"我回答道："当然！即使现在，我每到一地，都会同样地兴奋！仍旧会充满好奇、充满激情，新鲜的东西总是对我有强大的吸引力。"当我跟大自然的天地万物融为一体时，总是感到心醉神迷，非言语所能形容。

"每个人的内心深处，都有一种与生俱来的渴望，就是对远方的向往。"远方是年少时的梦，是青春的诗，更是人生的探索与足迹。远方不仅有心中的风景，更有人类悠久的历史与灿烂的文化。这本《远方遐想》散文集，不仅记录了我人生行走的部分足迹与体验，更抒发了我对世界自然与人文景观的沉思和遐想。

站在北极阿拉斯加的海上冰川前，感叹世界气候变化对地球和人类的影响（《阿拉斯加海上冰川》），行走在非洲撒哈拉大沙漠上，惊叹沙漠中生命力的顽强和三毛的潇洒（《撒哈拉沙漠》）。从法国的塞纳河、德国的莱茵河、匈牙利的多瑙河到印度的恒河，不仅有优美的风景和音乐，更有历史和文化的厚重与深思。美国科罗拉多大峡谷的苍凉、雄浑中蕴藏着印第安人的命运，墨西哥奇琴伊察金字塔内隐藏着玛雅人的玄机，贝多芬故居所感受到的《命运交响曲》的音响，西班牙巴塞罗那高迪建筑的灵魂，古罗马的遗迹和古希腊的神话……我行，我思，我想。既有对世界自然、人文、历史的感悟与哲思，又有天马行空的遐想，以及从以色列耶路撒冷到约旦死海，对人生与生死的极限思考，还有对北京胡同中度过的童年美好的回忆。

另外在本书的下篇中，增加了我近年旅行中写下的部分"诗词"，如果有兴趣与相关的散文对照着看一下，也许更有点儿意思吧！

　　旅行与读书是一个古老的命题，现在似乎演化成了一道心灵鸡汤，然而我还是时时地喜欢品尝这道鸡汤，并从中品出人生的滋味和无穷的乐趣。因此我也愿意把这道鸡汤奉献给读者，一起分享它鲜美的味道！

刘凤池

2021 年 12 月 31 日

目录

上篇　远方遐想

1

下篇 一路一诗

\ 目录 \

3

目录

上篇　远方遐想

阿拉斯加海上冰川

我曾到阿拉斯加首府朱诺，近距离观赏过著名的棉田豪冰河（Mendenhall Glacier）壮丽的景色，也曾踏上过加拿大洛基山的哥伦比亚冰原，亲身体验站在冰川上以手触摸它的神奇，并用手接了千万年的冰川融水，喝下去，冰凉到心底的奇妙感觉，但最令我视觉和心底震撼的还是，乘船到美国和加拿大交界处的阿拉斯加冰河湾国家公园，从海上观赏号称世界七大自然奇观之一的冰河入海的奇景。

2016年8月的一天，我们带上孙女和孙子乘坐荷美邮轮，开始了冰河湾之旅。我们从美国的西雅图上船，经过两天的海上航行，首先到达阿拉斯加的首府朱诺，在这里据说可以看到大量的鲸鱼，于是我们下了邮轮换乘小船，驶进一个海湾。不一会儿，果然发现远处的海面上喷起一道水花，状似喷泉，一群白色的海鸥在上面盘旋着飞翔，人道是，那就是鲸鱼要出水了，小船急速向那个方向驶去。这时就见一条鲸鱼从水面一跃而起，巨大的弧形脊背，如同一座黑色的山丘露出海面，海面上激起一大片白色的浪花，当鲸鱼身体沉入海水之后，又把它巨大的燕尾形尾鳍高举出水面，像一面高高举起的旗帜，直指青天。向导说，那是座头鲸，还有虎鲸。一会儿，忽听到两岁的孙子大喊："哇！哇！"我转到船的左舷，见到一大群鲸鱼，大约有五六只吧，在离船只有十来米的位置一同跃起，掀起一片大浪，这时能更清晰地看到它们那光滑的如巨象隆起的脊背，难怪孙子要大叫了。

看过鲸鱼，我们再登上邮轮继续航行一天，就进入了阿拉斯加冰河湾。我靠在房间阳台的栏杆上，向远处望去，可以看到远处隐约的群山。邮轮划开水面，翻起一层层白色的浪花。忽然我看到海面上出现点点的浮冰，有大有小，从船边向后漂去。一会儿，海面上的浮冰越来越多，有的大如鲸鱼，在海上划过，不过不是昨天刚见过的黑背鲸鱼，而是晶莹剔透，白中透绿的玉鲸鱼；有的又如浮在水面上的洁白天鹅、鹭鸟；有的一大片如同繁星满天坠落海上，形态各异，令人称奇。这时我想到曹操的《观沧海》"日月之行，若出其中；星汉灿烂，若出其里"。当年读此诗句时，曾笑曹操不通天文，何以想象日月星辰出自浩瀚的大海里呢？然而如若到此，却觉得他的想象恰如其分了呢！我知道这是冰川崩裂入海形成的海上冰雕，见此情此景也使我作出一首诗来：

冰崖崩落起云烟，玉鹭琼鲸浪里穿。

片片明星浮海上，碧空如海海如天。

　　我正站在阳台上想入非非，忽然听到船上的广播，似是已到达冰河入海处。于是我急忙奔出房间，直冲到船的前部甲板。一抬头猛然看到一座巨大的冰河断崖横绝在船头，似乎触手可及，令人感到震撼。向对面望去，船正对着一个峡谷，峡谷两边是两座陡峭的山峰，两座山峰之间的后面又是一个更高的山峰，直插云霄，披着雪白的银装。三山成品字形，而在中间的峡谷中，静静地流下一条宽阔的冰河，延伸入海，在海上形成一个横跨两山的巨大断崖。冰岩断崖高百十米，宽约一两千米，如同刀劈斧削过一般，峭拔，怒耸。令人惊叹的是其晶莹剔透如玉，润白中飘绿，带蓝，宛如巨大的翡翠玉带，横跨在山与海之间，又如一条身披碧玉鳞甲的蛟龙横卧在碧海上。我再看天空，翼状的云层环绕在山腰，只有中间露出一抹蓝天，如同苍天微微睁开的一只眼睛，淡淡的白光洒在冰岩上，闪着淡绿色的光。整个冰岩断崖的倒影映在碧蓝的海水中，如同一座海里的仙山，一层迷雾飘来，更增添了一分神秘的色彩。听说这里大多阴天，多迷雾，很少能见到晴天。我想也许多亏了云雾长锁住了那条玉龙吧，否则真要疑心一旦云开日出，万道霞光照射下来，那玉龙会变成金龙飞腾上天呢！

　　这巨大的玉龙令我心荡神驰。我正沉浸在想象之中，船已慢慢地离开这个冰河，忽地听到身后一声巨响，我急忙回头看去，只见冰崖上崩落下一大块冰岩，掉到海里，顿时激起一大片雪白的巨浪，一群海鸥在那浪花中翩翩起舞。我一时不知如何形容那情景，"飞花溅玉，穿云嗽雪"似乎太过小气，只有昆山玉碎、石破天惊才恰当吧！

　　冰河湾共有 18 处冰河，12 处海岸冰河地形。我们的邮轮沿着冰河湾边沿航行，时时看到形状各异的冰河从山上蜿蜒而下，有的如玉龙八百从天而降，有的如身披白盔白甲的八万天兵呼啸而下，有的如万千银骑卷地而来，有的又如白头鹰展翅腾飞……令人目不暇接，真乃天下奇观！

　　直到傍晚时分，我们才离开冰河湾。回到船舱我翻阅着有关冰河湾的资料才知道，这里的冰川是世界上除南北极以外冰原面积最大的地方，约占地球上冰川的十分之一，因其围绕在陡峭的群山中，所以只能乘邮轮或直升机到达观赏。我们首先看到的那个冰河叫马杰瑞冰河（Margerie Glacier），后面的最高山峰是海拔 4670 米的费尔韦瑟峰。冰河经长期堆挤，下滑的速度每天大约 6 尺左右，直至倾泻入海。海水边缘的那些冰川，差不多都是三四百年前从山上一尺一尺地滑行下来的，最后入海，形成高耸的冰雪墙。我们所见到的冰河大约形成于四千年前的小冰河时期，此后冰河不断向前推进，并在 1750 年时达到鼎盛，然而自此之后冰河却开始融化后退。特别是近百年来冰河加速融化，已向陆地缩退回百十千米形成了现在的冰河湾，冰川仍以每年 400 米的速度融化后退。原因主要是地球气候变暖，而地球的气候变暖主要来自人类对大自然的破坏。据 IPCC（联合国政府间气候变化专门委员会）专家预计，地球气温升高速度是极快的，在不到 100 年时间内，全球气温可能将升高到有生命以来的历史最高水平，冰盖融化将对人类产生很大的影响：南北极冰盖届时可能全部融化，全球海平面将上升 66 米；格陵兰的冰盖融化，全球海平面将上升 4~7 米；北极和青藏高原的冰也正在迅速地融化，如此一切照 IPCC 的预计，可能会在不到 100 年内发生。如没有有效的应对措施，那么世界上许多沿海地区将被海洋淹没。美国纽约只能剩下联合国大厦的楼顶，法国巴黎也许只能看到埃菲尔铁塔的塔顶，荷兰、英国等几十个低洼国家将不复存在，中国的上百座城市将成为水下的遗迹，如同希腊的亚特兰蒂斯古城。冰川的融化，带来的不只是海平面的上升，还会带来古老的病毒复活袭击人类。虽然不知上述推测是否准确，但我相信，如果人类再不加以节制，终究会走向那一天的，到时再反思还来得及吗？

我俯瞰着茫茫的大海和层层的白色波浪，心绪也开始随着翻滚，想着人与大自然的关系。美国自然保护协会主席索希尔讲过一句话："最终决定我们社会的将不仅仅在于我们创造了什么，还在于我们拒绝去破坏什么。"我想到自己年轻时曾相信"人定胜天"的豪言壮语，以为人可以战胜大自然，但现在想来，当年何等的幼稚与无知。人何必一定要与天争高下呢？和谐相处不是更好吗？大自然的春花、夏雨、冬雪、秋风难道不足够好吗？地球上的冰川、河流、高山、峡谷难道不足够美吗？还有天上的飞禽、地上的走兽，江河湖海中的鱼虾难道不足够丰饶吗？人类难道不是大自然孕育出的产物吗？为什么不能对大自然充满敬畏呢？虽然人类借助工具，现在已能观测到 100 亿光年的星球，但还没发现哪一个星球有地球这样的完美。即使人类终究有一天发现了天体中有类似生命存在的星球，也未必适合地球人类的生存，因为人是地球几百万年才孕育出的产物，只能适合在地球上生存，没有地球我们能够到其他星球上生存吗？我不相信！你信吗？人类最大的毛病是"妄想症"，而不知自己与大自然相比是何等渺小。当人类造了几座大厦就自负地认为可以"危楼高百尺，手可摘星辰"了，殊不知地球的一声咳嗽，就将百层大厦夷为平地。人类可曾意识到，我们正在遭受的瘟疫，难道不是对大自然破坏的惩罚吗？人类不过是地球上一个极其渺小的分子，地球也不过是太阳系中一个极其渺小的分子，而太阳系不过是大宇宙中一个极其渺小的分子罢了。那些自以为人类可以战胜大自然的人，如果多了解一些现代天文学的知识也许就不会这般自大了吧！

想到这儿，我再回头看去，天是阴的，心是沉的，那海上漂浮的冰块却是像冰河滴落的眼泪了！

于是有感，成绝句一首：

玉龙八百跃云山，败甲残鳞入海湾。

化作狂涛三万里，横眉欲问几时还。

撒哈拉沙漠

　　去摩洛哥旅行，令我最难忘的，不是红色之城——马拉喀什，不是时光凝固在两千年前的菲斯古都，也不是浪漫的蓝色小镇——舍夫沙万，而是撒哈拉大沙漠。

　　撒哈拉沙漠是世界上最大的沙漠，面积 906 平方千米，位于非洲北部，几乎可以装下整个美国。这里气候条件恶劣，是地球上最不适合生物生存的地方之一。撒哈拉在阿拉伯语中是空虚无物的意思，被称为生命的坟墓。但据说在这个沙漠里曾发现岩画，可知在这一望无际的沙漠里也曾有过奔腾的江河，有过我们无法知晓的人类文明，世界的陵谷巨变只能令人类敬畏和感叹！

　　2019 年 10 月的一天，我乘了汽车向沙漠大门——梅祖卡驶去。一路上都是荒凉贫瘠的荒野，眼睛已经疲劳，我正要昏昏欲睡，忽然从车窗中看过去，眼前出现一大片高低起伏的巨大沙丘，在阳光的照射下，闪耀着玫瑰色的光芒，我猛然一惊，顿时兴奋起来。我并非第一次踏足沙漠，在此之前我也曾亲历过内蒙古的库布齐沙漠、甘肃敦煌的沙漠和宁夏的沙坡头，因此我对沙漠的印象早已定格在金黄的颜色中，而这里的沙漠那耀眼的玫瑰色，确是令我眼前一亮。

我下了车，租了骆驼，这里的骆驼个头都不大，是单峰的，在当地一个小伙子的牵引下向沙漠深处行进。骑在骆驼上望过去，四面已经都是一望无际的沙漠了，如同置身沙的海洋，只有身后留下一串清晰的骆驼的足迹，和我与骆驼那修长的身影，暂时印证着我在沙漠中的痕迹。远处的沙丘连绵起伏，如同一座座光滑的玫瑰色的山脊，与蓝天连成一线。骆驼爬上一个最高的沙丘，小伙子示意我可以下来了，这时夕阳正在缓缓地向下滑去。我站在沙丘上，举目四望，可以看到不同远近和角度的沙丘，随着光线的变化，展现出不同的色彩，既有玫瑰色的，如同巨大的玫瑰堆砌而成的山丘；又有粉色的，如同大片的粉蝶在飞腾；也有金黄色的，如同一座座壮丽的金字塔巍然屹立。我弯下身，抓了一把沙子细看，那沙却是与其他地方的沙不同，颜色深得多，而且也确是玫瑰色的，难怪在阳光下那般的亮丽多彩！

这时西下的夕阳已亲吻了天边沙丘山脊的唇边，夕阳如血的鲜红，把沙漠都染成血红的颜色，如同燃烧的火焰。我赤脚站在沙地，脚下是细细的、软软的，如同踏在天鹅绒的地毯上。我情不自禁地抓起一把沙抛向天空，沙轻轻地撒在我的脸上，这时我忽地想起台湾作家三毛在她的《撒哈拉的故事》里说过的那句话"每爱你一次，天空就飘落一粒沙，从此形成了撒哈拉"，于是我想到，虽然撒哈拉沙漠是贫瘠的，很少有生命在这里存活，但荷西却能追随三毛来到撒哈拉沙漠一起生活了几年，在这里三毛与她的丈夫荷西度过了一生最美、最宁静的时光，没有时代的快节奏，没有城市的喧嚣，一起欣赏"大漠孤烟直，长河落日圆"的美景。他们的爱情是伟大的，三毛对荷西的爱情刻骨铭心。我没有三毛的勇气到沙漠中去生活，但我钦佩她对自由的渴望和追求，感叹她与荷西在荒漠中的爱，给苍凉的撒哈拉增添了一笔温馨的色彩和暖意。正因为有了三毛在撒哈拉沙漠的故事，才给荒芜的沙漠增添了人类情感的温度吧！于是在此我作了一首诗，题为《撒哈拉沙漠与三毛》：

大漠荒原万里沙，孤身极目望天涯。

无情却有真情在，试看三毛一束花。

这时我又想到撒哈拉沙漠虽然美，却不适合生命的存活，因为水是生命之源，而沙漠最缺少的就是水，但生命有时是脆弱的，有时却是异常顽强的。听说在撒哈拉沙漠有一种草，叫作"复活草"，在干旱的沙漠中会枯死掉，但即使等待几十年，甚至百年，一旦风沙把这种枯草刮到一个小水池边，它就会复活生长，真是生命的奇迹。

如果说撒哈拉沙漠在阳光下的美令人倾倒，那么撒哈拉的夜晚就更令人震撼了！这天晚上，天空清澈，我一个人独自走到沙漠的中心，卧在沙丘之上，沙似乎是细细地在我的身下流动。仰望星空，银色的月亮高悬在头上，满天的星星对着我神秘地眨着眼睛，清晰璀璨的银河在天空静静地流淌，这时整个宇宙似乎都毫无保留地呈现在我的眼前。我从来没有看到过这样广阔，这样美的夜空。我想到了自己童年时在家乡曾经看到的夜空，虽然那时天空也是清澈的，可以有"天阶夜色凉如水，卧看牵牛织女星"的清新，但境界太小，没有如此的壮阔。我又想到李贺的"大漠沙如雪，燕山月似钩"，但燕山的背景似乎也没有如此的辽阔。我的眼前忽然浮现出凡·高的名画《星月夜》的画面，那充满运动和变化的星空，天空高远，大星、小星回旋于夜空，金黄的满月形成巨大的漩涡，星云纠结、盘旋，仿佛看见时光的流逝，在浩瀚的宇宙星空之下，地球不过是一粒沙尘，人类又是何等渺小，凡·高疯狂的幻觉世界，在这里似乎变成了真实。当你凝视着那浩瀚的星空，看河汉纵横，看流星划过，什么怨恨、什么纠结、什么痛苦、什么不如意，似乎此时都化为虚无！只感到"今宵绝胜无人共，卧看星河尽意明"了。

晚上我做了一个满是星空的美梦，英国诗人布莱克说"一沙一世界"，我梦见自己变成一粒沙。

第二天早上天还没亮，我又爬上沙丘，期盼着再见到撒哈拉的日出。昨晚的星空不知何时正悄悄隐退，远处的沙丘是暗黑色的。逐渐地，天空中出现了一层鱼肚白，一抹淡蔷薇色的霞云慢慢变深，成了绚丽的玫瑰色。这时旭日从远处沙丘的脊背上露出火红的额头，闪着耀眼的光，沙丘开始一层层地变亮。慢慢地太阳终于从沙丘的脊背上一跃腾起，露出他整个脸，顿时金光四射，万里融金，把撒哈拉沙漠变成一片金黄色的波浪，起伏翻腾。我赤脚站在沙丘上，似乎此时已将这肉体和灵魂一起融化在这沙漠之中。我又想到三毛别样形容撒哈拉的词句："这种时候的沙地总使我联想起一个巨大的沉睡女人的胴体，好似还带着轻微的呼吸在起伏着，那么安详沉静而深厚的美丽真是令人沉痛地感动着。"我由此联想到被逐出伊甸园的夏娃，那"巨大的沉睡女人的胴体"，可是她正静静地躺在这里，忍受着太阳炙热的拷问，是痛苦还是欢乐？

夕阳遐想

　　与其说喜欢喷薄而起的日出，不如说我更喜欢缓缓而下的日落。

　　我常常站在自家小小的阳台上，看着夕阳把远处西山的山脊勾画出黑色的波浪，在山的头上披了金黄的、粉红的、深紫的、银白的纱巾，温暖的光和色把世间的一切，都融化在山的怀抱里，我这时就会陷入无限的遐想。

　　也许西方人更喜欢日出的景象，所以莫奈的《日出印象》才那样出名。而中国的文人则更多地描写日落的意象，大多借夕阳抒发愁绪和哀伤。无论是李山甫的"夕阳闲放一堆愁"，马致远的"夕阳西下，断肠人在天涯"，还是李商隐的"夕阳无限好，只是近黄昏"。尽管有这样多忧伤的诗句，我仍觉得夕阳是一天中最美的时光。当太阳经过了初始的灿烂和正午的炽烈，夕阳时正是浓缩了它全部精华的重演，因此我要说，夕阳是大自然最华丽的演出！

　　要真正领略夕阳之美，当然不能只是站在自家的阳台上，而是要到大自然的天地之中去。在新疆的大漠戈壁，当你看那如火球般燃烧着的夕阳，悬在白雪覆盖着的天山之巅，雪山闪着金色的光芒，映照在远处的长河之中，你才会真正地领会王维"大漠孤烟直，长河落日圆"那种雄浑壮美的意境。当你来到西藏高原，站在高山之上，天空是那般的纯净、宁静，玫瑰色的夕阳亲吻着披着白纱的陡峭高山的唇边，把它金色的柔光洒满鲜嫩的草地。一群白羊正沿着山坡在缓缓地移动，而站在羊群中的藏族牧人，那挥舞着长鞭的剪影，在夕阳映衬下，就是一幅绝妙的夕阳牧归图。如果你到大海上看夕阳，则是另一番景象，当夕阳把菲律宾长滩的大海染成一片金黄色和绛红色时，你可以驾着一叶白帆出海，朝着夕阳驶去，这时你就完全融入那夕阳之中，你站在白帆边拍风景，看风景的人在岸上拍你。我这时就会想到卞之琳的那首诗"你站在桥上看风景，看风景的人在楼上看你"，不过现在我是站在船上，别人站在岸上，夕阳装饰了我的身影，我装饰了别人的梦。然而，要欣赏最美、最浪漫的夕阳，则要到希腊的圣托里尼岛。

圣托里尼岛位于希腊的爱琴海上，是火山爆发形成的月牙形的小岛，是世界上看最美日落的圣地之一。当日落时分，从世界各地来的游人，如同朝圣般地聚集到这里，欣赏著名的"日落爱琴海"的美景。当太阳缓缓地向海平面滑去，夕阳开始演绎它最迷人的色彩，由金黄变成粉色、紫色，再变成血红。蓝色的大海拍打着礁岩激起白色的浪花，沿着黑色、白色、红色相间的陡峭火山断崖而建的伊亚小镇，完全沐浴在这美丽的夕阳之中。伊亚小镇的建筑大都是由雪白和湛蓝两种颜色组成，造型精致，形态各异，衬托在黑色断崖的背景下格外醒目和迷人。当夕阳将它那柔和的光线轻轻地洒在白色的山洞小屋，洒在蓝顶的教堂，洒在古老的希腊式风车上，给它们都披上了一层金黄的外衣，高高低低，错落有致，如同沿着黑色的断崖，洒满了金色的珍珠，熠熠生光。太阳慢慢地消失的那一瞬间，时间仿佛停止了，镇上变得宁静而安详，每个人脸上都突然带上微笑，安静地送走夕阳的最后一抹余晖，似乎都陶醉在这迷人的美景中。这时大家会情不自禁地鼓起掌来，是被这自然美景折服了吗？还是从中突然悟出了人生？但此时，夕阳的美景还没有演绎完成。当夕阳西下，天空中继续上演着精美的大片，是童话王国？是魔幻时刻？绚丽的彩霞，在碧蓝色的大海上飞舞，时而一群绛红色的汗血宝马在空中飞奔，时而几条金龙在空中狂舞，时而黑熊与白兔在嬉戏，还有鹿与美女一同出现，那可是希腊的狩猎女神阿尔忒弥斯，正驾着赤鹿车在林中奔跑？（据说阿尔忒弥斯就诞生在离此处不远的小岛上）似乎此时上天把世间的一切都在此重演！逐渐地，无垠的天空和浩瀚的大海融为一色，纯粹的蓝，干净得没有一丝杂质，这时你的身心都被融化在这纯真的梦幻中。只有沿着陡峭的断崖向上行进的一队毛驴，时而发出如驼铃般的声响，打破这静寂的天空。我凝视着山脚下海湾中的一个火山岛，如同一个巨大的黑色鳄鱼浮在海面，我的眼前又浮现出古希腊哲学家柏拉图笔下拥有高度文明的理想国——神秘的亚特兰蒂斯美景，据说三千多年前它即在此处沉没，是隐没在那个鳄鱼的巨大身躯之下吗？

　　我坐在里图斯（Lithos）夕阳景观餐厅的露天阳台上，这里是看圣托里尼岛日落最好的位置，一边喝着咖啡一边欣赏夕阳的美景，看着远处蓝顶教堂上那纯白的十字架笼罩在醉人的红晕里，我又陷入无尽的遐想。我注意到，身旁有一对老夫妇，满头银发，手挽着手，全神贯注地注视着夕阳，夕阳把他们的银发染成金色，把他们那满是皱纹的脸染成晚霞般的色彩，他们微笑得那般灿烂，虔诚的目光涌溢出欢乐，似乎已完全与夕阳融为一体了。看了那沉醉的一幕，谁不为之感动得热泪盈眶呢！阳台下面，一对年轻的情侣正互相拥抱着举起手机在自拍夕阳下的剪影。任凭时间的流逝，任凭浮世的喧嚣，这里与世无争，这里安静和谐，这里静谧温馨。一种博大的美流溢我的心头，这时我在心中自然酝酿出一首诗，题为《希腊圣托里尼岛》：

圣岛崖湾似月弦，白蓝墅舍落云边。

涛随碧海烟波起，钟入空山静气旋。

柏氏哲思遐想寄，女神狩猎玉魂牵。

风光最是斜阳好，奔马腾龙坐看天。

　　每个人的生命都如同一缕阳光，一开始是细小而微弱的，被乌云限制在窄小的空间，然后突破乌云，冲向天空，洒向广阔的世界，最后再缓缓地滑落，收起炽热的光焰，变成柔和的光线，随着夕阳演绎出最美的云霞。能够这样理解自己一生的老人，将不会因害怕死亡而痛苦，人与神与天地终将融为一体，世间的一切都将继续存在下去。即使世界不完美，但大自然却以它博大的胸怀把卑微的、受挫的、变态的全部容纳，向世界坦荡地展示自己的美！难怪有人说："为了夕阳那动人心魄的美丽，即使经历一生的痛苦也是值得的！"

　　这时我想到，百岁老人杨绛说过的那句经典："我们曾经如此渴望命运的波澜，到最后才发现，人生最曼妙的风景，竟是内心的淡定与从容。我们曾如此期盼外界的认可，到最后才知道，世界是自己的，与他人毫无关系。"人生最曼妙的风景不正是夕阳的风景吗！柳宗元曾感叹"欲采蘋花不自由"，那是因为他身心摆脱不了官场的羁绊，如果有夕阳的心态也可"欲采蘋花也自由"了。我又想到，一次同学聚会时，听一个老师和一个同学带着微笑平静地说，他们已签下遗嘱，死后把遗体捐献给医学研究。那是参透生死之后的大彻大悟，这难道不也是最美的夕阳吗？我想李商隐所以悲叹"夕阳无限好，只是近黄昏"，那是因为他那时还不知道地球是圆的，更不知地球与太阳自转和公转的科学理论，这边的夕阳难道不正是那边的旭日吗？泰戈尔说："当我们完美地认识真理时，我们才真正地懂得美，完美地认识了真理，人的目光才纯净，心灵才圣洁，才能不受阻挠地看见世界各地蕴藏的欢乐。"

这时一只蝴蝶飞到我的眼前，在夕晖中翩翩起舞，我想那可是庄周梦中的蝶吗？恍惚中我自己也变成一只蝶了。辛弃疾说："我见青山多妩媚，料青山见我应如是。情与貌，略相似。"我要说："我见夕阳多妩媚，料夕阳见我应如是。情与貌，略相似。"

科罗拉多大峡谷断想

　　我喜欢欣赏各种雕塑艺术，无论是木雕、根雕、石雕。我更喜欢欣赏伟大雕塑家的作品，曾到过意大利的佛罗伦萨，站在米开朗琪罗的雕塑前久久地凝视，也曾到法国巴黎的罗丹博物馆，观赏他伟大的雕塑作品不忍离开。但真正令我震惊的却是大自然的雕塑杰作——美国科罗拉多大峡谷，与大自然的作品相比，人类的任何作品都是极其渺小，不过是雕虫小技而已！

　　科罗拉多大峡谷是世界上著名的峡谷之一，位于亚利桑那州西北部，科罗拉多高原西南部，大峡谷全长446千米，平均宽度16千米，最深处2133米，平均深度1500米，是自然界七大奇观之一。

　　2014年6月的一天，我从拉斯维加斯乘车，经过炎热的大沙漠来到大峡谷。大峡谷主要分为南峡、北峡，属于科罗拉多大峡谷国家公园，而西峡则属于美国印第安人的专属领地。我首先来到西峡，下了车走过去不远，忽然看到在广漠的荒野上，一个浩瀚无垠、深不见底的巨大峡谷出现在眼前，令人一阵眩晕。我选择先乘了直升机，从顶部飞下大峡谷的底部，从飞机的玻璃窗可以清晰地看到大峡谷断崖的真容。直升机慢慢地沿着大峡谷陡峭的岩壁飞行，两岸都是红褐色的巨岩断层。大自然鬼斧神工的创造力，镌刻出怪石嶙峋、层峦叠嶂、千姿百态的巨幅雕塑，有如猛虎下山，有如棕熊望日，有如印第安人的头像，还有如一群赤盔金甲的武士呼啸而来，苍劲、粗狂、壮丽。在阳光的照射下，陡峭的岩壁或明或暗，时而赤如燃烧的火焰，时而深蓝如大海的波澜，时而褐色，时而金黄，如同魔幻般的变幻无常，彰显大自然的斑斓神秘。当直升机降落到谷底，再乘小船漫游在科罗拉多河上，当时从峡谷上面看到的如同一条绿色丝线的河水伸手可及了，我亲手触摸着那冰凉的河水，看着它平静地流淌，再向上仰望两岸苍茫迷幻的峭岩，无论如何都无法想象，如此温柔的细流竟是创造了这大峡谷伟大作品的雕塑师呢！正是她用那柔美、温润的纤纤玉手，用了 20 亿年的时光，日夜不息，在这荒漠的坚硬岩层上，一点一滴地雕刻出了无数的巨幅精美作品，让人震惊！给我们掌船的是一个当地的印第安人，黑褐色的皮肤，宽阔的肩膀，显得很结实，笑起来很朴实憨厚。他一边掌船，一边用生硬的几句中文说："你们是中国人？"我们回答"是的"，然后他笑道："我们都是中国人！"我们一起大笑。我不知道印第安人是否最早来自中国，至今学者们也没有定论，但我们都被他的话语打动了。大峡谷不仅有壁立千仞的雄浑，还有千回百转的通幽曲径，绿水，一线青天的侠骨柔情。我们下了船，再乘直升机飞到峡谷上方，到达老鹰岩附近。从崖岸边望过去，在大峡谷中间现出一扇面形的孤立陡岩，高深约 1200 米，如同一只巨大的展翅飞翔的雄鹰，英姿奇绝，摄人心魄。老鹰岩旁边并无任何护栏，有的人张开双臂摆出雄鹰的姿势，站在崖边摄影，据说每年都有人从此掉下去，粉身碎骨，但仍不能阻止人类向往飞行的天性。印第安人认为那老鹰是他们的保护神，但它终究没有能保护印第安人的命运。离老鹰岩不远处还有蝙蝠侠，如同一只巨大的蝙蝠悬挂在峭壁之上，顺着连接在崖边的一条脊背似的小道可攀上蝙蝠崖顶，举目四望，大峡谷四面雄姿即在脚下。看着峡谷岩壁清晰的层层岩层，那是亿万年地球的年轮，站在此处会忽然感到一种"前不见古人，后不见来者，念天地之悠悠，独怆然而涕下"的豪情。站在它的边缘，会感到一种难以名状的震撼感，所谓人类的历史、时间的流逝，在这道鸿沟面前似乎也只能归于一粒沙尘。于是我诌出一首诗来：

> 巨灵咆哮风雷动，地裂山崩入海来。
> 火漫丹崖千里阔，水击玉谷一丝裁。
> 巉岩霞蔚七云色，流瀑飞湍万壑哀。
> 世事纷争何渺渺，登临此处荡胸开。

在此我想到中美历史和文化的不同，产生中美对待自然遗产的不同认知。中国历史悠久，再加上中国人"天人合一"的思想，几千年来把对天与人的思考和认知融入大自然之中，合为一体，因此中国的名山大川无不留下历史上人的印记，亭台楼阁，题词雕琢，比比皆是；而美国人从欧洲来到这块新天地，没有欧洲封建制的束缚，在这片广阔的天地间，获得了最大的自由释放，面对整片的荒野，他们感受到原始自然的神秘博大，心灵感受到强烈的震撼，大自然的纯真、朴实造就了美国人自由、奔放的天性，因此他们完整地保留下美国的黄石国家公园、大峡谷国家公园，并不加任何人工雕琢的痕迹，甚至连大峡谷的边缘也不加护栏，他们要保留大自然纯真的美。黑格尔说"艺术美高于自然美"，难道大自然的美是艺术美可比拟的吗？

站在这里我又想到那个朴实微笑着的印第安人，美国曾是印第安人的家园，大约5000年前印第安人就生活在这里，如今在美国只有少数印第安人保留地，西峡谷就是其中的一个。据有些历史学者认为，当哥伦布1492年发现美洲新大陆时，在美国境内的印第安人总数超过1000万，到19世纪末期只剩下几十万人了。16—19世纪在美洲大陆发生过对印第安人的大屠杀，西班牙、葡萄牙、美国等国施行的一系列对印第安人的文化和种族灭绝政策，导致美洲印第安人大量减少。原生态的美洲文明被毁灭，印第安人作为人类重要人种之一，整体上被基本灭绝。对印第安人土地的掠夺，导致一系列屠杀，美国人或者说白人认为，自己的文化是文明，而印第安人的文化是野蛮落后的。到底是文明用野蛮的方法战胜了野蛮，还是先进的野蛮战胜了落后的文明？我弄不明白，但落后总是要挨打的！当我看到印第安酋长西雅图在1885年写给美国总统的一封信时，对印第安人却是起了崇敬，信中说："总统从华盛顿捎信来说，想购买我们的土地，但是，土地、天空、河流怎能出卖呢？这个想法对我们来说，真是太不可思议了。正如不能说新鲜的空气和闪光的水波仅仅属于我们而不属于别人一样，又怎么可以买卖它们呢？这里的每一寸土地，对我的人民来说都是神圣的……如果我们放弃这片土地，转让给你们，你们必须记住：就如同空气一样，土地对我们所有的生命都是宝贵的，它给了我们祖先的第一次呼吸，也接受了他的最后一次叹息，同样地，又将给我们每个子孙以及所有生命以灵魂，因此你们必须保持土地的神圣性，任何人都可以享受土地上的百花争艳和扑鼻馨香……我们知道，人类属于大地，而大地不属于人类。世界上的万物都是互相关联的，就像血液把我们身体的各个部分联结在一起一样……如果把所有的野牛杀光，把所有的野马驯化，那将是一种什么样的景象？如果原始森林中尽是人类的足迹，幽静的山谷中布满横七竖八的电线，那将是一种什么样的景象？如果草丛灌木消失了，空中的雄鹰不见了，马匹和猎犬也失去了用场，那将是一种什么样的景象？这一切，只意味着真正生活的结束和苟延残喘的开始……"印第安人相信"万物有灵论"，他们崇敬自然，对自然的一草一木、一山一石都抱有敬畏态度。今天当我们再读这封信时，难道不令我们感到震撼和反思吗？

这时如血的残阳照在大峡谷，两岸的巨大峭岩和科罗拉多河都变成了血红色，难道人类社会的发展永远要伴随着血腥的杀戮吗？

奇琴伊察沉思

  在人类的文明史中，玛雅文明至今仍是个谜。为何玛雅文明起源于三千多年前的美洲文明，但人类至今对其文化和文字知之甚少？为何人类的文明都产生于大河流域和海洋，如埃及文明产生于尼罗河流域，古巴比伦文明产生于两河流域（底格里斯河和幼发拉底河），古希腊和古罗马文明产生于地中海，古印度文明产生于印度河流域，华夏文明产生于黄河、长江流域，而玛雅文明却是产生于丛林之中？为何玛雅文明在一千多年前突然神秘地消失了？这一连串的疑问已令世人至今产生许多的猜想，而难以证实。

  带着满脑子的疑问，我在 2019 年 10 月的一天，从墨西哥的坎昆出发，乘了车经过 3 小时，到达了玛雅文明的著名遗迹地——奇琴伊察。奇琴伊察位于墨西哥尤卡坦州中东部，南北长 3 千米，东西宽 2 千米，有建筑物数百座，是古玛雅城市中心的遗址，现在被列入世界遗产，又是世界新七大奇迹之一。

  穿过一片密林，出现一片开阔的平地。一下车，已接近正午。首先映入眼帘的是雄踞中央的高大金字塔，如同一个浑身披挂着银灰色盔甲的巨大武士，屹立在广场的中心，威武而庄严，在炎热的阳光下，闪烁着金银色的光，令人惊叹不已！这就是著名的玛雅金字塔，也称羽蛇金字塔。与埃及金字塔不同，埃及金字塔是法老的陵墓，而玛雅金字塔是为羽蛇神建的神庙，埃及金字塔是三角形，而玛雅金字塔的地基呈方形，四面依阶梯上升，直至顶端的庙宇。塔高 30 米，塔身每面建有 91 级台阶，四面共有 364 级台阶，加上最高层的神殿一共 365 层，象征着一年。据说在金字塔的北面有一个入口，可进入隧道，通过隧道，人可沿着掩盖在内部的老金字塔的台阶向上攀登，直到顶端的神殿，殿内安放着一尊红色美洲豹雕像，豹身镶有晶莹闪光的绿松石及其他颜色的玉石片。内部金字塔的设计是按月亮历而来，外面的金字塔则是按太阳历。可惜现在已不能进入金字塔的内部登顶参观了，只能在下面仰观，想象一下它内部的神奇。走近金字塔的底部，可以清晰地看到，在阶梯的底端是一个巨大的石雕蛇头，正张开血盆大口，伸出蛇信，似乎要将眼前的一切一口吞下，面目凶恶狰狞，令人望而胆寒。神奇的是，在春季和秋季的昼夜平分点，即中国的春分和秋分时节，当日出和日落时，在金字塔北面的阶梯上，金色的阳光投下如羽蛇状的等腰三角形光影，随着太阳位置的变化，从塔的顶端沿着 91 层阶梯蜿蜒而下，一直延伸到塔底的羽蛇头像，如同金蛇从天而降，此即著名的"光影蛇形"景观。每当此时玛雅人就会围着金字塔狂欢，迎接他们信仰的羽蛇神降临人间！这确是玛雅人把早期的天文文明与几何建筑完美结合的奇观。

　　几千年前，古玛雅人在天文学、数学方面已有无与伦比的造诣，又有谜一样的复杂象形文字。如现代天文观测一年是365.2422天，而古玛雅人已测出一年是365.2420天，与现代相差0.0002天（大约18秒），真是不可思议。古玛雅人测算的金星年为584天，与现代测算结果相比，50年内仅差7秒，在那个没有任何天文观测工具的古玛雅时代，如何能测算出如此精确的数字，实在令人不解。古玛雅人还发明了三个符号：一点、一横、一个代表零的贝形符号表示任何数字，类似今天的电脑"二进位"制。更为神奇的是，古玛雅人对太阳系和行星运行的运算也相当准确，还有"同化银河系"的说法，并由此产生"地球更新期"的预言。玛雅人认为，在"地球更新期"，地球要达到完全的净化。既然玛雅人的历法如此准确，其预言应有一定的依据吧，当今环境污染严重，天灾人祸不断，可以设想玛雅预言在提示我们什么，玛雅人对世界末日的预言到底有多少可参考的价值。我对着玛雅金字塔沉思。

　　在金字塔西北150米左右的地方是一个巨大的蹴球球场，据称这里曾是中美洲最大的球场，有166米长，68米宽，四周围着高大的城墙。古旧斑驳的城墙上，至今仍可清晰地看到精美的雕刻，记录着当年球场比赛的情景。在球场两端的城墙上高悬着进球的石环。在开赛前，祭司将球员分成两个队，队员要用臀部或肘关节，将重达数千克的实体橡胶球投入对方的石环内，进球多者获胜。我看着高悬在墙上的石环，离地面十几米高，要用臀部或肘将球投进去实在不易，比现在篮球投篮高难多了。可奇怪的是，获胜队的队长或负队的队长在赛后却可能要被砍下头（谁被砍头全凭祭司在赛前算的卦来定），作为祭祀品，奉献给羽蛇神。在城墙的壁雕中可以清楚地看到，人被砍头后血喷出化成九条蛇形的画面。在墙外不远处的祭坛上，也可看到四周的骷髅头台，周围雕刻的都是被砍掉头的骷髅头雕像。羽蛇神看来真的是吃人的，不知多少人因此而失去性命。

在金字塔的另一面是武士神庙，现在大多已经塌落，武士雕像也已不知去向，只有 1000 根巨大的石柱，巍然屹立，直指苍天。我站在石柱前，阳光透过黑灰色的石柱，照在我疑惑的脸上。那苍老斑驳的石柱欲向苍天诉说什么？是古玛雅人曾经创造的辉煌文明，还是野蛮的杀戮？我沉思，为何有着如此高度天文和数学文明的古玛雅人，却同时又有着如此野蛮而残酷的杀人文化呢？人类历史经历过蒙昧——野蛮——文明三个阶段，在人类的历史上既有文明埋葬野蛮，也有野蛮战胜文明，各占多少，我没有统计过，说不清楚。文明从野蛮发展而来，但文明与野蛮却是常常同在，正像天使与魔鬼同在，直到科技文明高度发展的今天，我们大概仍旧摆脱不了文明与蒙昧和野蛮的纠缠。

　　离玛雅金字塔十来千米的伊克基尔天坑，是世界上神秘的四大天坑之一。这里被玛雅人称为"转世之门"，即人死后可以通过这扇门转世，重新来到人间，正像古埃及法老相信通过金字塔的木乃伊可以转世人间一样。有人说，古玛雅人每年选出童女沉入坑底，作为对天神的祭祀。也有人说，古玛雅国王和王后及妃子在这里洗澡。不知哪种说法更靠谱，但这个天坑却是极美的。天坑如同一个大井，呈圆形，直径 60 米，从坑口到坑底水面深 35 米，天坑四周布满了藤蔓，直垂到接近水面，宛如瑶池仙境，神秘莫测。坑口有沿着坑洞内壁下去的石台阶，我于是顺着台阶走下去，直到快接近水面的地方，也不知这水有多深。看着坑洞壁四周乳白色的钟乳石倒悬着，如同美女的冰肌玉骨；翠绿的藤蔓轻轻地飘动，如同美女胸前挂满了翡翠项链；岩壁上一股股的清泉从空中散落而下，如同天女散花。阳光从洞口直接照射到清澈碧蓝的水面，波光荡漾。蓝天、白云、绿藤倒映在水中，美轮美奂，如在画中。我想到陶渊明的《桃花源记》记载的桃花源入口"芳草鲜美，落英缤纷"恐也不及此吧。

　　回来的路上，我又在想那个问题，古玛雅文明为何在一千多年前突然神秘地消失了？有人说，是由于玛雅人发生内乱导致灭亡。有人说，是由于自然变化或瘟疫流行导致种族灭绝，据说在玛雅的帕伦克一处神殿的废墟，挖掘出一块石刻，上面雕刻的是宇宙飞行器的图画，以致有人设想，曾有外星人驾驶飞船光临这里，因此推论玛雅人来自外太空，后来又飞回太空去了。谁也说不准什么原因，但我想，古玛雅无论文明还是野蛮，不过存在两三千年，人类古代再伟大的建筑，大都已灰飞烟灭，最多只是留下一片废墟，而那大自然造就的天坑却存在了几十万年，至今仍旧青春美丽如初。人类终究会从地球上消失，但大自然的美却不会改变。

奇琴伊察，我带着疑问而来，又带着更多的疑问而去。

多瑙河之波

多瑙河像一条蓝飘带，蜿蜒着穿过欧洲九个国家，滋润出欧洲独特的优雅与浪漫。维也纳——多瑙河的女神，华丽的皇宫圆顶、古老的教堂尖顶、金色大厅的红墙是她头上的首饰，多瑙河则如一条玉带系在她的胸前，西郊苍翠欲滴、连绵的维也纳森林则是她飘逸的长发。多瑙河之波又如跳动的音符，一路奏出优美的乐章。小施特劳斯的《蓝色多瑙河》是她心灵的歌唱，也是我最喜欢的乐曲之一。她那如夜莺般的婉转、轻松、活泼的音调，曾抚慰过多少人心中的阴影和创伤。但谁知，在她优雅的波涛之下，也曾蕴含着巨大的苦恼和烦忧，施特劳斯优美的圆舞曲，正是在奥地利帝国于普奥战争中惨败，帝国首都维也纳的民众陷入苦闷的情绪时创作出来的。

我从多瑙河的上游维也纳，一路向东到达斯洛伐克首都布拉迪斯拉发。人说："谁没有站在城堡上眺望过多瑙河，谁就没有来过布拉迪斯拉发。"临近傍晚时分，我沿着山路，登上位于多瑙河畔的布拉迪斯拉发城堡。它最早建于古罗马时期，由于它的战略位置重要，历史上多次被外国军队占领，包括拿破仑和"二战"

时的德国与苏联。城堡建在山丘之上，四四方方，古朴坚固，站在这里可以俯瞰多瑙河从山下缓缓地流过，整座城市就分布在它的两旁。1809 年，拿破仑发动了围困布拉迪斯拉发之战，并在这里签了城下之约。据说拿破仑曾登上城堡，俯瞰多瑙河在他的脚下流淌，那时他一定是踌躇满志，自认为世界都将在他的脚下呢！但当我看到老城广场中间的那个铜雕像，知道斯洛伐克人是不屈服的。那是一个拿破仑时代的士兵，据说是一个掉队的法国士兵，戴着标志性的拿破仑帽，遮住他的大半张脸，孤独地趴在长椅背上，是傻笑，是苦笑，是冷笑？但他却被无可奈何地永久地留在这里，那是斯洛伐克人对法国侵略者的嘲讽！不远处还有一个深受欢迎的铜雕像名为"守望中的男人"，那是一个地沟清洁工，趴在打开的井盖口，笑容可掬地向路旁观望。有人说，他的微笑是享受艰苦工作后的愉悦，有人说，他是在工作之余，偷看过往行人裙下的风景，但无论如何，他却是体现了斯洛伐克人面对艰难与困苦的乐观态度。他的笑容使我想起了《好兵帅克》中的帅克，他用幽默的憨笑面对生活中的苦痛与磨难。我抬头望去，这时夕阳的余晖把屹立着的城堡和缓缓流过的多瑙河染成一片金色！

再往东就是匈牙利的首都布达佩斯了。在我看来，布达佩斯才是多瑙河最美的地方。我首先登上"渔人堡"，从这里可以看到布达佩斯的全景，多瑙河如同一条玉带，把佩斯城和布达城紧紧地连接在一起。两岸林立的红顶、绿顶、尖形、圆形的古典建筑就像一颗颗的宝石，镶嵌在它的四周。站在这里举目四望，令人情驰神纵，超逸优游。下午乘船游览多瑙河，更可以近距离地感受多瑙河的温柔与浪漫。船的两岸，高低错落着雄伟的王宫、红顶的总统府、国会大厦、古老的教堂，行船穿过著名的链子桥、伊丽莎白桥、裴多菲桥。我轻轻地捧起一把多瑙河水，看着它从指间缓缓地滑过，我的耳边似乎响起匈牙利著名作曲家李斯特的《匈牙利狂想曲》。它低沉、压抑的旋律蕴含着巨大的悲痛和愤怒，表现了匈牙利人民对民族不幸的哀痛和控诉，也表现了匈牙利人民不屈不挠的坚毅性格。的确，多瑙河给匈牙利人带来的不仅是温情与浪漫，也曾给他们带来苦恼与悲痛。

历史上布达佩斯曾饱经劫难，又一次次在废墟上重建。1241年，拔都和速不台率领的十万蒙古铁骑，曾经横扫匈牙利，在多瑙河畔全歼了匈牙利、日耳曼和奥地利联军几十万人。蒙古军队带来的只是破坏和屠杀，他们不会带来建设和文化，但或许因此打通了东方与西方的联系通道，使得之后中国发明的火药传入欧洲。可是在几百年之后，八国联军却利用火药和大炮打破了中国的国门。1849 年，为了反抗奥地利的统治，争取民族独立，匈牙利人又与奥地利和俄国联军作战，匈牙利的著名爱国诗人裴多菲就是在那场战争中，英勇奋战，被俄军尖锐的长矛刺穿了胸膛，流尽了最后一滴血。在多瑙河伊丽莎白桥东南侧的草坪上，屹立着裴多菲的一座雕像，与耸立在对岸，盖尔雷特山巅的自由女神像遥相呼应。裴多菲一手拿着诗稿，一手振臂高呼，今天的人们似乎可以听到他震耳的声音："起来，匈牙利人，祖国正在召唤！"他在《爱国者之歌》中，强烈地表达了他的爱国热情："我是你的，我的祖国，都是你的，我的这心、这灵魂，假如我不爱你，我的祖国，我能爱哪一个人？"还有他的爱情诗："姑娘，你可见过多瑙河？它从一个岛的中央流过；我说你那娇美的面容，轻轻荡漾着我的心波。"裴多菲写下的著名箴言诗《自由与爱情》——曾经激励过多少进步的世界青年——生命诚可贵，爱情价更高。若为自由故，二者皆可抛。裴多菲的确践行了他的诺言，他结婚不到一年，就毅然地离开了深爱的妻子和年仅半岁的儿子，亲赴前线，最终在激战中献出了他年仅 26 岁的生命。裴多菲生前给他的爱人尤利娅写过 102 首热情洋溢的爱情诗，在《致尤利娅》诗中写道："我不仅爱你外形的苗条，更爱你心灵的美丽。"但诗人牺牲不到一年，尤利娅就脱掉黑纱，嫁给了别人。这又难免令人想起曹雪芹在《红楼梦》里的《好了歌》来——"君生日日说恩情，君死又随人去了"。1945 年年初，"二战"时期，苏联军队和德军曾在布达佩斯城激战 50 天，超过 80% 的建筑被损毁和破坏，大量人员伤亡。

　　这时一道残阳铺在波光粼粼的多瑙河上，正是"半江瑟瑟半江红"，河水是"瑟"，是"红"，随着光影的变换，不时地转变着颜色！

巴黎塞纳河随感

　　如果说巴黎是欧洲城市的象征，那么塞纳河就是巴黎的灵魂。

　　我自1992年之后曾几次到访巴黎。闲暇时，我喜欢在接近傍晚时分，沿着塞纳河两岸漫步，一边观赏两岸的美景，一边看夕阳和彩霞把她美丽的纱巾披在塞纳河的河面上，静静地流淌，像极了莫奈笔下的印象派油画，它会使你心醉。而更令人着迷的则是，当华灯初上，从埃菲尔铁塔附近的码头上船，在塞纳河上慢慢地游荡，两岸的景色在你眼前一个个地飘过，看着她们灯影迷离的倒影一个个投射到塞纳河上，随着波光粼粼一起流淌，或实或虚，或真或幻。历史和现实的大幕在你的眼前一幕幕地上演，这时你就会进入无尽的遐想。

　　巴黎既端庄又浪漫，既激情又闲散，既古老又时尚，既圣洁又轻佻。塞纳河两岸，一边是香榭丽舍大道、协和广场、凯旋门、卢浮宫，一边是罗丹博物馆、克吕尼宫、艺术院馆和大学。塞纳河上有36座桥，每一座桥都有一段故事，或是古老的，或是现代的，或是战争的，或是和平的，或是爱情的，或是悲伤的。你坐在船上经过的第一座桥，也是最美的桥就是亚历山大三世桥，离着老远，它那高大而美轮美奂的身姿就会吸引了你的眼球。石雕的大理石柱上立着展翅腾空的镀金飞马，由长着翅膀的小爱神托着，造型精巧，色彩华丽，在灯光的映衬下熠熠生光。这座桥将右岸的香榭丽舍大街与左岸的荣军院广场牵手相连，直通拿破仑墓，它是一座象征着和平和友谊的桥。

当荣军院的金色圆顶出现在我的眼前时，我似乎看到拿破仑骑在马背上的雄姿。当他骑着马，行进到阿尔卑斯山顶时，曾说出"我比阿尔卑斯山还要高"的豪言壮语，但是那时他是否意识到，那是因为他身后有着一大批英勇无畏的士兵。虽然他曾所向无敌，但后来终究还是败在俄国库图佐夫元帅和英国威灵顿公爵的手下。拿破仑的一生毁誉参半，歌德说"拿破仑是我从来没有见过的最富于创造力的人"，叔本华说"拿破仑是人类意志最美的表征"，连高傲的丘吉尔也说"这个世界上没有比他更伟大的人了"。有人说他是大英雄，有人说他是大魔鬼，有人说他是法国大革命胜利果实的捍卫者，有人说他是欧洲各国的侵略者，他给法国带来了荣耀，也带来了战争的灾难。他曾把欧洲各国几千吨的艺术珍宝掠夺到巴黎，放入卢浮宫，但后来欧洲联军在滑铁卢战胜了拿破仑军队之后，法国又不得不再将大部珍宝物归原主了。但是意大利达·芬奇的《蒙娜丽莎》至今仍旧静静地悬挂在巴黎的卢浮宫，她仍在微笑还是在嘲笑人世的沧桑？不可一世的拿破仑终究孤身死在一个小岛上，他曾留下遗嘱"我愿我的身体躺在塞纳河畔，躺在我如此热爱过的法国人民中间"，多年后，他的遗骸才从千里之外的大西洋孤岛圣赫勒拿岛运回巴黎。虽然拿破仑金碧辉煌的墓中也只有他的部分遗骸供人凭吊，但是至今在法国人的心中最崇拜的人还是拿破仑。我曾与不少法国人打过交道，每当我与他们谈起拿破仑和雨果来，他们就会与你侃侃而谈，即使是对手，似乎也能很快变成知音朋友了呢！

当船驶近西岱岛时，最耀眼的就是著名的巴黎圣母院了。巴黎圣母院建于 1163 年，历时 182 年才完工，它是古老巴黎的象征。巴黎圣母院不仅以它独特的哥特式建筑和大量的艺术珍品闻名于世，拿破仑曾在这里加冕成为法兰西皇帝，而且由于雨果的名著《巴黎圣母院》更使它名声大噪，大部分中国人（包括我自己）都是从雨果的这部小说中认识的巴黎圣母院。雨果在他的书中深刻揭示了人类的真善美与伪恶丑的本质，永远令人深思。当年我凝视着它那伟岸的身姿，听着它浑厚而沉重的钟声，曾作了一首小诗，"巴黎圣母挂铜钟，历尽沧桑不改容。雨果当年持笔架，人心敲响至今鸣"。谁料到，它后来却是毁了容呢！两年前的一场大火，竟是将它的塔顶化为灰烬，我祈祷它凤凰涅槃，浴火重生！

离巴黎圣母院不远，即可看到塞纳河左岸拉丁区的"先贤祠"。它是纪念法国历史上名人的圣殿，安葬着伏尔泰、卢梭、大仲马、雨果、左拉、居里夫妇等，那是我们多么熟悉的法国名人呀！大殿前的门梁上铭刻着"伟人们 祖国感谢你们"。这里最令人崇敬的应当是维克多·雨果了。雨果不仅是伟大的作家，而且他对世人有一颗炽热勇敢的心，敢于为所有不公平伸张正义，这颗正义的心不分国界，只分对与错，这也是为什么雨果在人们心中有着那么崇高的地位的原因。法国哲学家萨特说雨果是法国"极少数真正受到民众欢迎的作家之一，可能是唯一的一位。"罗曼·罗兰说："在文学界和艺术界的所有伟人中，雨果是唯一活在法兰西人民心中的伟人。"

去年冬天，我曾到北京圆明园遗址公园，看到了雨果的雕像和他写的一段文字，更加深了我对雨果的崇敬。那是为纪念圆明园罹难 150 周年，于 2010 年新建的，位于大水法东侧。在雨果雕像的底座上，用中文和法文镌刻着雨果当年强烈谴责 1860 年英法联军洗劫圆明园暴行的文章。在这封信中，雨果不因自己是法国人，对自己的国家毫无理由地侵略中国视而不见，而是为中国打抱不平，讽刺英法联军火烧圆明园的强盗行为，为中国伸张正义。雨果不愧是"法兰西的良心"，如今在圆明园遗址上为他塑像纪念是很有意义的。

游船绕过圣路易岛返回，傍着右岸行驶，直行至自由女神像绕回码头。此时你可以尽情地欣赏塞纳河右岸和左岸的风光。

法国人习惯称塞纳河的南岸为左岸，北岸为右岸，左岸和右岸不仅风光各异，而且代表了不同的思想和文化，相互冲击，相互碰撞。左岸和右岸只相隔几十米宽的河，有人说，左岸的环境是叛逆的，心灵是极端的，左岸的眼神是激情的，语言是感性的，左岸是放荡不羁真实自然的灵魂。这里特别"小资"，有很多咖啡馆、酒吧，这里使人想到诗歌、哲学、艺术。右岸则是理性的，一丝不苟的，严肃刻板的，有很多银行、金融集团、保险公司、商业街，这里使人想到金钱、奢华、繁荣。右岸的浮华下面掩藏着嘲弄和淡漠，左岸的激情中让人体会到深刻和孤独。右岸是竞争，左岸是包容。右岸优雅而富有，左岸敏感而简单。有人说"右岸用钱，左岸用脑。右岸多欲，左岸重情"，大约像人的大脑两半球，右脑更多组织性和逻辑性，左脑更多创造性和艺术性吧。右岸和左岸看似互不相容，但又相辅相成，通过塞纳河上的桥梁联系在一起，融汇在塞纳河中一同流淌，现代法国人既推崇戴高乐的民族英雄主义，也同时崇尚萨特的存在主义和福柯后现代主义的离经叛道，也许就像人的左右脑还是需要协调平衡才能健全和发展吧。

我曾经衣冠楚楚地去往右岸，但闲暇时我愿意衣着随意地徘徊在左岸。我喜欢那里的莎士比亚书店，喜欢它楼梯上写的一些英文单词，连起来意思是："当你深陷孤独或黑暗之时，希望我可以让你看见，你自己生命的惊人之光。"我更喜欢流连在左岸被称为"绿车厢"的旧书摊和露天画廊，随意地翻看各种旧书和看着街边艺人在那里画着塞纳河的风景。在法国朋友的建议下，我也曾坐在那里让艺人为自己画了一张人物速写，至今珍藏。我徘徊在左岸，寻找着巴尔扎克、海明威、毕加索的足迹，寻找萨特和他的女友曾经经常光顾的"花神咖啡馆"。在这个咖啡馆里曾诞生了萨特的《存在与虚无》和他的女友波伏娃的《第二性》，它们曾经深刻地影响了当代法国人的思想。法国是"时尚"的，不仅领导着世界服装的"时髦"，也常常领导着西方思想的"时髦"。

法国人多有浪漫而悠闲的气质，不像德国人那般的刻板而严谨，因此法国多出作家和艺术家，而德国多出哲学家和思想家。我记得，一次我与一位法国朋友讨论起法国与中国的异同，他说："法国人与中国人相似，而德国人与日本人相似。法国人散漫，中国人也散漫，而德国人和日本人则守纪律。法国人不喜欢听上级的话，中国人也不喜欢听上级的话，但法国人对上级说的话是先想想有哪些不对的可以不执行，中国人是先想想有哪些对的可以执行。而德国人和日本人则是唯上是从。法国人和中国人都好吃，因此法国菜是西方最好吃的菜，中国菜是东方最好吃的菜。西方的法国女郎最漂亮，东方的中国姑娘最美。"我虽然对他的"高论"不能完全苟同，但是细想却也觉得有些意思，那是因为我多有同法国和德国公司打交道的经历。似乎法国与中国的合资公司大多合作不好，而德国与中国的合资公司却大多合作比较成功，我原想不明白，听了他的"高论"，我忽生一念，也许是"同性相斥，异性相吸"的缘故吧？但我还不能妄断！

我又想到巴黎这些年的恐怖袭击不断，多少无辜血染塞纳河畔。塞纳河饱含着爱与恨仍旧默默地流淌，塞纳河还能那样包容吗？任凭狂风雪雨，你都将把它分解、融化，自由自在地永远流淌！

最后再附上我在塞纳河上写的两首小诗：

回眸一笑尽风骚，婀娜身姿化碧涛。
塞纳河边明月下，醉沉多少大文豪。

穿珠带翠下云霄，塞纳凌波转玉腰。
三十六桥明月夜，谁人船上忆吹箫。

恒河静思

　　印度恒河，虽算不上世界上的大河，却在古今中外享有盛名；印度恒河，虽算不上世界上的长河，却成为世界历史上文化悠久的河。

　　恒河意为"从天堂来"，是印度北部的大河，自古以来一直是印度教徒的圣河。古印度是四大文明古国之一，曾经创造了人类历史上著名的"恒河文明"。恒河是印度的母亲河，如同中国的黄河曾经孕育了华夏文明。在印度神话中，恒河原是一位女神，是雪王的公主，为滋润大地，解救民众而下凡人间，其家乡就在对面山上，云雾缥缈的冰雪王国，这与恒河之源——喜马拉雅山脉南坡迦姆尔的甘戈特里冰川相呼应，极具神话色彩。

　　2015 年的一天，我来到印度古老的城市——瓦拉纳西，它位于印度恒河的中游，这里河面宽阔，流速缓慢、平和，河水横贯老城而下，被命名为瓦拉纳西恒河。瓦拉纳西恒河是印度教教徒沐浴的圣地，是印度教的圣地之一。由于印度教教徒认为，湿婆神常到这里的恒河巡视，死后在此火化并将骨灰撒到河中，可以"清洗终身过失""灰烬随恒河女神升天"，因而这里成为印度教教徒圣洁的火葬场。一些疾病缠身的人，或身体还硬朗的老者，早就在岸边租间小屋或旅馆，静待寿终。因此在恒河沿岸的"圣城"里，有许多"待亡者之家"租给这些人居住。一些死者家属也千里迢迢地把亲人的遗体运到这里火葬。在恒河边有数不清的简易火葬场，有的火葬场平均每天要焚化上百具尸体，日夜烟火不断，骨灰就直接撒入旁边的恒河水里。

第二天天还没亮，我即走上了瓦拉纳西通往恒河岸边的路。月色朦胧，越往前走，人也越多。虽然天还是黑的，在昏黄的路灯下，街道两边已摆满了小摊，行人都在默默地前行，目标都是恒河的方向。不时地看到衣衫褴褛的大人、小孩追随着行人乞讨。也有光着头、身披破旧黑袍的。不知他们是教徒还是行吟诗人或哲人，无言地穿行而过。我随着人群一直走到恒河岸边，淡淡的月光照在恒河宽阔的河面上，河水闪着粼粼的波光。玄奘曾面对恒河赞叹"水色沧浪，波涛浩瀚"。人总是想摆脱人生的束缚与困苦，因为世间看到太多的虚伪、欺诈、痛苦，想去寻找精神的境界，一些苦修的圣徒在这里冥想数月乃至数年，以期感悟到生命的真谛。面对人生的幻灭，他们到底感悟到了什么？正对着街道的恒河岸边是一排宽而长的缓坡石板台阶，我顺着台阶走到河边，向左手望过去，看到很多的印度男女已经站在河水中，正在虔诚地沐浴，男人赤裸着上身，妇女则穿着薄纱裙，把身体完全浸入清晨冰凉的水中。之后他们再捧起河水喝上一口，也有的用手蘸着河水刷牙，在他们的心目中那河水一定是最圣洁的，也许他们是将所有的希望都寄托于来世，所以对于现实便可以这般的坦然。听说，印度人喝了这里的生水却很少有生病的，外国人则不行。是否他们有神的护佑，我不得而知，但却令我费解和感慨！我受了感召，也俯身捧起一把恒河水，冲洗了一下我的手和脸，只觉得那水凉凉地浸入心底，于是我随口吟出一首诗来："恒河之水自天来，圣者诗徒沐浴台。洗尽凡身心可净？人生何处不尘埃。"我抬起头，再向右手看，岸边陡立的寺庙、建筑和微黄的灯影，在河水婆娑中轻轻荡漾，如同幽灵在闪烁，而离台阶不远的一处建筑，即是露天火葬场。火葬场的前面码着一堆粗大的木头，袅袅青烟向四周弥漫，那里应是正在焚烧尸体吧。火光把上空照得通红，映照在恒河水中，如同熔岩在水中滚动。

　　我们在河边租了一条小船，乘着一叶扁舟在恒河上自由地飘荡。这时天色渐渐发白，看着河里有几个小孩围着我们的船来回地游泳，我正惊讶他们在做什么，就见一个小孩从水里伸出头，手里高举着一条鱼向我们的船游来，口中叨念着什么。我听不懂，导游解释说：他们是专门在这里抓鱼的，目的是卖给船上的游客，请他们再放生到河里去。我不知这是为什么，到底是要做买卖还是放生？但我还是付了钱，从小孩的手中接过鱼，看着他那憨厚稚气的脸上露出灿烂的微笑，我已感到满足了，然后我又将那条鱼抛入河水中，看着它轻快地摆动着鱼尾，很快地消失在深水中。我想那鱼也像那小孩一样快乐吧！但愿它不要再次被人抓住了。

我们在恒河上一直飘荡到对岸，弃船登岸，这里是一大片平坦的河滩。我独自沿着岸边行走、静思，极目向恒河的远处望去。在蒙蒙的晨雾中，我看到，释迦牟尼身披袈裟，双耳垂肩，目色纯净如水，步履轻轻地走来。他看到人间的生老病死，变幻无常，他沿着恒河岸边行走，他静思，如何能够超脱这人生的苦难去寻找极乐的世界？于是，他从这里走到菩提树下，终于顿悟出佛国的世界，那里无忧无虑、无灾无难，让人们忘掉人间的苦难，把希望寄托在极乐的天堂。于是他来到离恒河只有十来千米远的鹿野苑，开始向信徒讲述他觉悟到的佛学思想，从而在此创造了佛教，要普度众生到佛国的天堂。到印度阿育王时期，佛学成为国教，达到鼎盛。中国的唐三藏到西天取经，即是从中国的长安到达印度的鹿野苑，把印度的佛教典籍带回中国。但之后，佛教在印度却逐渐衰落，以至于到伊斯兰占领印度时，印度教徒竟将释迦牟尼的舍利子全部抛入恒河水中，如今鹿野苑也只剩下些断壁残垣。释迦牟尼当年可曾想到，当年他创立佛教的地方，如今的佛教信徒只占不到百分之一，而中国却成了佛教信众最多的国度。于是我作了一首诗：

佛陀初转法轮台，玄奘求经远道来。

垣断壁残魂不断，千年又向界东开。

　　我独自沿着岸边行走、静思，极目向恒河的远处望去。在蒙蒙的晨雾中，我看到，印度圣雄甘地骨瘦如柴，光头赤脚，却目光平和，身缠白布，拄着木棍，步履姗姗地走来。他停在恒河岸边静思，他看到社会的不公、战争的残酷、恒河的博大、平和与包容使他想到，是否可以用非暴力的方法来消除战争带来的灾难，从而创造了"非暴力主义"思想。他推翻英帝国殖民主义统治的历史性壮举，不需军队，也不需要巨资，只是号召民众，默默地走出家门，进行和平大进军。他走在前面，身后像滚雪球一样，不断壮大的队伍，碰到军队封锁、刺刀和大棒，他们宁愿牺牲也绝不反抗，第一排倒下了，第二排上，第二排倒下了，第三排再上……直到所有镇压者的目光注视着那淋淋的鲜血，双手都在发抖，直到他们惊恐万状地逃离这些手无寸铁的人，最终交出政权。这是何等无畏的精神，这是何等伟大的灵魂！他在世界上开辟出一条与暴力革命夺取政权完全不同的和平之路，他一言不发，不需刀枪，不用弹药，完成了印度的独立，成为20世纪的政治奇迹和政治神话。但我又在想，当时甘地面对的是已经日益衰落的大英帝国，如果他面对的是德日法西斯，是否仍然能够成功呢？甘地没有死在英帝国的枪口，之后却死于印度教徒的枪下！但他在临死前仍旧要求宽恕刺杀他的人，他的心胸却是如同恒河一样的宽大呀！

我独自沿着岸边行走、静思，极目向恒河的远处望去。在蒙蒙的晨雾中，我看到，大诗人泰戈尔满头银发，目光慈祥而睿智，身披长袍，步履稳健地走来。他望着恒河静思，他看到人世的丑恶与阴暗，也看到人世的善良与光明，于是他创作了《飞鸟集》。他以对生活的热爱以及对爱的思索，巧妙地隐去人生的苦难与黑暗，而将所剩的光明与微笑留给人们，如同恒河过滤了浮华与污垢，留下清澈与甘甜滋润着大地和万物，"只有经历过地狱般的磨砺，才能练就创造天堂的力量，只有流过血的手指，才能弹出世间的绝响"（泰戈尔）。

这时晨雾散去，一轮红日从东边慢慢地升起，只见恒河上正是"半江瑟瑟半江红"，不知那是人世流淌的鲜血，还是人类未来的希望！

纽芬兰纪行

"旅行不到纽芬兰，走遍北美也枉然。"受了这句广告词的吸引，我于是临时动议，在这年的 7 月份带着夫人及孙女孙子全家从多伦多出发，开始了一次说走就走的旅行。

纽芬兰是北美大陆东海岸的大西洋岛屿，原为印第安人和因纽特人的居住地，1949 年才加入加拿大，是加拿大最年轻的省。面积 40 万平方千米，仅有居民 50 万人。原生态的自然风景未加人工雕琢，带有原始的粗犷与野性的美，使它具有不同于大陆的特色。

我们一家首先飞到纽芬兰的首府圣约翰斯。那是一个只有一条主要街道的海边港口小城。街道两边的房屋虽然都不高，却被涂成五颜六色，看上去艳丽缤纷。据说是因为这里位置偏远，地广人稀，所以多弄些色彩，以增加气氛，悦目而已。我觉得此言有理。

第二天，我们从圣约翰斯出发到达斯皮尔岛。这里是北美大陆的最东端，岛上有斯皮尔灯塔和斯皮尔角最东端石碑。从这里我们乘船出海，先到达一片闪着金光的海域，看到成群的鲸鱼不时地跃出海面，喷出高高的水柱。最兴奋的当然是孙女和孙子了，他们随着鲸鱼的出水而欢呼雀跃。更令他们兴奋的是，再往前行驶不远，就到了一个海中的小岛，"海鹦鹉岛"。这里生活着一种大西洋特有的可爱的鸟——"puffin"（海鹦鹉）。海鹦鹉的特征是，黑背白腹，圆圆的白脸中间镶着一对带有橘红色眼圈的小眼睛，鲜艳的橘红色三角形大嘴几乎占了它头部的三分之一，两只带蹼的大脚也是橘红色。体长 30 厘米左右，胖乎乎的身子，翅窄而短，憨态可掬。然而我疑心它这样的体型如何能够飞上天？我们靠近了那巨大的红黄相间的岩石岛礁，就见成群的海鹦鹉，呼啦啦地飞起。它们快速地扇动着两只窄而短的小翅膀，亮出它那圆滚的笨拙的大肚皮在我们的头上掠过。据说它们要每分钟扇动翅膀 400 次左右，才不会掉下来，飞行的样子也是十分可爱。孙子逸辰甚是喜欢，他于是也学着海鹦鹉的样子，站在船的甲板上，一边使劲地煽动着他的两只小胳膊，一边"咯咯"大叫，似乎也想像海鹦鹉那样飞起来呢。海鹦鹉终究不能飞多久，就要落到水里，它们胖乎乎的身体一旦进入水里，却是像鱼一样成了游泳的好手了。

纽芬兰最吸引人的四大旅游项目是：观奇石、看鲸鱼、寻冰山、览海鸟。这日早上，我们驱车前往圣玛利亚岛。这里是纽芬兰观赏海鸟的最佳地点，大约生活着 2.4 万只塘鹅，2 万只三趾鸥，2 万只断崖海鸥。下了车，我们沿着海边小路一直走到海崖边。这里断崖万丈，蔚蓝色的波涛撞击着岬角的巨岩，激起冲天的白浪，令人立刻想起苏东坡的诗句："乱石穿空，惊涛拍岸，卷起千堆雪。江山如画，一时多少豪杰。"但这里的"豪杰"却是北方塘鹅了。塘鹅身长 80~100 厘米，展翅可达 1.8 米，它们在这里筑巢、求偶、孵蛋，巨大的海边崖壁上布满它们的身影。站在海边的断崖上边，向对面的巨大礁岩望去，可以清晰地看到，塘鹅有的在孵蛋，有的在嬉戏，还有的耳鬓厮磨地"秀恩爱"，但当它们一旦飞起来，则是遮崖蔽日，蔚为壮观！我于是作出小诗一首：

银浪千层上碧天，陡岩万丈海中悬。

塘鹅一旦随风起，疑是晴空雪满川。

早起出发前往特威林盖特（Twilingate），这里是纽芬兰著名的观赏海上冰山的圣地。但现在已是 7 月底，导游说现在恐怕是看不到冰山了，因为这里的冰山一般到 7 月中旬就消失了。现在却是钓鳕鱼的最佳时节。通常来说，钓鳕鱼和观冰山两者不能兼得，因为看冰山时，还没有鳕鱼，但鳕鱼出现时，冰山又消失了，"鱼和熊掌不可兼得"。在导游的建议下，我们一家人一起乘快船出海去钓鳕鱼。纽芬兰以盛产鳕鱼著称，当年发现纽芬兰岛的人曾经描述说"纽芬兰是踏着鳕鱼背上岸的"，但由于前些年的过度捕捞，鳕鱼现在已经很少了。船长把船开出了海湾，在蔚蓝色的大海上狂奔。一会儿，船停了下来。身边的一个游客，把海钩下到海里，等了一会儿却不见动静，于是船长继续向前行驶。连续试了几个地方都不见有鱼上钩，我们开始有些灰心，心想可能是我们的运气不好，今天要空手而归了。最后，船长又把船开到一处更远的海域停下来，一位游客下了海钩，谁料没过一会儿，就钓上来一条大鳕鱼，船上一阵欢呼，大家陡然来了精神。我也学着别人的样子，拿起了一条海钓钩。这种海钩可与一般的海钩不同，粗粗的尼龙线盘在一个塑料板上，尼龙线的端头连着一个半尺多长的刀型铅吊坠，粗大的钓钩上面拴着一个红色塑胶虾诱饵，虾是鳕鱼的最爱，我不知道这个塑胶虾是否可蒙混过鳕鱼的眼睛呢？我紧靠着船栏边，将海钩抛下大海，不断地往下放线，鳕鱼生活在 50 米以下的深海区，我的手忽然觉得一抖，鱼线开始有劲了，我急忙快速地往上收线，当线收得差不多时，我看到一条青色的大鱼，在水面上来回游动，我心情激动地大喊："我钓到鱼了！"儿子跑过来帮助我一起收线，一条大鱼被钓了起来，我和儿子用力将鱼甩到了船甲板上，仔细一看，正是一条大鳕鱼，有半米多长，十几千克，这是我平生钓到的最大的鱼了。我将鱼双手抱起，孙女和孙子也都很兴奋，他们两个人一个摸着鱼的头，一个摸着鱼的尾，和我一起照了一张相，留作纪念。其他人也相继钓上了几条鱼，我们这次大获丰收，胜利返航。

　　待我们兴奋地上了岸，导游说："你们今天一定是中六合彩了，还要告诉你们一个好消息，"他接着说，"我刚刚接到消息，离这里不远处的 Green Bay，发现了残留的冰山，我们立刻前往观冰山去。"看来有时鱼和熊掌也可兼得呀！于是又驱车两个小时到达 Green Bay。下了车，果然看到不远处的大海中，漂浮着两座冰山。这里的冰山是从西格陵兰岛的冰川上掉下来，以平均每天 17 千米的速度漂向拉布拉多纽芬兰海域，据说要在海上漂移两年才能到达这里。冰山每年 5 月到 7 月中从这里漂浮过，因为特威林盖特附近倒喇叭形的大小海湾，有时会卡住冰山，因此这里从陆地就可看到冰山美丽的身姿。我站在海岸边，看着远处，漂浮的冰山，造型奇特，晶莹剔透，如同从天而降的冰肌玉骨的仙女，亭亭玉立，令人心旷神怡！我们只能看到海面上冰山的姿容，但谁又能看到海面下冰山的伟岸与雄姿呢？我想到海明威说过的话："冰山运动的雄伟壮观，是因为它只有八分之一在水面上。"海明威把他的"冰山理论"运用到他的文学创作中，用文字表达出来的东西只是冰山的一角，海面以下的八分之七留给读者自己去体会，据说海明威总是站着写作，以简洁的文字表达深刻而丰富的情感，他获得了诺贝尔文学奖。但是并非所有人都会有如此丰富的想象力，比如泰坦尼克号的船长。泰坦尼克号当年就是在离此处不远的地方触冰山沉没的。当时他只看到了冰山的一角，没有去想象它隐藏在海面下的八分之七，因此使得泰坦尼克号巨轮撞上了冰山，1500 人丧生大海。美丽的东西有时隐藏着巨大的危险！于是我有感作出一首小诗：

> 海上漂来一座山，堆琼滴翠美如仙。
> 莫思瀛女从天降，水下谁知险万千。

这天晚餐时，我们吃了自己钓的鳕鱼和鳕鱼汤，味道极其鲜美，又喝了这里的特产"冰山啤酒"，据说是用一万年的冰山水制成，味道好极了。我们晚上都做了一个好梦！

纽芬兰西海岸的格罗斯莫恩国家公园，世界自然遗产，那里高耸的山脊，陡峭的悬崖，海岸沼泽，裸露着深海地面以及赭石色的地幔岩石，是地球上唯一的与火星地貌一样的地区；也不必细说乘船游西川峡湾，冰蚀高峡湖，两岸的高山峡谷，壁立千仞，飞瀑从天而降，这是北美最高的瀑布，名为"母马撒尿瀑布"。

重点说说巴德克小镇和布雷顿角岛吧。在美丽的布拉多尔湖边有一个小镇，名为巴德克，是加拿大十个最美小镇之一。改变世界的伟大发明家亚历山大·贝尔的故居坐落于此。布拉多尔湖与大西洋相通，号称是世界上第一无潮汐咸水湖。在湖边的长椅上有一对雕像，是贝尔夫妇相对而坐，不远处就是贝尔的故居"夏屋"。在这里贝尔不仅发明了电报、电话，还发明了水上飞机等。令人惊叹的是，这个为人类发明了最早的通信传播工具的人，他的母亲和妻子都是聋哑人。他还改进了助听器，为聋哑人架起了一座连接世界的桥梁。我在想，是什么力量使得贝尔有如此伟大的发明？是他的母亲和妻子的听说障碍给了他启发与力量，还是这里纯净的空气和水给了他灵感和想象力？世界上的事物常常会如此出乎意料，最早给人类插上信息翅膀的是母亲和妻子都缺少这个翅膀的人，就像创造出最伟大交响乐的是耳聋了的贝多芬！

我站在湖边静静地眺望，心中像大海一样久久不能平静！

离开贝尔故居不远，我们踏上了号称世界最美的十个海岛之一的布雷顿角岛。它东临大西洋，西接圣劳斯湾，是加拿大的"海角天涯"。这里有一条传说中通往天际的步行栈道（Skyline Trail），被誉为世界上最美的徒步小道之一，一面靠山，一面临海。沿着山脊行走，可体验左手大西洋，右手悬崖峭壁的壮美海景。我很想走一走这个栈道，但一看路口牌子上的说明，才晓得，这个栈道要在山脊上步行 7 千米，我问 7 岁的孙女和 4 岁半的孙子说："你们能走 7 千米的山路吗？"不料他们竟齐声回答："能！"我疑心他们走不动，半路要抱，就麻烦了，于是又叮嘱道："只能自己走，不能半路叫抱呀！"他们又坚定地答道："好吧！"我们就这样一起走上了栈道。我们一边走，一边欣赏大西洋峭壁的奇景和高原山峰的壮丽，孙子和孙女则蹦蹦跳跳地跟着行进。我们一直走到海岛山顶的端头，有木板铺成的小道，可通到陡峭的悬崖边上。站在这里，可欣赏圣劳斯海湾，法兰西山和卡柏特山崖公路美景。站在这里，海天一色，壮阔无比，有时还可看到远处海面上喷出水柱的鲸鱼呢！此情此景使我心胸大开，又吟出一首诗来：

> 云吻山头水吻天，凌空一道海崖悬。
>
> 鲲鹏不见同风起，却有长鲸跃上边。

当我们再顺着原路走回栈道出口时，孙子逸辰骄傲地说："我一直都没叫抱吧！"我真是惊讶，他如此小的年纪，原来却有着这样大的潜能呢！我和夫人一起伸出大拇指说："逸辰真棒！是个小男子汉了！"在回来的路上，孙女甜妮忽然抬起她稚嫩的小脸对我说："爷爷是世界上最好的爷爷！"我深为感动！这是我们此次纽芬兰之行最大的收获了，也是孙女对我最好的褒奖！此行值得！

查理大桥漫步

　　东欧最美的风景在捷克，捷克最美的风景在布拉格，而查理大桥则是布拉格的灵魂。

　　伏尔塔瓦河如同一个巨大的问号贯穿布拉格，将城市一分为二，一侧是布拉格城堡区，一侧是老城区，河上的桥梁就是连接两岸的纽带。布拉格共有18座各式各样的桥，将两岸的哥特式、巴洛克式和文艺复兴的建筑连成一体，形成一幅极其秀美的城市风景画面，其中最负盛名的就是查理大桥了。它是布拉格人在伏尔塔瓦河上修建的第一座桥，已有六百六十多年的历史。

　　大桥的两边耸立着带有尖顶的宏伟塔楼。站在塔楼上，可以俯瞰查理大桥和大桥两岸的山丘，以及山丘上高低起伏的各色古典建筑。鳞次栉比的红顶黄墙中夹杂着绿色尖顶教堂，色彩鲜艳而和谐。大桥是古罗马圆拱形石砌建筑，那黑色斑驳的桥身，印证着它经历的沧桑，宽阔碧绿的伏尔塔瓦河在桥下流淌，描绘出一幅经典的欧洲油画！

　　查理大桥是捷克历史上最昌盛的查理四世国王时期建造的，没有一钉一木，全用石头建成，是一座14世纪最具艺术价值的石桥。桥长 516 米，宽 9.5 米。它也是历代国王加冕游行的必经之路。我踏着桥上的石路，缓慢地行走，看着桥两边屹立着的雕像。从桥的这头到那头一共有 30 尊雕像，个个造型精美，形象生动。难怪人说，走在大桥上就像走进一个露天的艺术宫殿。雕像都是以《圣经》里的人物和故事作为题材，一个个地看过去，就像在读一本立体的《圣经》。其中桥右侧的第八尊圣约翰雕像，是查理大桥的守护者，围栏中间刻着一个金色十字架的位置，就是当年圣约翰从桥上被扔下去的地点。圣约翰曾是布拉格的红衣大主教，因为拒绝向国王透露王后在忏悔时说出的秘密，恼羞成怒的国王派人割掉了他的舌头，并将他从查理大桥上扔进了波涛汹涌的伏尔塔瓦河。圣约翰成为第一个为保护宗教里忏悔隐秘权的殉道者。后来他的弟子们从河里将他捞起时，发现圣约翰头上出现五颗星星，之后圣约翰被教廷封为"圣人"。圣约翰的雕像，手持金色的棕榈叶，头的四周围绕着五颗金星，他的头微微地向一侧偏过去，神态悲哀。我想圣约翰死前备受凌辱，死后却成了"圣人"，那应是教会对国王专制的胜利，是诚信对私权的胜利吧，但我仍旧疑心他的弟子们如何看到了他头上的五颗星？或许那是他们心中的星吧？然而人们都相信，摸一摸圣约翰的雕像可以给人带来幸福，因此他的身上多处都被摸出了亮光。我沿着大桥缓慢地行走，桥上是熙熙攘攘的人群，大桥两边排满各色各样的艺人，拉琴的、吹萨克斯的、画画的、卖小玩意儿的，如同一个杂艺大街。

　　我从大桥的这头走到那头，再从那头走到这头，一边走一边思索。我想到，捷克虽然有着令人赞许的风景，但却是一个多灾多难的民族。它历史上大多被别国控制，没有自主权，从早期被神圣罗马帝国控制，到近代被奥匈帝国统治，再到现代先后被德国和苏联挟持。1968 年捷克的"布拉格之春"很快被苏联的飞机、大炮所摧毁，德国的大炮和苏联的坦克曾经沉重地碾轧过查理大桥的石阶。直到 1989 年的"天鹅绒革命"才使捷克斯洛伐克获得独立，但没过几年，捷克与斯洛伐克又分裂成两个独立的国家。

　　我想到，也许正因为历史上经历了太多的苦难，所以才引起了捷克沉重的思考。捷克只是一个只有一千多万人口的小国，可是却孕育出了多个世界级的文学大师。我们熟知的布拉格著名作家哈谢克的《好兵帅克》，后来当了总统的哈维尔曾是布拉格的知名作家和哲学家，还有米兰·昆德拉和弗兰茨·卡夫卡更令世人仰慕。我曾经读过昆德拉的名著《不能承受的生命之轻》，他把对社会和人生的思考用哲学的抽象论述与文学的形象描述融合在一起，令人深深地思考人生的"轻与重""灵与肉""忠诚与背叛""光明与黑暗"。他在第一章"轻与重"中说道："最沉重的负担压得我们崩塌了、沉没了，将我们钉在地上。可是在每个时代的爱情诗篇里，女人总渴望压在男人的身躯之下。也许最沉重的负担同时也是一种生活最为充实的象征。负担越重，我们的生活也越贴近大地，越趋近真切和实在。相反地，完全没有负担，人变得比大气还轻，会高高地飞起，离别大地亦即离别真实的生活，他将变得似真非真，运动自由而毫无意义。那么我们将选择什么呢？沉重还是轻松？"到底何为"重"、何为"轻"？重中有轻，轻中有重。社会重了，生命轻了；社会轻了，生命重了。他提出了问题却无法解答问题。他在书中借托马斯之口表示："历史和个人的生命一样，轻得不能承受，轻若鸿毛，轻如尘埃，卷入太空，它是明天不复存在的任何东西。"我不知道昆德拉是否曾受到过法国萨特存在主义哲学的影响，但他移居法国时，正是法国萨特存在主义盛行之时，应当不会不受影响吧？我在他的书中看到了萨特的影子。昆德拉书中的女主人公特丽莎在"灵与肉"之间徘徊时，曾走到伏尔塔瓦河岸边"久久地狠狠地看着河水，漫漫水流的壮景将会抚慰她的灵魂，平息她的心境。河水从一个世纪到另一个世纪，不停地流淌，纷纭世事就在它的两岸一幕幕演出，演完了，明天就会被人忘却，而只有滔滔江河还在流淌"。昆德拉虽然出生在布尔诺，但他的大部分时间生活在布拉格，他曾在布拉格查理大学哲学系学习，哲学与文学的素养造就了他的哲学思辨性的小说。查理大桥和伏尔塔瓦河水哺育了他的心灵，使得他把自己和读者一起钉在十字架上，拷问人的灵魂，拷问生命的意义。

在查理大桥不远处，布拉格城堡里有一个称为"黄金小道"的狭窄街道。那是一个古老的商业街，矮小古旧的房子里都是些小作坊和小商铺。其中最为出名的是蓝色墙面的 22 号小屋，屋子只有十来平方米大小，伸手可及房顶，这里就是著名的现代文学大师卡夫卡故居，现在已经改装成一个小书店，里面摆满出售的卡夫卡的书籍和画像。我从这里经过时，曾进去看了看，却已找不到卡夫卡当年在此生活和写作的痕迹了，但他的确在此十来平方米的小屋里完成了《乡村医生》等作品。据说这个小屋是卡夫卡的妹妹借给他住的，但卡夫卡只在这里住了几个月，就跑回到查理大桥上游荡。卡夫卡在捷克语中是"寒鸦"的意思，我不知卡夫卡为何喜欢这个名字，但我从卡夫卡的那句话"我永远得不到足够多的热量，所以我燃烧，因冷而烧成灰烬"中，似乎看到一只在寒风中瑟瑟发抖的"寒鸦"。卡夫卡被誉为现代派文学的鼻祖，表现主义文学的先驱，其作品表现了他对人生"孤独""忧郁"的思考。捷克著名思想家米哈尔说："只有看了卡夫卡的作品，你才会理解这个犹太人对查理大桥的情结。比如，《城堡》《变形记》还有《走过来的人》等，字里行间无不透露浓浓的乡情。"这个出生在查理大桥边上的犹太人，把查理大桥称为他"生命的摇篮"，他常常在桥上徘徊，倾听伏尔塔瓦河水撞击着查理大桥的声音，那是捷克人心灵的呼唤，难怪在他生命中说出的最后一句话是："我的生命和灵感全部来自查理大桥。"

我在查理大桥上漫步走着，从这头走到那头，边走边想，忽然酿出了一首小诗：

查理桥前碧水流，哲思圣者立千秋。

玉阶犹带寒鸦色，何照乡人万里愁。

这时夕阳已经把大桥和伏尔塔瓦河水涂上了一层金色，忽然"呱"的一声，从桥下的高树枝上飞起了一只乌鸦，背着斜阳向远处盘旋着飞去，伏尔塔瓦河水在它的身影下静静地流淌。

温莎城堡联想

英国的温莎城堡建于 1066 年，是英国皇室的度假城堡，也是世界上至今有人居住的最大城堡之一。它雄踞于泰晤士河岸山丘之上，气势雄伟，挺拔壮观，内有琳琅满目的英国皇室瑰宝。这里曾经居住过 39 位英国君主，走进它就是翻开了一部英国的历史教科书。

我于 2001 年曾经走进它，认真地阅读了这部英国的历史。历史上的大英帝国几乎拥有世界，号称"日不落国"，但它终究落了，从统治世界陆地四分之一的领土和人口，"普天之下，莫非王土"的国王，到现在，只剩下拥有白金汉宫和温莎城堡等几个古城堡作为私产的名义君主。面对古堡可谓是"人世几回伤往事，山形依旧枕寒流"，但如此也算是庆幸了，法国国王及他们的居所又在哪里呢？由此可见，英国人与法国人的不同。17 世纪英国的"光荣革命"推翻了英国王朝，但却保留了皇室，没有把皇室的人都革掉了命；而法国的大革命却是把路易十六国王和王后都送上了断头台。英国的革命是温和的，法国的革命是激烈的。英国面对新事物的出现，是通过社会各阶层的妥协，施行改革的方式即实行君主立宪制而不是革命的方式，使得各阶层在一定程度上达到利益平衡，从而保证国内的和平发展。这似乎与两国人的性格特点不同也有些关系吧。我曾与英国人打过些交道，体验过英国人的"绅士风度"。记得当我在中英德三国合资的公司工作时，一次英国的董事长来访问，工作之余我带他到北京颐和园去玩，他仍旧身穿西服革履，一丝不乱。听说他曾是英国的贵族，现在还是议员。可那是7月，北京的桑拿天骄阳似火，潮热逼人，我早已浑身出汗把西服脱掉，再看他已是汗透西服背了。我劝他，可以把西服和领带拿掉，他只是摇了摇头，不肯脱掉一件，继续笔挺地前行。那时我想也许这就是所谓的"绅士风度"吧！但当我到德国开会，与英国董事长和德国总经理一起吃饭喝酒时，往往要参与他们两人的酒桌辩论。英国人讽刺德国人，德国人则讥笑英国人，互相争论哪国人更强。每到不可开交时，英国董事长往往祭出他的撒手锏，列举出"二战"时英国如何打败了德国，使得德国总经理立时无语，此时似乎也不再那么"英国绅士风度"了，我常在旁暗暗发笑。

温莎城堡最大的厅即是"大宴会厅"，初建于13世纪。在这个宴会厅里，当年著名的戏剧大师莎士比亚创作的名剧《温莎的风流娘儿们》在此首演。这里后改称"滑铁卢厅"，因室内主要陈列参与滑铁卢战役，击败拿破仑而立下赫赫战功的英国将领们的肖像而得名。在滑铁卢厅里最显眼的，是号称"铁公爵"的威灵顿公爵，他当年率领欧洲联军，在滑铁卢一战，击败了不可一世的法国拿破仑军队，一举成名。肖像上的他挥舞着宝剑，高大威武，气势非凡。还有乔治四世的画像，虽然在滑铁卢战役时，他只是个跑龙套的，但是他后来坐上了国王的宝座，改建了滑铁卢厅，因此也把自己塑造成滑铁卢战役的英雄人物，毕竟那是大英帝国最辉煌的一幕。

温莎城堡为世人津津乐道的，似乎并非那些赫赫有名的君王和将军们，而是温莎公爵，即英国原爱德华八世。1936 年，他曾为英国和英联邦各国自治领土的国王，印度皇帝，共在位 326 天，是温莎王朝的第二位国王。他在位期间，疯狂地爱上了两次离婚的美国人沃利斯·辛普森，因此遭到英国王室和教会的一致反对。他必须在王位与爱人之间选择其一，爱德华八世毅然地为了爱情选择了退位，成为英国和英联邦历史上唯一自愿退位的国王。后世提及"不爱江山爱美人"这句话时，首先想到的就是温莎公爵的爱情故事了。

细数中国历史上，也有不爱江山爱美人的，如清朝的顺治皇帝，为了深爱的美人董鄂妃可以"你舍我而去，我弃江山追随"。虽然说不清顺治皇帝后来到底是出家了，还是抑郁而终，但他确是在董鄂妃死后三个月即没了。历史上还有许多为了美人丢掉江山的帝王，从周幽王的烽火戏诸侯，到大唐的唐玄宗为了美人毁掉了江山。刘备也许算是爱江山不爱美人的吧，他曾说过："兄弟如手足，妻子如衣服。"他似乎也是证明了他的名言。孙权用美人计把刘备骗到东吴，把亲妹妹孙尚香许配给他，孙尚香也算是美女吧，以为可消磨掉他夺天下之志，但刘备还是偷偷地带着孙尚香跑回了自己的地盘，之后又把美人扔在荆州，自己入川以争夺天下，致使孙尚香借机又跑回了吴国。但刘备却是为了兄弟可以丢掉江山的皇帝，他为了替兄弟关羽报仇，不惜动用倾国之兵攻打东吴，最终兵败，撒手江山于白帝城，令人唏嘘不已！刘邦则是既要美人也要江山的皇帝，但当江山与美人发生冲突时，他是可以决然地放弃美人要江山的人。刘邦与项羽争天下，项羽抓住了刘邦的老婆吕雉，要挟刘邦是要老婆还是江山，刘邦坚定地说，要杀就杀，放弃营救吕雉的性命。刘邦在暮年时，虽然深深地宠爱戚夫人，但在他感到吕雉的儿子将来可以坐稳江山时，还是毅然地放弃了用戚夫人的儿子取代吕雉儿子做太子的打算，致使戚夫人在刘邦死后被吕雉残杀。这也是刘邦与项羽不同的一大特点吧，项羽南征北战，身边也要带着美女虞姬不离不弃，终于在垓下一败涂地时，还不肯放弃虞姬，只能仰天悲歌："力拔山兮气盖世，时不利兮骓不逝，骓不逝兮可奈何！虞兮虞兮奈若何！"如此才演出了一场霸王别姬的千古悲剧！项羽即丢掉了江山也没了美人，连自己也不得不自刎乌江！历史上即得了江山又得了美人的是汉光武帝刘秀，刘秀年轻时曾许愿："仕官当作执金吾，娶妻当得阴丽华。"最后他不是当了执金吾，而是当了开国皇帝，又如愿地娶了美女阴丽华，可谓是既得江山又得美人，演绎了难得的完美人生！

　　温莎城堡中还曾有一段众人皆知的故事，那就是英国美女王妃戴安娜。她虽曾贵为王妃，但终不愿化身为金丝雀，被关在华丽的鸟笼中，这不符合她开放的天性。她更向往在广阔的天空中自由自在地飞翔，因此选择了飞出温莎城堡这个束缚她的牢笼。"海阔凭鱼跃，天高任鸟飞"。不料在冲出牢笼一年后，死于非命，香消玉殒，令无数人叹息！

　　我默默地走出古堡，回首望着那山那水，吟出一首诗来：

　　　　古堡幽幽玉树春，温莎谁比用情真。

　　　　国王帝座如尘弃，不爱江山爱美人。

比萨斜塔遐想

世界上的事物有"正"，就有"斜"，"斜"也不足为奇，但斜而不倒则为奇迹！意大利的比萨斜塔即是历经近千年却斜而不倒，而成为世界上的奇迹的。

1993年3月的一天，我路经比萨，首先想到的就是比萨斜塔，就像到了埃及开罗首先想到埃及金字塔，到了北京首先想到天安门一样。我走进奇迹广场，一眼就看到，在一片宽阔的草坪中间，那纯白色的斜塔巍然地屹立在广场中间，如同身披白纱的仙女，斜身降落在嫩绿色的"地毯"上，微笑着迎接每位来客。

建于1173年的比萨斜塔，其实只是比萨大教堂的一个配角——钟楼，由雕塑家布斯凯托·皮萨诺主持设计。塔最初建筑是直的，但由于地基的松软，在塔建到第四层时突然发现塔身在倾斜，于是工程师们一边想尽办法纠偏，一边断断续续地建造，但直到塔建成，塔身终究没有纠正，而是继续倾斜。但令人惊奇的是，塔虽倾斜几百年，却斜而不倒，因此而成为世界建筑史的一大奇迹，名扬天下了。使斜塔更为出名还有出生在比萨城的意大利物理学家伽利略，他曾在比萨斜塔上做自由落体实验，将两个重量不同的球体从相同的高度同时扔下，结果两个铅球几乎同时落地，由此发现了自由落体定律，推翻了此前亚里士多德认为的重的物体会先到达地面，落体的速度同它的质量成正比的权威观点。原本比比萨斜塔更雄伟庄严的主体建筑——比萨大教堂却因为这些相形见绌多了呢。

比萨斜塔高 54.5 米，直径 16 米，分为 8 层，通体由白色的大理石砌成，四周以圆形的立柱环绕，造型古朴而秀美，真是"雕栏玉砌应犹在"。如今每年有 80 万的游客来到塔下，主要不是一睹它的芳容，而是要亲眼看看它斜而不倒的身姿。塔下许多游客在与斜塔拍照时，最喜欢的动作就是，双手推塔，似乎想以一己之力将塔身推正，这只是人们忧心塔终究会斜而倒掉吧。但缺陷美不是更符合人类的心理预期吗？如断臂的维纳斯更引人注目，斜塔如果不斜，哪能有今天的美名呢？人类历史历来不都是"人有悲欢离合，月有阴晴圆缺"的吗？据说意大利的法西斯独裁者墨索里尼执政时，曾经下令要求扶正比萨斜塔，在塔基上钻了几百个洞眼，灌注了 80 吨水泥浆，但结果却令墨索里尼大失所望，不仅不能扶正，反而使塔身倾斜更为严重。我想，塔可以斜，而人心不能斜，人心斜了早晚是要倒的。

俄罗斯诗人瓦吉姆·舍甫涅尔在他的《比萨斜塔》一诗中赞美道："给心灵以朦胧的希望 / 塔，温和而又坚强耸立。""——倾斜而不塌陷 / 永远是将倒未倒的模样。""地球旋转啊旋转 / 未来的日子难以预测／什么人比别人死得更早／什么人能有更长的寿限？""曾经那样高傲威严／看样子将会长存百世／多少塔已经颓然倒地／而斜塔——仍魏然屹立！"我沿着塔的阶梯登上塔顶，手扶着象牙白色的雕栏向远处望去，塔下的比萨大教堂，洗礼堂都显得渺小。斜阳将它金色的余晖装饰了洁白的塔身，这时的斜塔就像是一个新嫁娘般的妩媚了。我此时忽地萌生"独上西楼，望断天涯路"的感慨，于是吟出两首小诗：

> 遥观斜塔沐斜阳，一样风情待嫁娘。
> 俯首千年身不倒，含羞犹自戴红装。
> 登临斜塔复斜阳，千种风情弄彩妆。
> 若是直坚腰不折，恐非能有此名扬。

我心想，斜塔是有临危不惧的韧性还是内心充满矛盾？中国历来有"峣峣者易缺，皎皎者易污"的古训，斜塔本身洁白如玉已属"皎皎者"了，如果再成为"峣峣者"能够长久吗？纵观古今中外的历史，历来有"正者"和"斜（邪）者"，如宋末的文天祥虽明知宋朝已亡，却宁折不屈，作《正气歌》"天地有正气，杂然赋流形""人生自古谁无死，留取丹心照汗青"。可谓是正气凛然。岳飞虽然是"待从头，收拾旧山河，朝天阙"，浩气冲天，但却被奸臣秦桧等所害，冤死风波亭。明朝抗清名将袁崇焕一心保家卫国，却被明朝皇帝千刀万剐了。正者往往要经历更多的打击和磨难甚至污名被杀。历史是面镜子，谁"正"谁"斜（邪）"终究会大白天下的。秦桧之流虽然得逞于一时，最后还是被钉在历史的耻辱柱上了！只能跪在岳飞像前任人唾骂千古。以致清代秦状元写道："人自宋后羞名桧，我到坟前愧姓秦。青山有幸埋忠骨，白铁无辜铸佞臣。"

　　我又想到，未来的比萨斜塔会倒掉吗？谁知道！即使倒掉了那又何妨？围起来保护好，还是古迹。倒下的巨人还是巨人，飞上天的鸡毛还是鸡毛。西方对古迹的保护却是值得我们学习的，我们现在建造了太多的仿古建筑，劳民伤财有意义吗？比如，杭州的雷峰塔，曾在1924年倒掉了，鲁迅先生因此作了一篇有名的杂文《论雷峰塔的倒掉》。但前些年，杭州又在原址上新建了雷峰塔，虽然新塔金碧辉煌，那还是古迹吗？而且也不见有什么灵气，我认为。原来的雷峰塔曾经"破破烂烂"，也"并不见佳"，但因为有白娘子的传说，似乎总是有些神秘感，再加上民意总是同情被压在塔下的白娘子的，怨法海多管闲事。后来雷峰塔终究还是倒掉了，也许正是合了民意吧，白娘子终于可以自由恋爱了，而法海终究躲在蟹壳里没有出来。今日为何要再重建那雷峰塔呢？我终究想不通！

从柏林墙想到……

我因工作关系时常前往德国，2002 年 10 月的一天，我来到柏林。柏林给我最早的印象，可能就是年少时看的那部苏联电影《攻克柏林》了。柏林在"二战"时期几乎被夷为平地，如今仍旧是个繁华的城市，已不见当年的创伤。

我先来到柏林市中心的施普雷河东岸的广场，在草坪中间意外地发现了那熟悉的身影，马克思和恩格斯的雕像。马克思是坐像，他旁边站着恩格斯。我疑惑地问身边的一个德国青年："我没料到德国现在还保留了马克思和恩格斯的塑像。"他说："我虽然并不赞成马克思主义，但这是历史，应当承认和保留。"我想，德国人民确是现实而明智的，思想是无法用建立或铲除塑像来树立和毁灭的！由于游客喜欢坐在马克思的膝盖上照相的缘故，他的膝盖上已被磨出光亮的黄铜色，他的鼻子和额头也是被摸得发着亮光，我不知摸他头的人是否知道他的头脑中曾经孕育出改变世界的伟大思想！他们神情严肃地凝眸远望，他们是在凝视着不远处的勃兰登堡门，还是在凝视着勃兰登堡门身后的柏林墙？

勃兰登堡门是德国的凯旋门，曾经见证了德国的兴衰史。

1788年普鲁士国王弗里德里希·威廉二世，为纪念普鲁士在七年战争中取得的胜利而建造了此门，曾命名为"和平之门"。顶端是一套青铜雕像，四匹飞驰的骏马拉着一辆双轮战车，战车上站着一位背插双翅的女神，被称为"和平女神"。但德国并没有因此迎来和平，而迎来了战争。1806年普法战争爆发，拿破仑率军打败普鲁士军队后，法国军队穿过勃兰登堡门进入柏林，门上的女神和战车也被作为战利品运回法国巴黎。1814年，欧洲盟军在滑铁卢打败拿破仑，普鲁士才将其索回，重新安放在勃兰登堡门顶上，从此"和平女神"改称"胜利女神"。但"二战"时，德国没有因此迎来胜利，却迎来了失败，苏联红军正是穿过勃兰登堡门攻入柏林的。1961年，民主德国封锁了处在东西柏林交界点上的勃兰登堡门，使它成为柏林墙的一部分。

柏林墙是"冷战"时，民主德国政府环绕西柏林边境修筑的全封闭的边防系统，以此与联邦德国管辖的西柏林分割开来。它始建于1961年8月13日，全长167.8千米，最初以铁丝网和砖石为材料，后来加固成由瞭望塔、碉堡、混凝土墙组成的，高约3到4米的边防设施，主要目的是阻止民主德国公民逃往西柏林。它是"二战"后，德国分裂和"冷战"的重要标志性建筑，也成为铸造东西欧的铁幕的一个象征。柏林墙修建前，约有350万德国人逃离苏联占领区、民主德国和东柏林地区。修建柏林墙后，约有5000人尝试翻越柏林墙逃往西柏林，其中被枪杀者约200

人左右。1990 年 6 月，民主德国政府正式决定拆除柏林墙，柏林墙轰然倒塌。1990 年 10 月 3 日，民主德国和联邦德国统一。

现在位于柏林轻轨北火车站和柏林地铁伯恩脑大街站之间，仍保留有一段柏林墙遗迹，在原址上建有柏林墙遗址公园，以及世界上最大的露天画廊——东边画廊，展示了柏林墙的历史。而在附近的路边商店里，出售很多石块工艺品，是当时拆除的柏林墙的水泥砖块粘贴在木板上，砖块的大小不等价格不同。据说有个商人当时承包了柏林墙的拆除工程，本来别人认为这是一个赔本的生意，可他别出心裁地想到，把拆除的柏林墙水泥砖块，压成碎块出售，而发了一笔大财呢！原来历史也是可以变卖成商品的。

我穿过勃兰登堡门，来到画满彩色涂鸦的柏林墙边，轻轻地抚摸着那冰冷的水泥墙体，手中掂着刚刚从商店买到的一小块柏林墙的砖，于是在脑中酝酿出一首顺口溜来：

柏林墙上碎灰砖，手掌心中重过铅。

暴雨腥风狂洗后，为何又见血斑斑？

坐在广场草坪中间的马克思，注视着柏林墙的历史会做何感想？站在勃兰登堡门上的女神又做何感想？不知她到底应该被称作"和平女神"还是"胜利女神"，或许现在应叫她"和平胜利女神"吧！但愿她的称谓不再与她的命运相悖了。

从柏林墙我想到地球上最长的墙——中国的万里长城，它是中国历史上最伟大的一项工程，曾为保卫中国的农耕文化做出了巨大的贡献。长城从春秋战国时开始修建，直到清康熙年才决定不再修长城了。中国历史上对修建长城的千秋功过历来有不同的评说，唐朝的汪遵曾在他的《长城》诗中写道："秦筑长城比铁牢，蕃戎不敢过临洮。虽然万里连云际，争及尧阶三尺高。"胡曾也说道："祖舜宗尧自太平，秦皇何事苦苍生。不知祸起萧墙内，虚筑防胡万里城。"虽然他们的评说自有一番道理，但他们只是一介书生，不是统治者，只能发发牢骚而已，并不能阻止长城的继续修建，直到清朝皇帝康熙才深刻地认识并有权力解决了这个问题。

据《清史稿》记载：清康熙三十年，工部请修筑古北口一带倾坏的边墙。康熙说："帝王治天下，自有本原，不专恃险阻。秦筑长城以来，汉、唐、宋也常修理，其时岂无边患？明末我太祖统大兵，长驱直入，诸路瓦解，皆莫也当。可见守国之道，唯在修德安民。民心悦服，那邦本得而边境自固，所谓众志成城者也。"此言确是千古高论。当康熙帝到东海巡祖时，也曾写了一首诗："万里经营到海崖，纷纷调发逐浮夸。当时费尽生民力，天下何曾属尔家。"他纵观历史的教训，深刻地认识到，人民心中的长城远胜过那土石的墙，从这点来看，康熙确是比秦始皇高明很多的。因此他改变高压的统治策略，采取所谓的"怀柔"政策，以拉拢蒙、藏各族上层王公贵族，利用宗教信仰，用思想统治代替浩大的长城工程。康熙确是一个有远见卓识的帝王，从实践上也证明，清朝采取的罢休长城，政治统治的政策是取得了积极效果的。

在古代，热衷于修建城墙以抵御外敌的，不仅是中国，还有古罗马。罗马在统治英国时，曾修建了"哈德良"长城，即爱丁堡长城，虽不及中国长城之长，但也是动用了大量的人力物力。虽然在抵御外敌进攻中确是起了重要作用，但却不能抵御罗马军队内部的衰败和瓦解，终究没过多久罗马军队就败亡了。长城终究无法挽救古罗马帝国的命运。

历史似乎总是不厌其烦地在重演，我于是又想到了现在的"巴以隔离墙"。2002 年，以色列政府沿着巴以边境修建了高 8 米，全长约 700 千米的安全隔离墙，比柏林墙更高、更长也更现代化。不仅有钢筋混凝土墙体、铁丝网，还有高压电网，电子监控系统，并由以色列巡逻队和哨兵警戒。在隔离墙的内侧，高高的水泥墙上，有很多巴勒斯坦人的涂鸦，可以看到人们心中的愿景。比如幽默的语言"来杯茶，而不是战争"（Make tea, not war），也有表达诸如和平、繁荣、希望等观点，还有抒情的，如恋人弹吉他，他低声吟唱："为自由而歌"（Song For Freedom），"我要拿回我的球"（I Want My Ball Back）。越过充满童真的涂鸦，可以远远地眺望到墙那边的耶路撒冷，冷冰冰的水泥墙穿过灰白色的山谷和绿色的橄榄树，不仅分割了城镇和农田，隔离开曾经的同胞和他们的家园，也把他们心中的耶稣分割在两边。在巴勒斯坦境内是耶稣诞生的地方，伯利恒屹立着圣诞大教堂，而在以色列的耶路撒冷则高耸着耶稣的圣墓大教堂，那是耶稣被钉死在十字架的地方。我在 2019 年 4 月来到以色列和巴勒斯坦时，曾用手轻轻地抚摸着那冰冷的墙体，久久地沉思……耶稣在天之灵看着他被隔离在墙的两边又会做何感想呢？

　　我还记得，在 20 世纪 80 年代初到美国留学，进入美国大学时印象最深的是，看不到大学的围墙，只是在草坪上横卧着一个牌子，上面写着大学的名字。既没有学校大门，也没有看门老大爷检查进入学校的人的出入证或介绍信。大学是允许任何人随意进出的，包括大学的教学楼和图书馆。我当时很是惊愕美国文化的开放与包容。但现在更令人惊愕的是，当时的美国总统特朗普却在前几年又开始修建"美墨"边境墙，以防止墨西哥人非法越境进入美国。"美墨"边境墙竟高达 9 米，长达七百多千米，似乎要更胜巴以隔离墙一筹。后来上台的拜登停止了这一新的造墙运动，但美国已投入了 150 亿美元，已完成约 600 千米的边境墙，余下的或成为"烂尾工程"了。

　　"墙"的造与拆，不是一部人类历史的镜子吗？

巴塞罗那与高迪

　　巴塞罗那是享誉世界的地中海风光胜地和著名的世界历史文化名城，气候宜人，古迹遍布，素有"伊比利亚半岛的明珠"之称。

　　我曾数次拜访过巴塞罗那，但至今仍旧深深地刻在我头脑中的印记，不是城中的古罗马遗址和奥林匹克体育场馆，不是黄金海岸的美丽风光和穿着比基尼的加泰罗尼亚姑娘，也不是兰布拉大街广场中央耸立的哥伦布瞭望塔和铜像，而是巴塞罗那街区中的安东尼·高迪（1852 年 6 月 25 日至 1926 年 6 月 10 日）的伟大建筑杰作。因此巴塞罗那又被人称为"高迪之城"，有人说"不看高迪的建筑，就不算到过巴塞罗那"。

　　我在巴塞罗那时，无论是阳光明媚的白天还是华灯灿烂的夜晚，常常沿着宽阔的格拉西亚大街漫步，观赏路边的风景。街道两边总是人流如潮，各色精美的古典建筑林立，既有奢华的饭店，高雅的咖啡厅，也有形形色色的小摊。最吸引我目光的是位于这条大街上的巴特罗公寓，每每走到此处，即会驻足张望，久久不肯离去。

巴特罗公寓的确只是个公寓，并不大，位置也不特别，只是夹在一长排各色建筑中的一个，但你在众多的建筑中一眼就会看出它的与众不同。它没有一般建筑的棱角和直线，全部造型都是曲线，正像高迪所言"直线属于人类，而曲线归于上帝"。走进巴特罗公寓，迎面而来的一排柱子，好像大象硕壮的大腿正在迈步走向街道，外墙凹凸不平的墙面上贴满蓝绿色的陶瓷碎片，如同海蛇光滑的皮肤，又如同一片闪着波光的湖水，使你想到印象派的画作。悬挂在正面墙壁上的弧度优雅的一个个小阳台，似乎像黏附在峭壁上的鸟巢，似乎像意大利威尼斯舞会上带着的假面具，又似乎像是从墙上突然探出的骷髅头和幽灵，欲把一切路过的生灵都吸入它的腹中，一切尽可凭借你的想象自由发挥。最引人注目的，是色彩艳丽且造型怪异的屋顶，锯齿状的边缘有如龙的脊骨，黄绿相间的彩釉如同波光粼粼的龙的脊背，一条巨龙正在海波中飞腾而起，令人生畏，势不可当！龙身旁边的烟囱则如一把镶着十字架的宝剑，从空中直插而下。有人说，这是高迪借此演绎了圣乔治战胜恶龙救出公主的故事，龙身下开的一个小窗户，即是公主被困的城堡上的窗户，小公主正是在那里向远处眺望，期盼着有一天有英雄出现来相救呢！也有人说，那只是高迪大自然形象的一种想象而已，他不想挖空心思去"发明"什么，他只想仿效大自然，像大自然那样去建筑点什么，但高迪并未告诉任何人它的象征意义。我想人们更愿意想象成第一种浪漫的意象吧！当你走进巴特罗公寓，沿着曲折光滑的楼梯向上攀爬，从奇异的玻璃窗向天井中望去，你会看到，天井里层瓷砖的蓝颜色越往上越深，从浅蓝到深蓝。楼梯一侧，水纹样的玻璃映着墙壁的蓝色，使公寓看起来又像是浮在大海中的楼阁。屋子的内部设计同样令人惊叹，曲折、圆润、造型各异的门窗、屋顶、墙角无一处直线，又无一处相同，楼梯扶手的连接也如恐龙的脊骨，再配上高迪亲自为此量身打造的，以流线的柚木制成的造型别致的家具、书桌、椅子等，豪华、典雅、雍容、华贵。整栋建筑物就像是摆脱一切的成规，扬弃一切传统，只依随自我的梦幻与想象创造出来的海市蜃楼。我于是酿出一首诗来：

> 高迪建筑创思鲜，海浪龙蛇跃壁悬。
>
> 此物只应天上有，或于童话梦中间。

顺着格拉西亚大街漫步不远，在一个两条街的交汇处，耸立着高迪的另一部建筑杰作——米拉公寓。在建造米拉公寓时，高迪曾对房子的主人米拉说："这房子的奇特造型，将与巴塞罗那四周千姿百态的群山呼应。"的确，米拉公寓从外边看起来，白色石材砌出的墙面蜿蜒起伏，如同波涛汹涌的大海从空中滚过，动感十足，配以黑色扭曲回绕的链条和铁板构成的阳台，有人觉得像是非洲原住民在陡峭的悬崖上所建的洞穴，有人觉得像是蜂窝组织，有人觉得像是熔岩构成的波浪，有人觉得像海浪，有人觉得像蛇窟，而我却觉得像是被海浪冲击着的一个个黝黑、苍古的峭岩，使我自然联想到苏东坡的诗句"乱石穿空，惊涛拍岸，卷起千堆雪"。当你登上屋顶，十几个造型新颖的外星来客耸立其上，恍如穿越时空，呈现的是未来世界的景象，其实这些都是排烟管和水塔。米拉公寓确是造型奇特，甚至有些怪异和荒诞不经，超出了那时人们的想象，以致使得高迪受到众多的非难和攻击，人们戏称它为"采石场"。但它之后却成为高迪自然主义的杰作。高迪曾说："艺术必须出自大自然，因为大自然已为人们创造出最独特美丽的造型。"

高迪从小因患风湿病，不能和其他小朋友一起玩耍，只能一人独处。他唯一能做的事就是"静观"，哪怕是一只蜗牛出现在他的眼前，他也能静静地观察它一整天。高迪每个新奇的构思，在旁人看来都可能是绝对疯狂的想法，但后来都成为西班牙和全世界的建筑艺术杰作。据说，高迪的毕业设计就曾引起很大的争议，建筑学校的校长在签发给他毕业证书时曾感叹道："真不知道我把毕业证书发给了一位天才还是一个疯子。"也许这就是个真理——止常人往往没有什么才气，而天才却常常像个疯子。

最令人震撼的是高迪设计建造的圣家堂，你到了巴塞罗那绝不会错过它雄伟高大的身影，离着老远你就会被它高耸云霄的四座尖塔所吸引。圣家堂由高迪设计，1881 年开始建造，1926 年高迪逝世，至今圣家堂建造工程还没有完工，据说可能要到2050年才可全部完成。它是高迪设计建造的最伟大建筑，教堂圣殿设计了三个宏伟的正门，每个门的上方安置四座尖塔，12座塔代表耶稣的十二个门徒。170米高的高塔，五颜六色的马赛克装饰，螺旋形的楼梯，宛如从墙上生出的栩栩如生的雕像……《圣经》中的各个场景在整个建筑中如同图画一样展现。教堂共设三个立面，分别象征诞生、死亡、荣耀，细致的装饰和雕刻布满墙面。站在这里，你似乎不是在教堂，而是置身于《圣经》的真实世界里，那建筑的墙面不是用砖石砌成，而是上帝用他神奇的双手捏塑而成。东方是太阳升起的地方，高迪通过教堂彩色玻璃穹顶的光线设计，使人们在这里接受第一缕阳光和象征获得拯救的起始点。

位于巴塞罗那近郊的奎尔公园，与高迪的许多其他作品一样，充满了各种相异、原应互相排斥的元素，明亮耀目的色彩与自然环境和谐地融为一体。这里的一切，小桥、道路和镶嵌着瓷瓦的长椅都蜿蜒曲折，好像飘然流动似的，构成诗一般的意境。柱子没有一根是笔直的，全像天然森林中的树干。整个公园像一个童话世界，又像是悬挂在空中的艺术作品。在奎尔公园的中心，有一圈色彩艳丽缤纷的休闲长椅，望过去如同一条巨大的蟒蛇蜿蜒起伏，与四周的山峦遥相呼应。这里的座椅是用各色碎瓷片和碎玻璃的马赛克，拼凑镶嵌成各种奇异的彩色图案，看似质地坚硬，但由于按照人体工程学的原理做的设计，因此坐上去还是舒适的。

我静静地坐在这座椅上，温暖的阳光包裹了我的身心，于是我进入遐想。高迪为何能在巴塞罗那创造出如此大胆、创新，标新立异的建筑杰作，他的七座建筑被列为世界遗产，这在世界上也是独一无二的。我想，除了巴塞罗那开放、自由的海滨城市的空气，还应与当时的市政府的宽容和大度有关吧。因为高迪如此怪异的建筑构思，多次突破了市政府对城市建筑的规范限令，而且他的建筑也并非一开始就被巴塞罗那市民和政府认可，为此高迪也多次与市政府发生冲突和争吵，但可喜的是，大多数时候还是市政府做了让步，因此才有了高迪的建筑奇迹。

在兴建圣家堂前，高迪是个知名的花花公子，但在开始兴建圣家堂之后，他就变得如同修士，为圣家堂奉献了所有心血，甚至不惜亲自乞讨来筹措资金。高迪终生未娶，他与女人似乎无缘，除了工作，高迪没有任何爱好和需求。在生活上他显得有些傻气，疯疯癫癫的他，常留着大胡子，成天是一副阴沉沉的，让人捉摸不透的表情。他的穿着随便，往往三年五年天天穿同一套衣服，衬衫又脏又破，看着他那副穷酸样子，还真有人把他当成乞丐施舍呢！结果出现了这样的一幕：1926年，巴塞罗那举行有轨电车通车典礼，带着鲜花的电车在欢快的乐曲声和雷鸣般的掌声中开动了……突然，电车把一位老人撞到了！没人知道他就是高迪，他穿着寒酸，形容枯槁，人们以为这个糟老头儿只是个乞丐罢了，他被送到医院不久就断了气。过几天就要送到公共坟场草草埋葬了，最后是一位老太太认出，这个老头儿就是高迪。他可是巴塞罗那最伟大的建筑师，最杰出的公民，西班牙的骄傲！出殡那天，全城的人都来为他送葬，致哀！高迪被埋葬在圣家堂的地下墓室。高迪年轻时追求时髦与奢华，到晚年脱掉一切浮华的外衣，显露其质朴无华的内在本质，这也许才是被上帝认可的真正的高迪，因此最终把他招到上帝的脚下，让圣家堂穹顶上的光线投射到他的心里。

　　我从高迪联想到与他同时代的俄罗斯伟大作家托尔斯泰（1828 年 9 月 9 日至 1910 年 11 月 20 日），托尔斯泰出身豪门，但他晚年常常将自己的生活与周围的穷困农民对比，而感到痛苦不堪。从他晚年写的《复活》中，可以看到他的痛苦与忏悔，他在每个人的灵魂中看到了上帝的存在。他洗去一切铅华，穿着农民的衣服，自己钉鞋，家具十分简单，卧室很小，只有一张铁床，几张可怜巴巴的椅子，四壁空空什么也没有。但他这个充满爱心的人仍旧被痛苦折磨着，以致他最后逃出了家门，在外流浪，衣衫褴褛，乞讨充饥，终于在一个不知名的小地方，倒在路上，再也没有站起来！他似乎以与高迪一样的方式到上帝那里去报到了！

　　托尔斯泰把他的灵魂融入了文字里，高迪把他的灵魂筑造在了大地上！

古罗马帝国的沉思

　　我读过各国不少的哲学著作，古代帝王亲自写的哲学专著，引起我特别兴趣的，是古罗马皇帝马克·奥勒留写的《沉思录》。马克·奥勒留是公元 161—180 年罗马帝国兴盛时期的皇帝，古罗马著名的五贤王之一，同时他又是最重要的斯多葛学派哲学家。他在鞍马征战之余，常常扪心自问，探讨世界和人生的真谛，于是留下了这部他心灵独白的《沉思录》。

　　我一边读着《沉思录》，一边回忆着古罗马的历史和遗迹。公元前 146 年，古罗马吞并了希腊，将希腊纳入罗马帝国的版图。这并没有阻止罗马帝国的脚步，征服导致更进一步的征服。罗马通过战争获得了无尽的好处，他们获得了大量的财富、领土、自然资源，使罗马从一个小的共和国迅速成长为疆域辽阔，经济昌盛的帝国。罗马帝国的版图横跨欧亚非三大洲，北抵英吉利海峡、莱茵河、黑海、高加索一线，南至北部非洲，东到阿拉伯沙漠。但是随着国力越来越强盛，生活越来越富足，罗马人渐渐地迷失了方向。他们遗忘了罗马自古以来的优良道德品质，尤其是上层人士生活变得奢靡、豪华，他们沉醉在角斗场和赛车场的狂欢里，上流社会还盛行斥巨资建造巨大的别墅，追求数量和排场。挥霍导致罗马帝国经济衰退，统治者加重对民众的剥削，自由民和小农的破产，进一步加剧了罗马帝国的衰落。同时，政治中心的权力之争也没停歇，王位更迭似乎是所有王朝逃不开的命运，古罗马亦如此。屋大维之后，罗马君王制帝国的许多皇帝都是残暴不仁，专横霸道，引发帝位更迭频繁、动荡。

我曾经参观过世界各地的许多古罗马遗迹，体会到古罗马建筑的辉煌，从中也可想象出古罗马当年的奢华。古罗马的遗迹遍布欧、亚、非，应当是世界上至今留存最多的古代遗迹吧！也许世界历史上，只有成吉思汗的蒙古帝国的版图可与之匹敌。成吉思汗大军也曾横扫欧亚，可惜他似乎只留下破坏，没有留下什么建设性的遗迹，连他自己的真正墓地至今也仍是个谜，难怪毛泽东说他"只识弯弓射大雕"了。

在欧洲，无论是希腊、法国、西班牙，到处都可追寻到古罗马的遗迹。在德国的特里尔市，这个曾经诞生了马克思的地方，也能看到古罗马的遗迹。当你去探访马克思故居时，走进市区，首先看到的是，古罗马时期留下的尼古拉城门。尼古拉城门是罗马帝国皇帝奥古斯都下令所建，用砂岩堆砌而成，经长年风化，条缝发黑，俗称"黑门"，苍老、雄壮，保存完好。如同一个历经2000年沧桑巨变的青铜骑士，至今仍旧威武地守卫着特里尔古城。我想，当年的马克思一定从这"黑门"走过，他对古罗马的兴亡一定也有许多思考！

在希腊，到处可见古希腊遗址与古罗马遗迹共存。希腊雅典卫城，既保存有古希腊文明精髓的狄奥尼索斯剧场，这是世界最古老也是最大的露天剧场，同时在位于卫城入口南侧，也保存着体现古罗马文化精华的阿迪库斯音乐厅，可见古希腊与古罗马两种文化的融合与汇集。

西班牙塞戈维亚，有举世闻名的双层古罗马高架引水渠，高大、雄伟、坚固、实用，全部用石头堆砌而成，中有拱门，建筑材料石头之间没有任何水泥或其他黏合剂，所有石头严丝合缝。高架引水渠从远处的山区，引水到阿尔卡萨城堡，全长15千米，有166个拱门。它如此坚固，历经2000年依然挺拔、实用，没有任何毁损，至今仍可使用，只是出于文物保护的原因，直到1950年才停止使用。当你站在水渠下，人显得那么渺小，但又震惊于2000年前的古罗马人，如何设计和完成了这么伟大的工程奇迹，并感叹人的伟大。与之相媲美的，只有中国大约同时代的伟大水利工程都江堰了，至今仍旧造福着人民。而横跨欧亚的土耳其，古罗马遗迹众多，其中保存最完整的古罗马遗址就是艾菲索斯，这里有当年的罗马大道，如同今日的伦敦牛津街或纽约的曼哈顿第五大道吧。大理石铺成的地面，虽然早已被古代的马车轮子碾轧得残破不堪，但仍旧依稀可辨当年的华贵，可以想象当年的繁荣景象。塞尔索斯图书馆是当时最大的图书馆，大门全部用不同的大理石建成，虽然已是断壁残垣，仍可见其当年的雄伟壮观，从图书馆大门两侧廊柱壁龛中仍旧残存着的部分精美的大理石人物雕像，以及当年富人豪华别墅大门上的精致雕刻，仍可想象古罗马上层人士的奢华生活。

北非的摩洛哥，梅克内斯古城附近的沃鲁比利斯，公元40年，强大的罗马帝国的版图已经扩张到北非，在此建立了罗马非洲行省的首府。至今在那高坡上，仍然屹立着古罗马时期的高大柱廊、拱门和凯旋门。古城内的房间虽已残垣无存，但地面上的马赛克贴画依然清晰可见，生动逼真，光彩鲜艳，可见其居室当年的奢华。

当然，最令人震撼的古罗马遗迹还是意大利罗马的斗兽场，它是古罗马建筑文化最伟大的杰作，可是也最令人深思，古罗马营造了如此庞大的斗兽场，使得古罗马人每日沉浸在人与人、人与兽的残酷决斗中来取乐，是促进了古罗马的繁荣还是促进了古罗马的衰落呢？

古罗马当年如此辉煌，如今却只留满目疮痍，不得不让人感叹"人世几回伤往事，山形依旧枕寒流"了。如此庞大、坚固的罗马帝国，为什么很快地崩溃了？除了政治经济的因素外，人应当是一个重要的因素，特别是统治者的奢华与腐败！

我回头再看《沉思录》，马克·奥勒留虽是罗马帝国的政治家、军事家和哲学家，他的书中探索了宇宙和灵魂的自由，但似乎透出更多的是虚无主义和命定论。他说："在人类生活中，我们的一生是瞬息即逝的一个点，我们的实体在不断地变化，我们的知觉是迟钝的，我们的身体是易朽的，我们的灵魂永无止息，我们的命运难以预测，我们的名声也是靠不住的。总之，属于身体的一切如同流水易逝，属于灵魂的宛如梦幻泡影，人生是一场战争，一段旅途，身后的名声也会渐渐湮灭。""宇宙的本性操纵物质界时，好像玩弄蜡块，命运刈割生命如同收麦子。"我想，这或许与罗马帝国时期的皇帝大多没有好下场有关吧。历史上的他们不是被刺杀，就是被谋杀，或被处死和阵亡，连不可一世的恺撒大帝也逃脱不了被刺杀的命运。马克·奥勒留算是幸运的一个皇帝了，也许他看到其前辈的悲惨下场，终有所悟，深感人生的无常，即使身为至高无上的皇帝，也随时面临死亡的威胁，因而才作此《沉思录》。他是一位很有智慧的君主和思想家和少见的贤君，他能顺势而为，不强求，少奢华和私欲，因而既能保身又可有所建树，然而在他执政时期，战乱不断，外有异族入侵，内有军事叛乱，灾难不断，瘟疫、洪灾、干旱、地震频频降临，虽然他竭忠尽智，夙兴夜寐，身先士卒，征战四方，也未能挽救罗马帝国日益衰落的命运。作为即是皇帝又是哲学家的他也是矛盾的，作为皇帝，白天他率领罗马大军四处征伐，晚上当他独坐灯下，又在沉思这一切有什么意义吗？他写道："亚历山大、庞培和恺撒曾将多少城市夷为平地，在战场上杀戮成千上万骑兵和步兵，可他们自己终归追随死人而去。"他所到之处，人们高呼"皇帝万岁"，他却深知"在这辽阔天际，迁流不息的宇宙流中，人什么也抓不住，包括万里江山和金碧辉煌的宫殿，也包括自己的肉身"。一方面他主张对人要仁慈，要宽恕，他说："适应你命中注定的环境，爱那些注定与你生活在一起的人，要真诚地热爱他们。"另一方面他又残酷地镇压了埃及和叙利亚的叛乱。一方面他是明智和清醒的政治家，他在《沉思录》中看透了人世和生死，另一方面他生前又违背罗马帝国将近 100 年的"五贤王"禅让继承的惯例，他明知自己儿子康茂德无能无德，还要选择他为自己的继承人，他一生厌恶和反对暴君，可他的儿子却成为暴君，致使他那亲小人、远贤臣的儿子当了皇帝没几年，就被近卫军将领杀死，"他生下儿子，却没有生下他的心"，从而使罗马帝国进入无休止的动乱时期，加速了罗马帝国的衰落和灭亡。

马克·奥勒留也时常在皇帝与哲学家之间徘徊，他在《沉思录》中说："与第欧根尼、赫拉克利特、苏格拉底相比，亚历山大、恺撒和庞培算得了什么呢？因为哲学家能看清事物的因由本质，他们能够决定如何支配自己，而帝王呢？他们得操心多少事物，成为这些事物的奴隶啊！"他到底想做皇帝还是想成为一个独立的哲学家呢？

马克·奥勒留或许预感到罗马帝国的衰落与崩溃，但又深感回天无力，为了摆脱思想的困扰，寻求内心的平静，所以在戎马佗傺之中，夜深人静时常常扪心沉思，而成《沉思录》，如同曹雪芹看到中国封建王朝的衰败，又无能为力，所以写出《红楼梦》，感叹"无才可去补青天"只有留下"满纸荒唐言"了。

　　古罗马帝国早已灰飞烟灭，只剩下断石残垣，但在继承了古希腊文明基础上发展起来的古罗马文明并没有灰飞烟灭，仍旧是世界古典文化中的瑰宝，它在哲学、文学、建筑等方面为全人类创造了巨大的精神财富，仍在深刻地影响着世界，比如罗马柱、罗马穹顶和拱券至今仍是现代建筑的重要元素吗？这也许就是马克·奥勒留说的"灵魂"不灭吧！

　　作为罗马皇帝的马克·奥勒留早已化成尘土，但作为哲学家的马克·奥勒留写的《沉思录》，至今仍旧使人沉思！

贝多芬故居

　　波恩是位于德国莱茵河畔一座简朴而幽静的小城，虽然"二战"之后曾经作为德国的首都长达几十年，但并没有留下什么特别的痕迹，波恩最吸引我的是那伟大的灵魂——贝多芬。

　　从波恩到宾根之间的莱茵河谷是德国风景最美的地方，蓝色的莱茵河，波涛翻滚着，从这里劈开陡峭的峡谷，一路奔腾而下。我想，莱茵河就像一个巨大的生灵，具有无穷的思想和力量，才孕育了那充满激情的思想和伟大的音乐家吧！

　　2001 年冬天，我有幸来到波恩，首先想到的就是去贝多芬的故居，因为我知道这里是他出生和成长的地方。我崇敬贝多芬，不仅仅因为他是伟大的音乐家，更因为在我年轻时，因为一次偶然的事故受到巨大的打击，在生死的痛苦挣扎中，时时出现在我脑海中的就是贝多芬，他那与命运抗争的顽强意志，极大地增强了我战胜痛苦与折磨的信心和勇气。我来到市政厅附近的游客中心一打听，一个年轻的德国姑娘热心地告诉我，贝多芬故居离这里很近，步行过去也就十几分钟，她递给我一张地图，并在上面标出贝多芬故居的位置。我很兴奋，没料到，刻在我心中多年的贝多芬竟近在眼前了。于是按图索骥，找到波恩巷 20 号，狭窄的石子路边有一栋不起眼的粉色小楼，看到门前贴着一个牌子，上面写着"贝多芬故居"。这天天色阴沉，参观的人寥寥无几。1770 年 12 月 16 日，贝多芬就出生在这栋简陋的小楼里，并且在这里生活了 22 年。据说 1889 年，当故居的房屋面临被拆除的威胁时，波恩的几位市民自愿出钱，将房屋买下来，设置了现在的博物馆，可见当地人对贝多芬是多么怀念和推崇。一层的展厅里收藏了贝多芬的很多手稿、乐谱（其中有第六交响乐《田园》、钢琴奏鸣曲《月光》等）、书信、乐器还有他的家谱，以及一幅贝多芬去世时，万人送葬场景的油画。

　　贝多芬的童年并不幸福，嗜酒成性的父亲败坏了家业，企图把贝多芬变成摇钱树，从 4 岁开始，小贝多芬就被逼着站在凳子上练钢琴。半夜里，他常被酗酒归来的父亲从床上拽起来，练琴到天亮，不满 8 岁就被强迫表演卖艺，11 岁起就开始了在剧院中的打工生涯。这种严酷的童年生活，使贝多芬很早就走上了以音乐谋生的道路，也因此造就了他坚毅倔强的性格。17 岁时他的母亲去世，贝多芬完全挑起了养家的重担。

　　我的视线落在墙角的那架大钢琴上，据说那是贝多芬当年用过的钢琴，是德国格拉夫钢琴公司为他定制的。我静静地凝视着那架钢琴，看着贝多芬留下的乐谱，耳边似乎响起了交响乐的声音。我的眼前出现了一条潺潺流水的小溪，伴随着夜莺、鹌鹑和布谷鸟的叫声，琴声悠扬而明亮，似暴风雨过后的快乐和感激，是他的第六交响曲《田园交响曲》。当你为世界上的苦难感到悲伤的时候，当你身心疲惫时，这首曲子像一个温柔的母亲，把手搭在你的肩上，轻轻地抚摸，慰藉着你的心灵！突然间，巨大的黑影掠过，悲壮的雷声、可怕的轰鸣，疾风怒吼，排山倒海的气势，与生命奋争的力量，顽强的意志和信念最终战胜黑暗，直到永恒的最终欢乐，这是他的第九交响曲《合唱交响曲》，给在痛苦与绝望的汹涌风浪中挣扎的人们以无穷的力量和希望。罗曼·罗兰说："贝多芬，一个穷困潦倒，残疾而孤独，生而痛苦，世界从未给予他欢乐的人，却创造了欢乐奉献给全世界，他用自己的苦难锻造了欢乐。"

的确！贝多芬的不幸，绝不仅仅是在童年。接下来，他遭受的打击和痛苦接连不断，而且一次比一次更加沉重和残酷。他曾热烈地渴望和追求爱情，可是爱情却一次次抛弃了他。从小就缺失家人的爱抚，成年后又从未躺在爱人的怀抱里品尝过温暖的滋味，他终生未娶，一生不得不与孤独和痛苦相伴。更无情的打击是，当他风华正茂、才华横溢时，却意外地患上耳疾，听力严重下降，最后几乎失聪，如同正在展翅高飞的雄鹰突然折断了双翼，正在大海中奋击的鲸鱼突然失去了尾鳍……还有什么比这更残酷的吗？这晴天霹雳的打击，几乎将贝多芬彻底击垮，他曾经想过要结束自己的生命，展厅里有一份他当年写给兄弟的"遗书"，讲述了他耳聋之后痛苦与绝望的心情。面对生死抉择，他重新审视了生命的真正意义，最终战胜了平庸，战胜了自己的痛苦，战胜了自己的命运。

　　在故居的第七展室里，展出了他曾经使用过的大大小小助听器，记录了他当年跟听力衰退斗争的经历。他最杰出的作品《命运交响曲》《合唱交响曲》都是在完全失去听觉的状态中创作的，在维也纳剧院指挥和演奏完成《合唱交响曲》取得巨大成功时，全场掌声雷动，但站在台上指挥的他只能通过助手手语提示，他自己什么也听不到，直到他的助手帮他转过身子，看到全场观众起立、脱帽，热烈地鼓掌的动人一幕时，他才激动地几乎昏了过去。

　　我低着头，默默地沿着古旧窄小的木板楼梯向故居楼上爬去，听着沉重的脚步踏在楼梯上发出的声响"砰、砰、砰、砰——"，那像是很强的弦乐与单簧管的齐声奏乐，声音低沉、冷酷、威严、有力，"命运就是这样敲门的"贝多芬如是说，这不正是他的第五交响曲《命运交响曲》吗？命运敲门的四个音符，震撼人心！我想象着，命运为何对他如此不公？他才华超群，可是却屡屡遭受沉重的打击，他孤寂、贫困、痛苦，甚至连亲人都欺骗和抛弃了他，他在命运与希望、现实与理想中苦苦地挣扎。他在面临生活的压迫和失恋的痛苦时说的："我要扼住命运的咽喉。"当你与社会的道德沦丧做斗争而感到收效甚微时，当你命运多舛而愤然不平又悲叹无助时，这作品能给你无穷的勇气和力量，让你从黑暗和苦痛中奋起抗争，最终走向胜利！恩格斯曾经说："要是没有听过这部壮丽的作品的话，那么你这一生可以说是什么作品也没听过！"

故居的二楼，一个房间里放着贝多芬当年用过的管风琴，另一间房间展出的是他当年担任宫廷乐手时用过的中音提琴，看上去已经黯然无光。顶层的小阁楼是贝多芬诞生的房间，房间高不到两米，天花板举手可及。这里摆着一座贝多芬的大理石雕像，气宇非凡，那双眼睛炯炯有神，那抿着的嘴角显示出他的倔强志气。我的脑海中闪现出普希金《致大海》中的诗句："正像你一样，他威严深远而阴沉，他像你一样，什么都不能使他驯服！"我在想，如此低矮的房间如何诞生了一个这样顶天立地的英雄呢？！房间的墙上还挂着一幅贝多芬的画像，正像罗曼·罗兰形容的那样"他身材矮胖，脖子粗大，红砖色的宽大脸庞，前额宽广而隆起，深黑色的头发异常浓密，乱蓬蓬地竖着，似乎从未梳理过，他的眼中燃烧着一种奇异的力量，使见到他的人无不为之震惊……衬上古铜色而略显悲壮的脸……阔大的鼻子、又短又方，真像一头狮子的相貌"。老实说，贝多芬长得并不好看，甚至可以说有点儿丑，但他不仅是杰出的音乐天才，被尊称为"交响乐之王"，还有着伟大的灵魂。我喜欢贝多芬说过的话："即使为了帝王的宝座，也绝不出卖真理。"一次，一个公爵在他的家里，要求贝多芬为法国占领军演奏，贝多芬拒绝了，愤然地拂袖而去，并回复道："公爵！您之所以成为公爵，只是由于偶然的出身，而我之所以成为贝多芬，则全靠我自己，公爵现在有的是，将来也有的是，而贝多芬却永远只有一个！"贝多芬的这句名言一直深深地刻在我的心上！

我似乎还记得，在一个狭小的房间里，有一张古旧的深咖啡色的床，我不确定那是不是贝多芬曾经睡过的床，但我愿意相信他曾经睡在这里。我想象着，漆黑的夜晚，他躺在这张床上，辗转反侧，思绪万千，度过了多少不眠的夜晚，他曾想到世界的苦难与快乐，他曾想到人生的悲哀与欢欣，他曾想到命运的坎坷与奋争，而这一切，都在他的头脑中转化出美妙而激情的音符，永久地激励着世间的无数人。

据说在贝多芬临终的那一天，暴雨雷电交加，贝多芬对来看望的朋友说了一句催人泪下的话："到上帝那里我就听到了！"他举起干枯的手臂，是在向天空做最后一次奋击，还是迎接上帝对他的召唤？也许是上帝那时需要他回到天堂去演奏了吧？！

我低着头，默默地沿着古旧窄小的木板楼梯向下走去，听着沉重的脚步踏在楼梯上发出的响声"砰、砰、砰、砰——"于是在我心中流淌出一首诗来：

> 来访故居天已昏，犹听命运在敲门。
>
> 公爵自古无穷数，世上唯一只有君。

野生动物王国探险

　　记得小时候最爱去的地方就是动物园，因为那里可以看到很多的动物，也许是人类最原始的情感吧，小朋友们都喜欢把动物当作朋友。后来长大了，虽然去过野生动物园，但那里的动物还是需要人工喂养的，并非真正的野生，而且不是动物关在大的铁笼子里，就是人关在密闭的汽车里。直到 2017 年的一天，我来到南非的克鲁格野生动物保护区，才算真正深入地体验了一把野生动物和原始生态的乐趣！

　　克鲁格国家公园是南非最大的野生动物保护区，南北纵贯400 千米，东西横跨 70 千米，占地约 2 万平方千米，背靠雄伟的群山，面临一望无际的大草原，零星分布着特有的森林和灌木，生活着大象、狮子、犀牛、羚羊、长颈鹿、野水牛、斑马、鳄鱼、河马、豹、猎豹、牛羚、黑斑羚、鸟等奇珍异兽，那确是一个野生动物的王国。

　　这一天，天还没亮我们就出发了，在园区门口上了一辆敞篷吉普车，车子既没有顶也没有车窗，一条硬板座位的四周只围着一圈粗大的铁栏杆，视野却是很好，司机是当地的黑人，开始有人害怕地通过导游问司机："我们就这样进去，如果狮子或豹子冲上来，我们岂不成了它们的早餐了？"司机笑了笑说："放心吧！我们天天进出这里，有经验的，不会把你们喂动物的！"大家看到他轻松的样子，也就放心了，既然已经上了贼船，就只能冒险一搏了。

这时天色刚亮，吉普车载着我们在荒野中奔驰，草地、森林、灌木都分明地向天际线蔓延开去，太阳慢慢地爬起，金黄色的光影在这蛮荒的大地上慢慢地推进。我们忘记了担心与恐惧，沉醉在大自然的美景之中，附近的低矮灌木丛中忽然出现了一大片淡黄色的身影，那是一群瞪羚，若隐若现的身姿引起我们极大的兴致，我们立刻欢呼起来，要求司机停车，让我们仔细看看，导游说："这里瞪羚很多的，一定叫你们看个够。"果然没过多远又看到更大群的羚羊在草地上狂奔。一会儿吉普车来到一片小树林边，正好看到几只高大的长颈鹿在优雅地踱着步，车子停了下来，长颈鹿似乎很好奇我们这些客人，竟然把头伸到我们面前，我们把导游准备好的一把树叶递过去，它们也就毫不客气地吃了起来。车子再往前走，是一大片辽阔的草原，远处一群瞪羚正在悠闲地吃草，司机把车停下来，指着车前方不远处的一片高草丛，我们顺着方向看去，忽然看到一头狮子正蹲伏在草丛中，眼睛死死地盯着远处那群吃草的瞪羚，我们都倒吸了一口凉气，谁也不敢出声了。我的眼前似乎看到那头狮子突然跃起，直奔向远处的瞪羚，一场追逐与猎杀的大戏，随时会在这片蛮荒的大地上演，但是我们等了半天，那头狮子只是抬头打了个哈欠，仍旧在那里潜伏不动，我们既想看到那场动物世界里真实的杀戮，又担心远处娇美的瞪羚成了狮子的美餐，我们没有狮子的耐性，便驱车离去，以追寻到更多的动物。吉普车继续在荒野上飞奔，忽然有人大喊一声"斑马"！向前看去，一大群黑白相间的肥壮斑马正在翠湖、河边飞奔而过，卷起滚滚的灰尘，大家又兴奋起来，我的脑海中又浮现出马赛马拉大草原，那里每年都会上演的猎豹、狮子和鳄鱼对角马、瞪羚和斑马的残酷厮杀。猎豹、狮子拼命地奔跑，谁能抢得一秒，谁就占尽天机，生死只在那一瞬之间，瞪羚和斑马似乎也早已习惯了不停地奔跑，眼看着身边的同伴被残忍地杀死，还来不及悲伤，又投入另一场奔逃大赛。尽管一路上不断遭遇猎豹的偷袭、狮子的追逐、猎狗的撕咬，还有马拉河里鳄鱼的吞食盛宴，秃鹰贪婪地吃下它们最后的腐尸，但它们一路勇往直前，同伴牺牲了，它们继续踏着尸体和足迹前进，绝无退缩，造物主造就了这场永不终止的残酷厮杀，却也造就了这斑驳大地上源源不绝的生命活力，优胜劣汰的法则就这样赤裸裸地不停上演，原始的野性酣畅淋漓地随时释放。好在这时，那群斑马和瞪羚看起来还是欢快的，但不知道下一刻会发生什么呢！果然没过多久，当吉普车行驶到一个高坡下，司机停了下来，伸手指着前面的高坡，那个坡上长着一棵大树，大树下是一堆大石头，在石头中间有一只猎豹正在那里徘徊，也许是听到我们车子的声响或是看到了我们的身影，还没等我们看仔细，它已迅捷地转身消失了。它是否奔向了那群斑马或瞪羚，我们不得而知。

这时已是中午时分，司机带我们到了一处平原地，卜车吃了些快餐，导游说："你们今天很幸运，非洲最难见到的五霸中的狮子、猎豹都见到了，下午可以再去追寻另外的三霸，大象、非洲水牛、黑犀牛。"我疑心地问道："动物在这么大的荒野中出现是随机的，你怎么会知道到哪里可以看到什么动物呢？"这时司机举起他手中的对讲机晃了晃，导游说："这里有他们的许多同事，当什么动物出现在那里，就会立刻通知他的同事，于是开车尽快过去，另外再加上他们的经验，也知道在哪里经常会有什么动物出没。"原来如此。

吃过午饭，我们上车继续前进，不久看到三只非洲象出现在我们的眼前，看来像是一家三口，两只大象，一只高大威猛并伸展出粗大象牙的雄象走在前面，扇动着两只大耳朵的母象紧随其后，它们之间跟随着一只可爱的小象，悠闲地从我们的车前走过，看来真是快乐的一家，随后又见到一大群非洲象在不远的河边喝水的画面。吉普车行驶到一个四面环绕着绿树的水塘边停了下来，我们向水中看过去，正看到两只粉红色的小耳朵和巨大的鼻孔露出水面，原来那是河马在水中嬉戏。车子接着行驶通过一条宽阔的大河，从车上往下看去，浑浊的水面上，浮现出几只鳄鱼的身躯，它们不知正等待着什么。过了河，在一片草丛中，我们看到了几只非洲水牛，快到夕阳时分，在一片树林里，我们终于追寻到非洲黑犀牛，它正在树林中低头吃草。

天是纯净的蓝，云是耀目的白，翠鸟在路边的枯树枝上，向着旷野唱着，声如婉转的天籁之音，苍鹰在上空盘旋，狒狒在树下捡食野果，世界是美妙的！这时如血的夕阳已挂在远处的山脊，原始的大地逐渐地被这血色染红，如同一幅浓重的油彩版画。谁又知道当夜幕降临之时，这里真正的征服与被征服，生存与杀戮的大戏才刚上演。

吉普车碾过血色残阳的光影，在苍茫的旷野中狂奔，我回头凝视着如血的夕阳，陷入深深的沉思。远离文明，大自然在这里肆意地撕开了外衣，将适者生存的真理展示得淋漓尽致，在这里，你能亲眼看见"物竞天择，适者生存"最惊心动魄的法则，在这里，你能深深地体验到"弱肉强食"的残酷现实，强者在这生物链中占据着高端，然而最终依旧回归尘土，滋润出肥美的绿草，加入生命的轮回，生命是复杂的，又是简单的，是震撼人心的，又是单纯的。虽然达尔文的进化论已经过了160年，但现代生物学并未推翻他的基本原理，即便分子生物学的出现，似乎进一步验证了DNA的自身变异，但并不能否定自然选择的理论。我又想到，人类处在食物链的顶端，人类是地球上生态界的伙伴，还是傲慢的支配者？动物间的杀戮仅仅是为了维持自身的生存，而人类对动物的杀戮早已超出了人类生存需要的范畴。世界上有多少动物因为人类的杀戮而灭绝，人类才是动物的最大杀害者！据说，近 100 年来，在人类干预下的物种灭绝，比自然速度快了 1000 倍，人类造成 83% 的野生哺乳动物和 50% 的植物灭绝。人类是大自然的精灵，但为何成为大自然的最大破坏者？人类贪婪与傲慢，以为自己是大自然的主宰者，可以无所不能。地球上白垩纪时代的恐龙，曾经主宰地球达 1.6 亿年，恐龙那时是不是也这样想呢？但结果如何呢？地球是人类和动物的共同家园，而且动物曾经是我们的祖先，地球上如果没有动物，人类能够独存吗？人类难道不应当尊重自然、珍爱生命，要重新审视自己的行为方式，摆正人与自然的关系吗？——"生存还是毁灭，这是一个问题"。

我回头久久地凝视着夕阳下的大草原，多么地希望地球上的动物有更多的自由和原始的家园，"同在地球上共享大自然"，多么地希望人类还能如同儿时一样，把动物当成自己永远的朋友！

普希金咖啡馆与决斗

天色阴沉，雷电交加，瓢泼大雨下个不停。旅游大巴在雨中疾驰，车上的游客都焦急地看着窗外，盼望着这场大雨赶紧停下，但老天似乎有意要让人失望，雨越下越大，没有一点要停下的意思。这时导游站起来说："我们下一站是去参观位于涅瓦大街的普希金咖啡馆，但是涅瓦大街是不允许大轿车通行的，因此我们要从这里下车，步行半个多小时才能到达那里，由于现在雨很大，走过去恐怕很难，如果没有人坚持去，我们就放弃这个景点。"话音刚落，我立刻举手说："我一定要去。"导游无奈地摊开两手说："根据规定，如果有一个人坚持去，我也要陪着去，其他人可以在大巴里等待。"于是我跟着导游下了车，在大雨中，沿着宽阔的涅瓦大街，奔着普希金咖啡馆的方向一路急行，任雨水打在我的脸上，打湿我的衣衫，浸透我的鞋袜，我全然不顾，心中只有一个想法，一定要亲眼看一下普希金喝下人生最后一杯咖啡的地方。

普希金是我年轻时的偶像，我曾经非常喜欢他的诗歌，以致在年少时就曾手抄过他的一本诗集，他的诗《假如生活欺骗了你》，曾经在迷茫时给了我希望，他的《致大海》我更是背得滚瓜烂熟，在困苦中使我增添了无穷的力量。2012 年 8 月的这一天，我终于有机会一圆年少时的梦想，因此别说是下大雨，就是下刀子我也会坚持去的。

我随着导游行走在雨中，任雨水在我的身边溅起几尺高的水花，几乎是一路小跑穿过几条街道，最后终于来到涅瓦大街与马尔斯卡娅街和涅瓦河支流莫伊卡河岸街的相交处。导游指着一个涂着淡黄色墙面的普通饭店说："这里就是普希金咖啡馆了。"我看了看饭店右手的墙上，有一个普希金的自画像和签名，确认这里确是普希金咖啡馆了。于是我走进了这个两层小楼的饭馆，原先这里是甜品店。一进门厅，靠右手边是一个咖啡厅，我一眼看到普希金那熟悉的身影，是普希金的蜡像，他正坐在中间靠窗的座位上，身穿红色的燕尾服，卷曲的棕色头发，一双忧郁的眼睛静静地凝视着窗外。从这里可以看到在雨中流淌的莫伊卡河，他手中握着一支黑色的鹅毛笔，天蓝色的桌布盖着一张小小的圆桌，上面放着一杯黑咖啡，旁边点着一支蜡烛闪着豆大的黄色微光，一张写满诗句的稿纸铺在桌上。我站在门前默默地张望。在那个小小的桌前，你曾经打开了新世界的门窗，你的那支笔，曾经写下多少惊人的诗句，你那豆大的烛光，曾经如同灯塔，在黑暗中照亮过方向。但是当你最后一次坐在这里，一边喝着咖啡，你一边在想些什么？你是想到"我记得那美妙的一瞬，在我的面前出现了你"？还是"假如生活欺骗了你"？但从你那忧郁的眼神中我却读到,你正准备喝完这杯咖啡,就去郊外小黑河畔与你的情敌丹特士决斗。

普希金在他的小说中曾经多次描写过决斗的场景,决斗曾经是俄罗斯贵族的一种时髦。但普希金与丹特士的决斗,既不像他的短篇小说《射击》中描写的那般轻松——他站在枪口前,从帽子里挑选熟透了的樱桃,一粒一粒送进嘴里。也不像他在中篇小说《上尉的女儿》中描写的那般浪漫,主人公为了一首"爱情诗"而与情敌决斗,负伤而受到情人的关怀和爱抚。倒是有些像他在叙事长诗《欧根·奥涅金》中描写的,诗人连斯基为了女人而与无赖奥涅金决斗,最终奥涅金杀死了诗人,这似乎成了普希金之死的谶语。

我这时似乎看到,普希金从这里走出去,来到彼得堡郊外小黑河边的一片白桦林里,此时天色阴沉,白雪纷飞,寒风凛冽。普希金与丹特士的决斗规则是残酷的,他们约定,决斗者两人的距离只有十步之遥,如果双方在开了第一枪之后,没有造成对手伤亡,决斗者可以再开第二枪,这意味着是你死我活的死亡决斗。走出十步之后,丹特士抢先开枪,一声清脆的枪响,击中普希金的腹部,普希金应声倒下,鲜血染红了雪地,轮到普希金开枪时,他却发现,自己的枪被灌进了雪,匆忙之间接过助手递来的另一支枪,强忍剧痛,普希金单膝跪地,左手撑着雪地,右手颤巍巍地举枪瞄准,枪响之后,丹特士摇晃着倒在雪地里,普希金以为打死了丹特士，一阵欢呼，没想到，丹特士挣扎了几下又站了起来，遗憾的是，最终普希金只击中了丹特士的右臂，普希金则一头栽在雪地里。两天后，普希金在剧痛中死去，他的敌人却活着。

俄国哲学家赫尔岑说"普希金是俄罗斯的灵魂""在尼古拉一世的残酷年代，只有普希金的响亮辽阔的歌声在奴役和苦难的山谷里鸣响着……并把那声音送向遥远的未来"。但随着那一声枪响，"俄罗斯诗歌的太阳"陨落了，年仅 38 岁。对于普希金为何要与丹特士决斗，后人有各种说法和猜测，有人说起因当然是他那被称为"彼得堡第一美人"的妻子娜达莉亚，由于近卫军上尉丹特士疯狂追求娜达莉亚，致使普希金受到侮辱和伤害，为维护自己和妻子的尊严愤而决斗，也有说其实真正的幕后黑手是尼古拉沙皇，还有人论述说，是由于不幸的婚姻、债台高筑和疾病缠身把普希金逼上绝路的。与普希金同时代的俄罗斯诗人莱蒙托夫在普希金死后写的那首诗歌《诗人之死》里控诉："诗人倒下了，这声誉的俘虏！他受尽流言蜚语的中伤，胸饮了铅弹，渴望着复仇，垂下了高傲的头颅……他挺身对抗上流社会的舆论了，还是单枪匹马……被杀害了……熄灭了，这盏天才的明灯，凋谢了，这顶绚丽的花冠！"可悲的是，莱蒙托夫之后也因决斗而身亡，难道这就是那时代俄罗斯文豪们的宿命吗？无论普希金为何决斗而死，都令人叹息！后人大多归罪于娜达莉亚，就像将特洛伊战争归罪于美女海伦一样。但历史上如果没有海伦，恐怕还是会发生特洛伊战争，普希金如果不娶娜达莉亚，普希金也可能会英年早逝！也有人引用苏轼在《留侯论》里的论述"匹夫见辱，拔剑而起，挺身而斗，此不足为勇也。天下有大勇者，卒然临之而不惊，无故加之而不怒，此其所挟者甚大，而其志甚远也"来评说普希金，认为他正处于才华横溢之巅峰，为了一个女人值得吗？！普希金如能隐忍就不会死在无谓的枪下。但普希金是诗人，不是政治家，他不会隐忍，他只有一腔热血和激情，否则也写不出那样激动人心的诗句了。正像他离世前几个月写下的诗句："不，整个的我不会死亡，灵魂在圣洁的诗中将逃避腐朽，超越我的骨灰而永存……我将永远被人民所喜爱，因为我诗的竖琴唤起了那善良的感情，因为我在残酷的年代歌颂过自由，并给那些倒下的人召唤过恩幸！"无论如何猜测普希金的死因，普希金是死了，但他的诗歌为自己竖起了一座永久的丰碑！于是我也为普希金酿出一首诗来：

> 探寻偶像觅遗踪，涅瓦长街冒雨行。
>
> 甜品店中安泰坐，彼得郊外举枪鸣。
>
> 高歌撼动沙皇位，激电划开暮夜空。
>
> 自由之神何处去？诗魂直上九霄重。

　　没有时间喝上一杯咖啡，我从普希金咖啡馆里默默地走出来，大雨还在下着，风还在刮着……

希腊古迹与神话和哲学

    我年轻时很喜欢读古希腊的神话故事和哲学，常常在心中向往着那神一样的地方，但总是无缘见其真容，直到 2014 年 11 月才有机会踏上了希腊的土地，实现了我的希腊之梦。

    我希腊之旅的第一站就是雅典，参观过奥林匹克运动场遗址和老皇宫后，第二天上午我急切地登上位于雅典市中心的高丘——雅典卫城，这天天气晴朗，远远地看过去，高岗上巍峨耸立的纯白色的卫城，在蓝天的映衬下更加雄伟，真是"欲与天公试比高"，走上台阶，仰观那象牙白色的粗大柱廊高耸云霄，不禁令人惊叹，虽然历经近 3000 年的岁月沧桑，当年的神庙只剩下断柱残垣，象牙白的颜色中也渗透出淡淡的黄色，但仍然令人震撼。我不禁在想，古希腊神庙的遗迹至今仍然能够耸立在高岗上，这就是个世界奇迹，而同时代的中国古迹都只能在地下和墓葬中寻找了。坐落在卫城中心的是帕特农神庙，是为歌颂雅典战胜波斯侵略者而建的长方形建筑，当年里面供奉着希腊智慧和胜利女神——黄金象牙镶嵌的雅典娜。虽然如今庙顶坍塌，雕像无存，但从巍然屹立的高大柱廊中，还可以看出它当年的雄姿。据说在公元 5 世纪中叶，神庙被改为基督教堂，雅典娜神像被移出，1458 年土耳其占领雅典后，又将神庙改为清真寺，雅典娜神像也不知去向了。统治者们总是想根据自己的想法任意改变神的模样，但人们至今仍旧记着那个金光璀璨、端庄貌美，有着一双似水明眸的雅典娜。我凝视着蓝天下白色的大理石在阳光中闪着金色的光，似乎看到头上戴着橄榄枝的雅典娜正婀娜地走来。雅典娜神庙的对面是伊瑞克提翁神庙，六个大理石少女像代替了石柱，顶起了石顶，她们长裙束胸，轻盈飘逸，虽然头顶千钧，仍然亭亭玉立，正应了苏东坡的那句诗"端庄杂流丽，刚健含婀娜"。

我走到卫城的断墙边，举目向远处望去，从这里可以看到蔚蓝色的爱琴海，海天一色。大约 2600 年前，在那海上，曾经发生了一场世界历史上的著名战争——希波战争，波斯帝国凭借其远胜过希腊的海陆军，意图一举击败希腊军队，吞并希腊领土。而希腊则演出了一场雅典空城计。把人民撤退到海岛上，并在爱琴海的萨拉米海湾，与于己数倍的波斯主力海军展开决战，巧妙利用地利和船小的优势击败了强大的波斯海军主力，从而扭转了战局，最终将波斯军队赶出希腊，结束了持续约半个世纪的希波战争。这是世界战争史上以少胜多的著名的战例，也是民主共和制的古希腊战胜专制帝国古波斯的典范。正是为了纪念这场战争的胜利，古希腊人在卫城上建造了雅典娜神庙。

1908 年，康有为登上雅典卫城时，曾经感叹雅典的文明，他说"盖雅典之山川至美，又有海波浩荡之，故其人之物义理，以美为尚，夫人类之生，多本于山川之观感，如生于沙漠及卫藏地，虽有聪明俊智之灵，岂能为文美之制作呼！中华、印度皆大陆，巴比伦、埃及皆江流，其人文美之好尚，必不如海波潏潈之岛国，为尤华妙矣……故雅典之文明，皆雅典之地为之"（摘自康有为《希腊游记》），由此他断言，民主与共和只适合希腊这样的小国寡民，而不适合泱泱大陆的中国，但仅仅三年后，辛亥革命就将民主共和的旗帜插遍了中国各地。

紧邻地中海和爱琴海的古希腊，孕育了海洋文明，古希腊海洋文明具有开放性、创新性和多元性，以及个性精神自由的特点，为后来的西方文明奠定了基础。

在离雅典卫城不远处，有古雅典的公民议会的遗址，是古希腊大哲学家苏格拉底经常找人辩论的地方，在附近的菲利波普山坡上还有三个石洞，据说其中的一个石洞就是当年囚禁苏格拉底的石室。苏格拉底是古希腊哲学的创始人之一，上帝给了他丑陋的外表：狮子鼻、肥厚的嘴唇、凸出的眼睛、矮小的身材，但却给了他古希腊最有智慧的头脑。他致力于探讨对人最有用的真理和智慧，他的一个重要观点是：自己知道自己无知。但是，就是这样一个追求真理的智者，却被以煽动青年、污辱雅典神的罪名当众受审，并以 500 个公民投票的方式判他有罪和死刑。据说根据当时的雅典法，只要苏格拉底承认自己有罪，就可以得到宽恕，但是苏格拉底断然拒绝了，于是，他被囚禁在这个窄小的石室中，等待着执行死刑。在此期间，他的学生曾经试图营救他，帮助他逃跑，但又被他拒绝了。临死前，他说："我去死，你们去活，究竟谁的去路好，只有神知道。"我望着那个窄小而黑暗的石室，心想，苏格拉底在这里曾经想过什么？他可曾想过，他不过是用智慧启发和教导民众，完善雅典的民主制度，为何公民大会却判他有罪呢？他为祖国追求善的理想，可他的祖国为何用死刑酬答他的贡献？我在想，那时曾经是民主共和政体的雅典，为何却要处死追求真理的伟大哲人？孰是孰非？谁恶谁善？谁能回答？我望着那个窄小而黑暗的石洞，曾经点燃过人类最具智慧的光芒，苏格拉底在这里选择了死，但他的思想却通过学生柏拉图，得到广泛传播，成为西方哲学思想的伟大先驱，他今天仍旧活着！

当古希腊产生了苏格拉底、柏拉图和亚里士多德等伟人的时代，正是中国的春秋战国年代，那时的中国也处在人类大觉醒的时代，思想多元繁荣发展，人性意识萌芽，探讨关注社会、人生、处世之道，出现了儒、墨、道、法、阴阳等诸子百家，老子、庄子、孔子、孟子、荀子、韩非子等先哲辈出。古希腊孕育出人文精神，重视个人的价值，"认识你自己"，更倾向民主政治，春秋战国时的中国，产生自上而下的"爱民"思想，倡导"仁"与"德"，更倾向集权政治。

将近夕阳时分，我来到雅典市的宙斯神殿。这是古希腊最大的神庙之一，于大约 2600 年前，为纪念天神之父宙斯而建，当年的神庙共有 104 根科林斯柱，每根石柱高达 17.25 米，顶端直径达 1.3 米，神庙长 107.75 米，里面曾经供奉着高达 12 米的宙斯神像，是世界七大奇迹之一，但是现在神庙只剩下 15 根石柱，高耸云霄，而宙斯神像早已不知去向。我望着夕阳下的高大石柱，神思飘忽，眼前又浮现出古希腊的神话故事。我想，古希腊的众神虽说都是天神，但似乎又都是有血有肉的人，有情欲，有善恶，有计谋，互有血缘关系，既不是拯救人类的上帝耶稣，不是普度众生的佛祖释迦牟尼，也不是无所不能的玉皇大帝。古希腊在他们的众神中表现了对宇宙、自然和人生的理解与思考，包含了他们较为原始的精神、心理、情感和文化内容。神和人融为一体，都具有自由奔放、独立不羁、狂欢取乐、享受人生的个体本位意识，也许这就是海洋文明与中国大陆文明产生的含蓄、隐忍和整体意识明显的差异。因此，当古希腊的大诗人荷马，激情地高歌《伊利亚特》的个人英雄主义之时，中国的《诗经》正在深情地吟诵"关关雎鸠，在河之洲，窈窕淑女，君子好逑"。宙斯虽是众神之神，但也并非无所不能，亦非圣人，他经常下界与凡间多个女人相会，可见其多情，而他的妻子天后赫拉则如同一个忌妒心极强的平凡女人一样，迫害她的情敌。宙斯将为人类盗取火种的普罗米修斯锁在高加索的悬岩上，任老鹰啄食他的肝脏，可见其残暴，他把"潘多拉盒子"送给普罗米修斯的弟弟埃庇米修斯，使灾难像股黑烟似的从盒子里飞出来，从此人类有了疾病、灾难、忌妒、偷盗、贪婪、罪恶等，却把唯一美好的东西"希望"永远关在了盒内。虽然宙斯并不完美，但那却是真实的社会和人生的写照，是人类童年时期的自由、乐观、浪漫与缺陷共存的基本精神。我抬头久久地凝视着夕阳，看它慢慢地将高耸的 15 根石柱涂成血红的颜色，于是我吟出一首诗来：

> 宙斯古殿欲何寻，雅典城中日暮深。
>
> 廊柱高高排碧上，天神不见再回临。

离开雅典，车行两个多小时，我又来到位于帕尔纳索斯山麓的德尔菲，在希腊神话中德尔菲是世界的中心，传说宙斯曾经于相反方向放出两只苍鹰来测量大地，而它们相遇的地点即是德尔菲，因此这里竖立着一个锥形石柱，称为"翁法洛斯"（意指"大地肚脐"），如今在德尔菲的博物馆中仍然可以亲眼看见这个淡褐色、凸起的"肚脐"。太阳神阿波罗每年在这里接受"神谕"，所以在四面环山的山谷中间，建有雅典人的宝库和阿波罗神殿，但如今只剩下一堆断壁残垣，阿波罗神殿也只剩下残破的地基，只有六根石柱仍旧高耸入云，向四周的高山和苍天诉说着它当年的辉煌。我在想，阿波罗当年在这里接受"神谕"时，天神可曾预言过它的衰落？可曾预言过希腊的天神后来会被基督和伊斯兰取而代之呢？但是几千年前，有一位名为塔列斯的智者曾经发出"人啊！认识你自己"的名言，这句名言就被镌刻在阿波罗神殿的外侧。现在人类可曾认识了你自己吗？虽然经过了几千年，人类已认识了更多的外在世界，可以看到几十亿光年的天体，但是认识自己似乎并不多吧？而且认识自己的灵魂比认识自己的身体更少得多吧？古希腊人纯情、自然、不虚伪、不做作、更像人类的童年，我们如今长进了多少呢？我们是否在成长的过程中迷失了自己？人类当今真的认识了自己吗？当人类认为自己无所不能时，2020 年的全球新冠病毒告诫我们，面对自然，我们还是多么无知，还是多么脆弱，我们仍然需要重温苏格拉底的那句名言"自己知道自己无知"。

我仰望残阳下的阿波罗神殿的石柱，久久地深思，于是再次吟出一首诗来：

世界中心肚眼间，阿波罗殿断石前。

柱廊空立残阳下，只有啼鸦绕上边。

特洛伊遗址联想

　　最早听说特洛伊还是从古希腊大诗人荷马的史诗《伊利亚特》，其中描述的特洛伊战争和特洛伊木马曾长久地留在我的脑海中，但我一直都认为那是虚构的希腊神话故事。直到 2015 年 3 月的一天，我亲自到达土耳其的恰纳卡莱，前往并参观了特洛伊古城遗址，才得知那不是神话，而是三千多年前在古希腊时期发生的真实历史故事。

　　这要归功于德国著名考古学家海因里希·施里曼，他因对荷马史诗的热爱，并坚信荷马描述的特洛伊战争有真实的历史依据，于是根据荷马书中的描述，坚持挖掘考证，最终在深达 30 米的地层中发现了公元前 3000 年至公元 400 年的特洛伊城遗址，找到了公元 400 年罗马帝国时期的雅典娜神庙及议事厅、市场和剧场的废墟，这些建筑虽已倒塌败落，但从残存的城垣、石柱来看，气势相当雄伟，这里有公元前 2600 年至公元前 2300 年的城堡，直径达一百二十多米，城中有王宫及其他建筑，并考古证明特洛伊确是一座曾被烧毁的城市遗址，它的石垣达 5 米，内有大量造型朴素、绘有几何图形的彩陶和其他生活用具。这一发现不仅使特洛伊以其四千多年的历史成为世界上最著名的考古遗址之一，而且使荷马史诗《伊利亚特》所描述的特洛伊战争由神话传说变成了真实的历史故事。

特洛伊遗址位于土耳其西北面的恰纳卡莱省的希沙利克，在爱达山的西南部，离达尼尔海峡不远。这里山峦青翠，流水潺潺，漫山遍野的柑橘树和橄榄树，一派典型的爱琴海农村风光。

公元前 9 世纪，古希腊诗人荷马创作的史诗《伊利亚特》叙述的"特洛伊木马计"就发生在这里。据诗中所书，特洛伊王子帕里斯来到斯巴达国王墨涅拉俄斯宫中做客，受到盛情款待，但是帕里斯却拐走了墨涅拉俄斯的妻子海伦。墨涅拉俄斯和他的兄弟阿伽门农决定讨伐特洛伊，于是组织了十万希腊联军攻打到特洛伊城下，双方激战十年。由于城池坚固，易守难攻，最后英雄奥德修斯献计，让迈锡尼士兵烧毁营帐，登上战船离开，造成撤退的假象，并在城下故意留下一具巨大的木马，特洛伊人把木马作为战利品拖进城内。晚上，当特洛伊人酣歌畅饮庆祝胜利之时，藏在木马中的迈锡尼士兵悄悄溜出，打开城门，放进早已埋伏在城外的希腊军队，打败了睡梦中的特洛伊军队，并放火烧毁了整个特洛伊城。这个故事成为千古传诵的名篇。

我如今站在这个古城的中心，在冷雨斜风中，举目四望，在一片废墟中，依然可以看到遍地的断石残垣。我在想，交战双方举倾国之兵，难道真是为了一个女人海伦吗？到底海伦有多美？！

值得用数万人的鲜血来换取吗？荷马在他的诗中从来没有正面描写海伦的美貌，但却写下了这样一段文字："当战争进行了九个年头，希腊联军兵临城下，特洛伊危在旦夕，特洛伊的长老们坐在望楼上，他们看到海伦来到望楼上面，彼此轻声说，两国的男人们为了这样一个女人流了许多血，没什么可以抱怨的，她看起来就像永生的女神。"德国18世纪美学家莱辛说："能叫冷心肠的老人承认为她打仗是值得的，有什么比这更能引起生动的美的意象呢。"正如中国的四大美女，谁人知道她们到底有多美呢？可是"沉鱼落雁，羞花闭月"八个字，即把四大美女的形象活脱脱地展现在你的面前了。如果没有海伦会有特洛伊战争吗？不知道！但如果没有杨贵妃，唐玄宗和唐朝的命运会是不一样的，起码唐玄宗和盛唐的历史会再多延续些许年吧？但是帕里斯夺走别人的妻子，总是非英雄所为吧？但唐玄宗夺走的是他的儿媳，岂不更加令人不齿呢？但这却是史实。历史上"冲冠一怒为红颜"看来并不在少数，也非吴三桂的专利。古希腊人与特洛伊人为了美女海伦拼死交战之时，大约正是中国殷商晚期，那时的商纣王也许正在和美女妲己在"酒池肉林"中通宵达旦地欢宴呢吧？古希腊人似乎并没有把亡国的责任推给美女海伦，甚至连特洛伊的长老们都说，为这样神一样的美女打仗"没什么可抱怨的"，而中国古人则将亡国的责任推到美女身上，大都说她们是妖女祸国，因此妲己就被演绎成了"狐妖"，成为致使殷商灭亡的罪魁祸首，由此看来，古代西方和东方对于美女的观念还是有些不一样的。

我登上特洛伊残破的古城墙，向远处望去，透过在冷雨斜风中瑟瑟发抖的橄榄树枝，隐隐地看到，远山前，过去一大片开阔的平原，现在是一块块整齐的农田，那应当就是当年希腊联军与特洛伊军队激战的战场。我的眼前浮现出荷马史诗《伊利亚特》描写的那场战争场面，希腊的十万大军"正从平原上滚滚而来，像树林里的叶子，海滩上的沙子""盾面如同月亮闪烁着远逝的光辉，有如水手们在海上看见的熠熠闪光""他们呐喊着，响声震天，如疾飞的雁鸟和鹳鹤，鸣声直冲云霄"，而特洛伊的士兵"组成一个威武雄壮的战斗阵营，兵勇们意志坚定，企望投入凶狂的拼杀""杀气腾腾，像石壁上崩下的一块滚动的巨岩，被汹涌着冬雨的大河从穴孔里冲下""像无情的坠石狂蹦乱跳，把山下的森林震得呼呼作响""喧腾的杀声从两军拔地而起，冲向宙斯的天宇，闪光的气空"，两军浴血苦斗"枪矛相撞，盾沿交搭，战地上的圆盾交叠，铜盔磕碰，人挤人拥"，千军万马，血肉横飞，只杀得天昏地暗、日月无光，无数鲜活的生命顷刻间"栽倒在地，像一堵翻塌的墙基""浓黑的迷雾蒙住了他们的眼睛"。如此惨烈的激战在此断续相持了十年，这片平原上曾经血流成河、尸横遍野。

我一时弄不明白，他们为了一个女人而战，为何有如此大的英雄气概？我猜想，古希腊是信仰多神的，他们认为一切都是神的意志，人的生死也是由神来决定的，既然人生来就已注定了最终的归宿，那么在有限的人生中发挥出最大的潜能，成为受人敬仰的英雄，而非碌碌无为的凡人，就成为他们的理想主义追求。荷马在他的史诗中充满了命定观，悲叹人生的短促"正如树叶的枯荣，人类的世代也如此，秋风将树叶吹落到地上，春天来临，林中又会萌发出茸密的新绿，人类也是一代出生，一代凋零"。虽然古希腊的众神并不完美，不是普度众生的菩萨，也不是拯救人类的基督，古希腊的神更接近于人，他们既有人的优点也有人的弱点，因此古希腊的英雄也不是完美的，正像真实人生中的英雄不完美一样。

我走上古城墙上一处似乎完好的城头，城头地面是用不规则的光滑石块铺成，我在想，那光滑的石块上，可曾留下海伦的足迹，当她站在望楼上，向下俯瞰，看着两国大军在为她交战，为她流血，她又做何感想呢？我从城墙上下来，走到一处砖红色的城墙边停了下来，我感到有些奇怪，因为其他处的废墟都是土灰色的，只有这里是红色的，在雨水中更显得鲜红似血染成。我任自己的想象在飞驰，难道这里即是特洛伊的英雄赫克托耳与古希腊的战神阿喀琉斯战死的地方吗？据说离城墙不远处田地里的一个小土包，就是曾经埋葬阿喀琉斯的坟头。这正是"昔人豪贵信陵君，今人耕种信陵坟"了。再往前不远，我看到一块完好的、洁白如玉的大理石雕刻竖立在荒草之中，我走过去，这是一个正方形的大理石块，四周有精美的雕刻，虽然长着青苔，仍不能掩盖它曾经的豪华，大理石的中间雕刻着一朵玫瑰花，我想那也许是特洛伊宫殿里浴室墙上的雕刻吧？或许只有它见证过海伦的裸体到底有多美？使得那么多人愿意为她去流血！我又来到一处弧形的、长条石围成的层梯台阶，那应是特洛伊城的剧场遗址，附近还有很多半人多高的陶器，据说是特洛伊人储存粮食的器物，据现在的考古学家推测，就是这些器物储存了大量的粮食，才使得特洛伊人在被希腊联军围困城中十年，而不被饿死。

我最后登上立在城外的木马，这个木马是后来的复制品，可登着梯子进到木马的肚子里，里面分两层，我想当年，希腊军队就是靠了这样的一个木马，骗过了特洛伊人而破城，最终使得希腊人焚烧了全城，我似乎看到大火焚烧时的情景：烈火摧毁了一切的宫殿和建筑，也摧毁了神庙和民舍，无数的男人和女人在大火中哀号和死去。据说现在的考古专家已经证实，特洛伊城当年确实是被焚烧，同时还在考证：特洛伊木马的肚子里，当时到底装了多少名迈锡尼士兵，特洛伊人是如何把这个木马运进城门的。

我把头从木马上方的孔洞中伸出，冷雨还在下着，斜风还在刮着，冷雨打在我的脸上，雨水顺着我的脸颊往下滴着，我望着那蒙蒙雨中的特洛伊遗迹，心想，古希腊人与特洛伊人的那场战争到底值得吗？如果说，他们不是为海伦而战，是为利益还是名誉而战吗？那又有什么意义呢？美人何在？利益和名誉何在？不都只是化作了泥土吗？如果没有荷马的史诗，谁还能记得特洛伊战争呢？谁能知道海伦到底有多美？谁又能知道特洛伊的英雄赫克托耳？谁又能知道古希腊的战神阿喀琉斯呢？"世间的一切不过是瞬间，过去和未来都将流入时间那个无边无际的深渊"（《沉思录》）。我在想，战争与和平，生命与死亡的价值到底是什么？

我擦了一把脸上的雨水，于是吟出一首诗来：

空蒙烟雨乱石残，特洛伊城史迹斑。

万骨荒郊千古恨，刀光剑影一红颜。

日本樱花巡礼

　　最早知道日本樱花，还是年轻时在鲁迅的《藤野先生》一文中"上野的樱花烂漫的时节，望去确也像绯红的轻云"，那时就曾向往有一天能够到日本亲眼看一看那美丽的樱花云海，多年后，虽然《藤野先生》早已模糊，但那如云的樱花意象却深深地铭记在我的心底，后来虽有机会去日本，却总是错过了樱花季，直到几十年后的一天，才终于有机会在日本的樱花季，细细地感受了一次日本樱花的巡礼。

　　这年三月底，我先飞到日本大阪，到达时已是傍晚，我匆匆把行李放到酒店，就急急地步行出门，想要赶到大阪城去看"夜樱"，穿过几条小路，走到一条大道上，忽然看到路旁现出一大片樱花树林，沿着路边一直地排到天际，这时一轮明月已升到当头，月光下那盛开的粉红花海，正像层层的轻云，飘浮在空中，紧靠着花树是一条宽阔的河，烂漫的樱花映在河水中，随着泛起的涟漪轻轻地飘荡，婀娜多姿，更是令人如醉如痴了。而在樱花树下，已坐满了一对对、一群群的男男女女，他们席地而坐，一边喝酒一边谈笑和歌唱，少男少女们酒后脸上泛起的红云，也如樱花般的灿烂，交相辉映，那情那景确实令人难忘。曾听日本朋友说有这样的习俗，日本樱花盛开之际，男女三五成群聚在绯云般的樱花树下，通宵达旦地进行欢宴，那是他们一年中最快乐的时光。这时我想到中国宋代词人姜夔的几句词"过韶光一瞬，便成流水，对此日叹浮华，惜芳菲、易成憔悴。留无计。惟有花边尽醉"，那或许是他们此时心境的真实写照吧。于是我也吟出一首诗来：

> 皎月绯云对映时，寻芳男女尽如痴。
> 樱花树下通宵醉，谁料明天剩几枝？

第二天听日本朋友说，我们昨晚去的地方叫造币局樱花隧道，是大阪有名的赏樱地，虽没有看到大阪城夜樱，但那里看到的情景更盛呢！

之后在日本朋友的引领下，我们先到大阪城看了满城盛开的樱花，古老典雅的天守阁映衬在樱花丛中，绚丽多姿，而更美的则是京都清水寺的樱花，这里的樱花确是像一片无垠的雪海，一簇簇，一片片压满枝头，像玉屑飘散，像胭脂飞溅，点缀在亭台楼阁，小桥流水之间更显鲜明和浓艳，而更惊艳的却是那无数穿着各种艳丽的日本和服美女，在樱花树下，亭台溪水间，款款而来竟与樱花争艳呢！于是我有感出一首诗来：

古寺樱花万树开，千层红粉上楼台。

丹青难画佳人色，最是和服款款来。

但我不知，她们可曾晓得邓尔雅的那首樱花诗"昨日雪如花，今日花如雪。山樱如美人，红颜易消歇"。

从清水寺出来，我们又赶到银阁寺前的"哲学小道"，位于日本京都大学和银阁寺之间，有一条约两千米长的步行道，因为日本的著名哲学家西田几多郎当年经常在此一边散步一边徘徊思考哲学问题，被命名为"哲学小道"，也许是日本人从德国海德堡大学一条因黑格尔经常漫步而被称为"哲学小道"的小道受到的启发。路中间有一条小溪，小溪两边满是苍古的樱树，现在正是樱花盛开的时节，苍老黑褐色的枝干上，飘浮着一层层嫩粉的花朵，淡雅、微香，袅袅婷婷似西天飘落的云霞，斜插倒映在清浅的溪水之中，确是让人联想到宋代林逋那首有名的诗句"疏影横斜水清浅，暗香浮动月黄昏"。虽然现在还未有月色，但小溪在那夕阳的余晖下更是楚楚动人。我沿着小道默默地漫步，想到西田几多郎的名言："人是人，我是我，然而我有我要走的路。"他真能走他自己的路吗？他在这里常常想到了什么？他经常思索"有与无的哲学问题"，在这里他是否思索过樱花"有与无"的哲学问题呢？于是我在此又吟出一首诗来：

银阁寺前清水溪，粉枝遒干乱斜低。

哲人散步曾思否，几日樱花入眼迷。

再经过一天的车程我们就到达了日本的箱根，箱根是日本著名的温泉地，我们正好住在山上，晚上一边泡着山上的室外温泉，一边向远处望去，一边是大海，一边是高山，山上层层的樱花在淡淡的月光下如同飘散的层层雪花，更加的迷人。洗去一路的风尘，面朝大海，领略"夜樱"花开，确是极美的享受。

从箱根到日本的富士山只有3小时的车程，我们来到富士山下的河口湖，这里是观赏富士山的极佳之地。站在湖边，可看到对面富士山的全貌，天气晴朗时，终年积雪不化的富士山映照在碧蓝的湖水中，却是令人震撼的美景。我再看湖边三三两两的樱树正是含苞待放之时，因为这里的气温较大阪、京都要低，所以那里樱花盛开的时候，这里却是待开时呢。我看到樱花树上那一簇簇的花骨朵，粉红的颜色如同少女含羞的脸颊，娇嫩欲滴，与白雪皑皑的富士山一起交叉倒映在水中，美不胜收。

我最后来到东京，最想去的仍是到上野公园去看樱花了。一位在东京的朋友对我说，现在上野的樱花大都落了，没有什么可看的，不必再去。但我还是坚持要去一趟，不仅是因为我最早的樱花情结来自鲁迅描述的"上野的樱花……"，而且我确也很想去看那落樱的景象。我乘了新干线来到上野公园，那里的樱花确是大都落了，只见到地上、水里到处飘洒着粉白的樱花，树上则所剩无几了，可是樱花树下仍旧有不少青年男女在那里喝酒、欢唱，他们是在感叹樱花的绽放之短暂，如同人生之无常吧！但我却很少看到有老人在樱花树下欢歌，也许这时他们更喜欢独自坐在自家门前的樱花树下感悟人生的幻灭。日本俳句说："婆娑红尘苦，樱花自绽放"，樱花开得灿烂，但花期只有一周左右，如惊鸿一瞥，樱花落了满地的时候，也是它们最美的时候，日本的文人似乎对此感悟更深。当他们独自行走在樱花树下，这种花几乎满足了他们所钟情的一切，寂静地凋零满地的残缺的美丽，这就是所谓的"死灭"，也许可以阐释为"把美好的东西毁灭了给人看"，他们从樱花中吸取灵感，表达那种孤注一掷的情感。如日本的著名作家太宰冶、三岛由纪夫、川端康成等人，都是将这类樱花意象投射到他们的作品中，注入他们的人生观，都是在事业巅峰时，选择自杀结束了自己的生命，正是生如樱花之绚烂，死如樱花之坠灭。这种阴郁美、瞬间美，笼罩着悲剧情绪，脱胎于日本传统的物哀、寂灭等美学意识。我曾读过川端康成获诺贝尔文学奖的小说《雪国》，他把美与悲联系在一起加以表现，构成一种即美且悲，越美越悲，越悲越美，因美而悲，因悲而美的独特风格，书中充满一种冷艳、凄美、哀美的情调。川端康成曾经说过："无言的死，就是无限的活。"他获得诺贝尔文学奖后仅两年就自杀身亡了。

　　我在上野公园并没有看到鲁迅描述的"上野的樱花烂漫的时节，望去确也像绯红的轻云"场景，但却看到那满地的落樱。凝视着那无边的落樱，思索着日本的樱花情结和美学哲学，我更欣赏中国的文人龚自珍面对落花的感慨"落红不是无情物，化作春泥更护花"，于是我也感其意，诌出一首诗来：

　　　　樱花千树尽归西，半入渠流半入泥。

　　　　花谢花飞君莫叹，催生绿叶护河堤。

默拉皮火山沉吟

印度尼西亚被称为“火山之国”，火山近400座，其中130座是活火山，这里仅1966至1970年就有22座火山喷发，此外海底火山喷发也经常发生，致使一些新的火山岛屿露出海面。位于爪哇岛中部，日惹附近的默拉皮火山每两三年即喷发一次，是印尼130个活火山中活动最频繁的，近半的默拉皮火山喷发伴随着火成碎屑流，1006年的首次爆发，山顶粉碎，毁灭了中爪哇的一个王国，埋没了东方四大奇观之一的婆罗浮屠。最近的两次喷发：2018年5月连续多次喷发，喷发蒸汽高达6000米，2020年3月再次喷发。

2016年的一天，我慕名驱车一个多小时来到日惹。这天天气晴好，远远地望过去，背靠青山的坡上，一座巨大的方形底座，拔地而起，一座座宝塔飞旋而上，直入云霄，蔚为壮观，这就是举世闻名的——婆罗浮屠了。看着那佛陀端坐在塔顶，双目微睁，面色慈祥，正在俯视着芸芸众生和千变万化的云层飘过，谁曾料到这座宏伟的佛塔，曾被默拉皮火山灰以及丛林埋没独自沉寂了1000年，直至19世纪才被挖掘出来，使宝塔和佛陀重见天日。

我历经三界（欲界，色界，无色界），登上十层塔顶，凝视着那塔中的一个个佛像，心想，当他们面对着火山的喷发与毁灭作何种感叹？当他们被深埋地下千年时，是在色界还是无色界？如何普度被火山毁灭的众生？我远眺着远处隐隐耸立着的默拉皮火山，心想，一千九百多年前，当意大利的维苏威火山突然喷发时，埋葬了古罗马著名的庞贝古城，曾经将城市瞬间毁灭，将梦中的人类永远定格在那一瞬之间，见此不得不令人感叹"人生如梦"！而回想婆罗浮屠历经劫难却完好如初，确实令人惊叹，于是我沉吟出一首诗来：

> 浮屠屹立越千年，历经沧桑不改颜。
>
> 佛祖塔中垂目坐，天崩地陷再回还。

在日惹的东郊则是印度尼西亚最大的印度教寺庙群——普兰巴南，日惹是爪哇文化的灵魂所在地，这里是文化和宗教非常分明的地方，许多佛教和印度教的古迹成了当地的标志，因此在日惹一边是佛教圣地——婆罗浮屠，一边是印度教圣地——普兰巴南，相距不远，却和谐相处千百来年，当默拉皮火山喷发时命运似乎也是相连的，谁都逃不过大自然的命运安排，普兰巴南也曾被火山喷发所摧毁过，但它却没能有婆罗浮屠那般，能在摧毁埋没之后又完好如初地再现佛光的好运，普兰巴南的大部分寺庙却是被摧毁后又重建的，这是否与供奉的不同神佛有关我不得而知。印度教信奉三大神，毁灭神——湿婆，兼具生殖与毁灭、创造与破坏双重性格，创造神——梵天，保护神——毗湿奴。有意思的是，佛祖释迦牟尼竟是毗湿奴十个化身中的一位，也可见印度教与佛教之间的关系。在这里最大的寺庙不是创造神也不是保护神，而是破坏神——湿婆，印度教的湿婆派信徒，将他奉为宇宙最高神，得到最广泛的信仰和崇拜。湿婆右手执鼓，象征生命，左手托着火焰，象征毁灭，故此，湿婆手中掌握着创造与毁灭两种元素。湿婆那种奇异的矛盾魅力，没有邪恶的邪恶，不破不立的哲学，高傲孤僻的个性，背弃一切的疯狂，不正是默拉皮火山的性格吗？不也是人类和人类社会的特征及矛盾与发展吗？

乘车再行一个多小时，就到达了默拉皮火山山腰，在这里我们改乘当地的吉普车，沿着火山喷发时岩浆流经的山谷前行，山谷覆盖着褐色和黑色的火山石与火山灰，我们的吉普车即在火山灰石上颠簸着向上艰难行进。不知走了多远，我们在一处山腰上的房屋废墟前停下，司机告诉我们，这里是一处前几年火山爆发时残留的遗迹展览馆。我们走过去，只见在一片断壁残垣内，摆满当时被火山喷发烧毁的破旧家具、残损的炊具、变形的自行车，及烧死的牛羊等动物尸骨，被熏黑的断墙上散乱地挂着当年此处火山喷发时的实景图片，记录着 2006 年和 2010 年默拉皮火山喷发时的情景。从这里走出不远，我看到一个巨大的天然火山石立在路旁，看上去像是一个老人的头颅，鹤发苍颜，双目微睁，嘴角下垂，像是一个垂暮的老人面对着火山废墟在悲叹，又像是看破大千世界的老子在沉吟："道可道，非常道……天地不仁，以万物为刍狗。"从这里再往前行不远，即能看到默拉皮火山的真容了。抬头看去，前面的默拉皮火山口正冒着白烟，红褐色的山头如同美女的容颜，身下浓密的森林如同美女的绿色裙摆向四周优雅地飘舞，而那缓慢升腾随后飘散的白烟正像银发披肩，当她静默时，是那样的美，我默默地看着她，无论如何不能想象，当她愤怒时会何等的激烈无情呢！烈火冲天而起，暗红的岩浆在滚滚的烟尘裹挟之下喷涌而出，轰隆隆的巨响向大地层层压去，融化的岩浆被推向高空，又极速地纷纷落下，如同天星坠落，赤色的火焰沿着山谷奔涌，带着 1500 度的高温，以每小时 100~150 英里的速度横扫而过，它前进路上的一切生命和物体瞬间都化为灰烬。无论是岑参的"赤焰烧虏云，炎氛蒸塞空"还是刘禹锡的"火山摧半空，星雨洒中衢"都无法描述它的壮观与威力，我不由得诌出一首诗来：

静如淑女默无言，一怒直冲万里天。

烈火满腔喷射去，俗尘荡尽化为烟。

这时天色已晚，我站在那一大片从上而下流过的火山灰岩中，正在冥想，忽地眼前一亮，我似乎在那寸草不生的灰岭上看到，有几株白色的小花正在灰岩上绽放，那是死地里的生命，如同黑暗中的一道闪电，激起我对死亡与新生的思索，于是我又沉吟出一首诗来：

> 烈火冲天起，熔岩破万家。
>
> 百年无鸟迹，千里少桑麻。
>
> 云澹星垂野，山空月映沙。
>
> 茫茫灰岭上，独绽一只花。

吟罢此诗，我急忙走过去，俯身采了一朵花，放在手中细细地观赏，后听导游说这花叫"火山花"，火山熔岩流经的火山灰中，只有这种花最先生长出来，这是大自然和火山给我们的真正启示吧！

莫斯科墓地遐想

印象中的墓地是人烟稀少和幽静的，但莫斯科的两处墓地却是人流如织和喧嚣的，墓地是埋葬死人的地方，但莫斯科的两处墓地却是上演着一部活生生的俄罗斯（包括苏联）的现代史。

这两处墓地即莫斯科红场的墓地和新圣女墓地，这里分别埋葬着俄罗斯（包括苏联）现代最著名的政界和文化界的风云人物。

2012年8月，我先来到莫斯科的红场，它是我年轻时如此敬仰的圣地，在各类书中、电影中曾无数次地看到和听到它的名字和高大形象，在我的心中它是雄伟、宽阔、高大，但如今我来到这里，却是感觉似乎比我心中的形象小了很多，在红场西侧的中央，由红黑两色条石组成的列宁墓并不算高大却庄严肃穆，我首先排队走进墓室下部，看到列宁静静地躺在水晶棺里，表情是安详的，双手放在胸前，如同一尊蜡像。

我默默地注视着他那苏格拉底式的前额和曾经最生动惊人的脸部，如今只是默默地紧闭着双眼，没有了任何表情，我再默默地注视着他的双手，眼前浮现出他左手插在胸前，右臂有力地向前方伸出去的标志性形象。我曾经想象他那只有1.62米的身躯，如何蕴藏了这般的巨大能量，他挥手指引的方向又在何方？回头看着身后络绎不绝的人群，有来自各国的不同人种，每个人的信仰不同，每个人心中都会有一个不同的列宁，但无论如何都要承认他曾经用那"巨大"的双手改变了世界，如今这双手再也抬不起来了，只能静静地放在胸前任人评说。于是我默默地作了一首诗：

> 列宁墓里仰遗容，来往之人各不同。
>
> 身后沧桑君可料？百年再任史学评。

列宁墓的背后，紧靠着克里姆林宫的红墙有二十几座墓，整齐地排成一排，他们都是苏联时代功勋显赫的人物，我默默地看过去，有我曾经那样耳熟能详的名字：加里宁、斯维尔德洛夫、捷尔任斯基、朱可夫等政治家和军事家，但最使我关注的是斯大林和高尔基。斯大林在 1953 年死后曾被安放在列宁墓内的水晶棺中，1961 年被移出列宁墓葬在这里，看着斯大林那灰白色的墓碑，只有他的出生年月，没有其他任何文字，我在想，这个有着巨大争议的人物，生前可曾料到他身后的命运？功与过，鲜花与诅咒？他的残暴和任性曾经毁灭了无数人的生命，但他的坚韧和刚毅又领导苏联赢得了反法西斯战争的胜利，在他坚冷的铁面下是否也曾有过一丝柔情？31 岁的妻子因与他政见不合，1932 年被迫在家中卧室自杀身亡，但到斯大林晚年时，他将二人在一起幸福生活的照片放大，挂满克里姆林宫和他的别墅，"二战"时，他亲自送大儿子上前线，德军俘获了他的儿子，并以此要求换回德军被俘的元帅时，被斯大林断然拒绝，他的儿子也被杀害。斯大林临终时，没有政治遗嘱，只留下简短的遗言，告诉他的另一个儿子"照顾妹妹"，与他一生冷血、强硬的形象完全不同。高尔基则是我最早熟知的苏联作家，年少时读着高尔基的自传体小说《在人间》，使我废寝忘食，他在困苦的环境中，借着月光读书的身影曾经激起我对读书的无限向往，我至今仍旧清晰地记得那句话"我扑在书上，如同饥饿的人扑在面包上一样"，因为那也是我当时心境的真实写照。他的散文诗《海燕之歌》，曾经激励过无数革命志士，也是我最喜欢的文学作品之一。我注视着高尔基墓碑上的头像，他唇上那两撇倔强的胡须向外伸展着，正像暴风雨中海燕高傲飞翔的翅膀。他曾大声疾呼："让暴风雨来得更猛烈些吧！"但当"十月革命"的暴风雨来得太过猛烈时，他又忧心了，他为知识分子的命运奔走呼叫，为此不惜与他的老朋友列宁发生争执，以致不得不远走国外，虽然他死后备享哀荣，但是他的死至今仍然是个谜。

俄罗斯的另一处墓地是"新圣女公墓"，这里埋葬着更多俄国（包括苏联）的知名人士，如果说克里姆林宫边的名人墓地是整齐、单调的，那么这里的墓地，则更像一个俄罗斯露天艺术博物馆。每个墓碑的形状和色彩都有不同，深刻地反应出死者生前的功过、形象与性格特征。这里似乎不是告别生命的地方，而是重新解读生命的地方，穿行在墓地之间，拜谒的同时，让人留下长久的思考，生与死的沟通是跨越时空的，无论他们是否愿意，在这里他们不能寂寞，他们会被每一个人重新评价，如同在世。

在这个墓地中，墓碑造型极具特色的是苏联国家领导人赫鲁晓夫和葛罗米柯的墓碑。赫鲁晓夫的墓碑由黑白两色大理石错落叠加建成，黑白中间是他的头像，真实地反映了赫鲁晓夫褒贬不一跌宕起伏的黑白人生。我凝视着赫鲁晓夫黑白分明的墓碑，思绪万千，作出一首诗来：

> 墓碑颜色两分明，曾用黑白写此生。
> 是是非非多少事，任留功过后人评。

葛罗米柯是苏联的外交部部长，我们这代人都曾记得这位在中苏交恶时期苏联方面的发言人，他是苏联政坛上的不倒翁，担任外交部部长达 27 年之久，是从斯大林到契尔年科的五朝元老，历经无数次云谲波诡的政治风波，唯斯人独立，墓碑上他的面孔被雕刻成阴阳两幅面孔，深刻表现了两面人的性格特征，他是那个制度下的官场人格和心理的缩影，正是同时有这两幅面孔，才能使他在复杂多变的社会上层生存下来并左右逢源吧！

俄罗斯前总统叶利钦的墓地也在这里，墓碑是由俄罗斯三色国旗组成，有人说叶利钦搞垮了苏联，有人说叶利钦重建了俄罗斯。列宁在 1917 年摧毁了俄罗斯三色国旗，但经过 74 年后，叶利钦又重新升起了这面俄罗斯国旗。历史改变了现实，还是现实改变了历史？如果叶利钦和列宁地下相遇，会做何等惊人的辩论呢？

俄国著名作家果戈理的墓碑，在黑色大理石上方，竖立着一个黄铜大十字架，我曾读过他的名著《死魂灵》，据说死后他的头颅曾被人盗走，虽然在迁葬时又被找回，但在火车运输他头骨的途中，突遭浓雾，最后火车竟然十分蹊跷地消失了，果戈理的头颅从此也不知下落，这就是著名的"果戈理幽灵火车案"，此案至今悬而未决，他的墓中也还没有头颅。我凝视着那个金色的十字架，疑惑不解，果戈理曾写了《死魂灵》，难道他的魂灵也因此注定要在世外游荡，不能入土为安吗？带着疑问我写下一首诗：

生前名噪"死魂灵"，敲响农奴制丧钟。
身后犹留疑惑在，死魂是否显神灵？

马雅可夫斯基是苏联的著名革命诗人，他的阶梯诗歌简洁、有力，如同鼓点催人奋进，是我年少时最喜欢的外国诗人之一。他的墓碑是由红色的大理石组成，红色的背景石中间是他那棱角分明的黑灰色头颅雕像，我始终不能理解，有着如此激情似火的灵魂，为何要在人生巅峰时，轻易地开枪自杀，射穿了自己的头颅呢？那深红色的大理石背景，是他如火的激情还是他头颅中流出的鲜血？我久久地注视着那红色的大理石，心中流出一首诗：

> 革命激情似火红，排云诗句入巅峰。
>
> 可怜正是风华茂，何故匆匆了此生？

站在苏联著名作家法捷耶夫的墓前，我年轻时读过他的长篇小说《毁灭》《青年近卫军》，他的小说可以说鼓舞过我们那一代的很多人，但我那时并不知道他已于 1956 年只有 55 岁，创作事业巅峰之时，吞枪自尽了，只是在 2000 年后，我读到法捷耶夫临终前写给前苏共中央的"遗书"（这封遗书是俄罗斯在 1999 年才对外公布的），才略知了他的死因。我注视着法捷耶夫墓碑上他那忧郁的眼神，是残酷的现实摧毁了他心中的"理想"，还是他的"理想"虚幻了现实？但他最终被现实与"理想"之间的巨大差距所"毁灭"了。

奥斯特洛夫斯基的墓碑上，雕刻着他临终前的形象，他半身躺在床上，左手弯曲放在胸前，右手平伸握拳放在他的书稿上，墓碑下方雕刻着伴随了他大半生的军帽和马刀，看着他凝视着远方的眼神，我的耳边响起了《钢铁是怎样炼成的》保尔的声音：

"人最宝贵的是生命，生命每个人只有一次，人的一生应当这样度过……"他曾经激励了我们这一代人，深刻地影响了我们人生观的形成，我在这里默默地向他致敬！

最后我找到俄罗斯最著名的音乐家柴可夫斯基的墓地，据说因为他喜欢安静，所以墓地位于角落的一个小亭子里。我凝视着他的墓碑，心中同时奏响了两支乐曲"天鹅湖"和"第六交响曲"即"悲怆交响曲"。这时西天的残阳，给墓地一个个冰凉的石碑染出一抹血红色，在这里似乎穿越了时空，反观了重演的历史，体味了人生百态，看到了人性与灵魂。我低头默默地走在血色的夕阳之中，伴随着那墓地的余晖，分不清心中响起的是柴可夫斯基"天鹅湖"那优美的旋律，还是"第六交响曲"那悲怆的声响。

鲑鱼洄游有感

一次从央视的节目中，偶然看到纪录片《鲑鱼洄游》，被鲑鱼洄游的悲壮画面深深地感动了。鲑鱼为了回归故乡，历尽千难万险，伟大长征壮举的画面在我的心中久久不能忘怀。2015 年 9 月的一天，我趁着到加拿大探亲的机会，终于携上住在多伦多的孙女和孙子，驱车来到了距离多伦多以东一百多千米的小镇"Port Hope"即"希望小镇"，那里是观赏鲑鱼洄游最好的地点之一。

希望小镇是一个不大的小镇，小镇旁边有一条叫"Ganaraska"的小河流过，河上有一座铁桥，河水虽不算宽，但是水流很急，又清澈见底，可以清晰地看到水下大大小小的鹅卵石，激流冲过，溅起片片的白色浪花，发出清脆悦耳的声响。我们下了车，急切地向铁桥奔去，我站在桥上，向河里望去，见到几条青黑色的大鱼在清浅的水中在逆流向上游动，我抑制不住地激动，终于亲眼见到鲑鱼洄游的画面了。这天不是周末，所以小镇很安静，人也不多，经向路人打听，得知要看鲑鱼洄游需要向上游再走几百米，于是我们沿着河边边走边看，没走多远，先看到在河里有人穿着水裤，站在水中正甩动长杆和鱼线钓鲑鱼，再往上游走，看到河底一层层的石阶，每层石阶高约 30 厘米到 60 厘米不等，每层石阶大约相隔十几米远，这水中的台阶叫作"鱼阶"，河水顺着鱼阶奔腾而下，形成一个个的小瀑布，在每个瀑布的中间有一段水流较缓的缓冲地。我走近河边，这时可以清晰地看到一群群的鲑鱼聚集在那片缓冲地带，每条鲑鱼有 60~70 厘米长，青黑色的脊背，在缓缓地游动，那是它们正在养精蓄锐吧。因为这里的鲑鱼是从大西洋洄游而来，它们经过两千多千米的长途跋涉，进入安大略湖，再进入河溪才能到达这里，一路上它们不再进食，在约 60 天的时间里，完全靠体内积存的脂肪和能量完成这伟大的长征和冒险。我忽然看到一条鲑鱼从瀑布下的水里一跃而起，冲上鱼阶，如同百米冲刺般地在清浅的水里逆流而上，青黑色的光滑脊背半露出水外，如同一把利剑飞快地划开水面，溅起一道白色的水花，我为之一惊，接着又是一条鲑鱼冲了上去，如同战场上的士兵听到了冲锋号，冒着枪林弹雨一个个地跳出战壕，冲向敌阵，也有刚刚冲上鱼阶立刻就被湍急的水流拍打下来，停留片刻再次发起冲锋的，它们要如此腾起冲过十几道鱼阶。我沿着河边走着，时时地看到漂浮在水面上发白的鲑鱼尸体，那应是多次冲锋，没能冲上鱼阶的"封锁线"，最终受伤或力竭而死的"战士"的遗体吧，我为之感叹！再往前走几百米，来到一处较宽的河道，两岸是茂密的树林，河岸边，绿色的草丛中点缀着各种不知名的白色、黄色、紫色的野花，一片优美的秋色，河的中间，有一个长满低矮灌木和杂草的白沙小岛，岛上聚集着一大群白鸥，正在啄食着死去和将死的鲑鱼。前面是一道拦河大坝，大坝高四五米，叫"Corbetts"水坝，水流顺着大坝的斜面形成一个大的瀑布冲下，这里河水略深。只有两三岁的孙女和孙子高兴地大喊着："大鱼！大鱼！"我向下一看，果然，在大坝下面的水里聚集着一群一群的鲑鱼，盘旋着游动，这些都是成功地冲过了十几道鱼阶"封锁线"的勇士了，但最后一道，也是最艰难的一道"封锁线"，即我们说的"龙门"正在这里等着它们，只有越过这道"龙门"才能取得最终的胜利，否则仍旧会前功尽弃，即它们无捷径可走，也无退路可寻。大坝它们当然是越不过去的，但在大坝的左边有一个离水面近一米高，开口宽约三四尺，长约两米的长方形孔道，这就是所谓的"龙门"，鲑鱼要从水里腾空一米来高，向前冲进龙门口，并逆流冲过"龙门"飞流而下的滚滚洪流，才能进入大坝后面的一片平湖，回归故乡，生殖繁衍，完成人生的伟大旅程。这时我看到一条鲑鱼腾空而起，但刚接近"龙门"，就被洪流冲下，狠狠地跌回河水里，接着第二条又腾空而起，冲进了"龙门"，大家一阵兴奋，但它刚刚冲进"龙门"一尺来深，就被激流冲下来，同样掉回了河里，大家都为它的功亏一篑感到唏嘘不已，紧跟着，又见一条更大的鲑鱼腾空而起，尾部向上弯曲成优美的弧线，越过"龙门"的下沿一尺多高，突然在空中将弯曲的尾部猛地弹直，然后神奇地向前平移，如同汽车的漂移动作，跃入"龙门",摆动矫健的身体飞速地穿过洪流,进入了平湖。它的一连串动作那样完美流畅,如同经过训练的跳高健将,大家都为之惊叹和欢呼,它那惊人的一跃,实在令人难以置信,真可谓神奇!难怪在英文中鲑鱼叫"salmon",来自拉丁语的"salmo",意思是上升,因为这种鱼没有翅膀也能飞,可飞跃瀑布,所以得名"salmon",鲑鱼洄游的英文是"salmon run",本意是鲑鱼奔跑,因此英文的意思表达更为准确吧。它们与时间奔跑,与天敌奔跑,与困境奔跑,与逆流奔跑,直至在入冬之前奔跑回家。我也看到有的鲑鱼从河水里腾起,可是却直接撞击到水坝坚硬的岩石上,从而跌落回河水里,没有找准突破口的鲑鱼,只能满是伤痕地败下阵来。

我急忙转过绿树掩映的水坝左边的河岸,来到一片平湖,这里是上流的小溪在此蓄积成的一个小湖,湖水平静无波,与水坝下面的激流像两个世界,我顺着"龙门"的水流入口寻找,希望再一睹刚刚神奇地跳过"龙门"的那条鲑鱼的英姿,但它已不见了踪影。我想它终于到家了,这时应是可以轻松地在水下寻找它的伴侣,胜利完成它一生的使命了。它那最后神奇的一跃,久久地萦绕在我的心头,那是生死存亡的一跃;是回归初心的一跃;更是实现生命价值的一跃!由此我联想到,中国有过类似的"鲤鱼跃龙门"的传说,虽说我从未亲眼见过,但那传说里,鲤鱼越过龙门即可变身为龙,这里有太多功利主义的色彩,而鲑鱼越过

"龙门"，只是为了生存，不忘初心，回家繁殖后代!

据说每对鲑鱼平均可产下 4000 颗鱼子，经过一冬天的飞鸟啄食、其他鱼类的吞食等原因，来年春约有 800 条小鱼孵化出世，然后离开故乡，游向湖泊和大海，中途被各种鱼类大量捕杀并吃掉，大约只有 200 条能够到达大海，4 年后，能够再向故乡洄游的只有 10 条，但还乡之路异常凶险，虎鲸、鲨鱼、海狮等会吃掉大半鲑鱼，刚刚进入淡水河口，等待它们的又是棕熊、黑熊、野狼、白头鹰的追杀和人类的捕食，最后成功回归故乡的只有 4/10000。

鲑鱼能够从浩瀚的海水中，识别出哪一滴淡水是来自几千千米外的母亲河，准确找到回家的路。鲑鱼洄游至今仍是不解之谜，有的说，是由于鲑鱼有对家乡嗅觉的记忆，有的说，是由于鲑鱼对地球磁场的感知。无论如何，鲑鱼不畏任何艰难险阻，勇往直前的精神，却是令我们肃然起敬。所以带着小孙女和孙子去看鲑鱼洄游，也是希望他们从小就体验生命的顽强和坚韧!

在加拿大的西部 BC 省，还可观赏到另一种鲑鱼洄游，是从太平洋洄游而来，叫红鲑和粉红鲑，全身通红，如同燃烧的一团火焰。东部洄游的鲑鱼返乡后，极健壮者还有再次返还的机会，而西部洄游的红鲑在回归故乡、完成交配繁殖后代的任务之后，就会全部死亡，死后身体被分解，以其养分再滋养下一代。其壮烈真可谓："生如夏花之绚丽，死如秋叶之静美!"

鲑鱼的生命旅程实在太悲壮了，以致科学家曾试图让鲑鱼洄游之路变得平坦，但却发现，没有经过瀑布挑战的鲑鱼，回到出生地后根本不能产卵，这就是自然的法则吧！

看着夕阳的余晖染红了水坝前的溪水，亲身感受到鲑鱼回归的壮举，我酿出一首诗来：

> 秋满平湖水满堤，鲑鱼回返大洋西。
>
> 逆流直上千层雪，蓄势腾冲百丈梯。
>
> 峡谷险滩熊啸下，寒枝霜草鸟旋低。
>
> 不辞万死龙门跃，只为初心向故溪。

于是我想到，人类的生存和发展何尝不是如此呢！犹太民族是人类历史上最多灾多难的漂泊的民族，三千五百多年前，摩西带领从迦南南迁到埃及为奴的犹太人逃出埃及，走上了返回"流淌着奶和蜜的迦南"之路，但回乡的征战步履维艰，这一时期，犹太人也经历了从部落到一个统一的民族的过程。所罗门时期，犹太人在耶路撒冷终于建成一个辉煌的首都和宗教中心，但之后又历经战乱，先后被巴比伦帝国、波斯帝国、罗马帝国征服，耶路撒冷几经洗劫，犹太人为了生存四处漂泊，第二次世界大战时期，纳粹把仅有九百多万的犹太人屠杀了 600 万人。就是这样一个历尽苦难的民族，却对人类的历史发展做出了巨大的贡献，不仅产生了众多杰出的思想家、科学家，而且在一个只有两万平方千米土地、八百多万人口的国家里，犹太民族在世界诺贝尔奖的获奖率竟然高达百分之二十以上，使得其他国家和民族都为之望洋兴叹！为什么？犹太人将自己称为"记忆的民族"，亚伯拉罕的信仰，埃及的奴隶生活，贤人的智慧，民族的历史，与圣城耶路撒冷的关系，犹太人通过"记忆"将这些继承下来，在这些记忆中，不光有民族的伟大和光荣，还有那些迫害、离散、痛苦和失败，将这些痛苦和教训世代相传，从中进行反省，取得教训，让离散世界各地的犹太人认识到犹太人的一体性。犹太人试图将教育定义为"痛苦的教育"，他们不但告诉孩子人生有喜悦和幸福，更告诉他们人生有黑暗和痛苦。犹太民族的历史、经历，他们的"记忆"，他们虽然漂泊世界各地，但几千年来一直不屈不挠地奔向他们的故乡"圣城耶路撒冷"，难道不正像鲑鱼的经历和洄游之旅吗？！

中华民族也是人类历史上历尽苦难和经历战乱最多的民族，中华民族虽然拥有五千年的文明，但历史上战乱不断，且不说民族内战，就是中华民族史上也曾面临过三次灭族的危机。第一次是东晋时期的五胡乱华，塞外的胡人入侵中原，时间持续百年，更迭的政权不下二十个，史书记载"北地苍凉，衣冠南迁，胡狄遍地，汉家子弟几欲被数屠殆尽"，第二次是蒙古族最终入主中原，使得汉人十存一二，中华民族被屠杀七千多万人，据说还载入了一项吉尼斯世界纪录，可想其惨景比"白骨半随河水去，黄云犹傍郡城低"（唐代李嘉祐）、"白骨高于太行雪，血飞进作汾流紫"（明代王世贞）所描述的画面更甚呢，第三次中华民族危机则是抗日战争，残忍的日寇制造了一次次的大屠杀，据统计，抗日战争其间中华民族死伤 3500 万人，可是中华民族虽历经如此多的大劫大难，每次都从废墟和血迹中崛起，越挫越勇，屹立在世界的东方，成为世界历史上四大文明古国中，唯一一个延续五千年文明不断的民族。中华民族不也有着鲑鱼一样不畏险阻、不怕牺牲、勇往直前的精神吗！即使中华儿女奔赴世界各地，但他们不也是像鲑鱼一样不忘初心，时刻向往着回归祖国吗！

一个民族的生存和发展如此，一个人要取得成功同样需要这种精神。正如孟子所云："故天将降大任于斯人也，必先苦其心志，劳其筋骨，饿其体肤，空乏其身，行拂乱其所为，所以动心忍性，曾益其所不能。"

但是我又想，人类的生存与鲑鱼之不同，鲑鱼的生存威胁主要来自外界的异类，而人类历史上的生存危机却主要来自同类。来自外界最大的威胁可能就是瘟疫了，中世纪欧洲大陆的黑死病，在 4 年的时间，断送了欧洲三分之一的生命，总计约 2500 万人死亡。但人类之间的战争才是人类死亡的第一大杀手，第一次世界大战导致一千多万人死亡，21 年后的第二次世界大战致使 7000 万人死亡，据统计，中国历史上 2000 年来，因历次战争导致的死亡人数达几亿人。人类不仅是自己同类的最大杀手，也是地球上其他动物的最大杀手。据统计，近2000年来已经有110种兽类，139种鸟类从地球上消失了，而其中三分之一是近50年消失的，在被灭绝的动物中至少四分之三是由于人类直接捕杀造成的，另四分之一则是由于人类破坏其生存环境引起的。

人类是地球上的精灵，地球可以没有人类，但人类却不能没有地球，地球上的动物可以不依靠人类而生存，而人类不能没有动物而单独生存！人类要在地球上生存和发展，既要尊重同类的生存，也要尊重地球、自然、环境和动物，否则人类终将自我毁灭！不是吗？

吴哥遗迹

　　我曾去过的东方古迹原不在少数，现在静下心来回想，总是柬埔寨的吴哥遗迹更使我不能忘怀。无论是那古老苍凉的吴哥窟古寺，还是包裹在古木巨根下的崩必烈残石断墙，或是巴戎寺那神秘的"高棉的微笑"，每想一次，心中就会一次震颤！

　　2012年4月的一天，我从柬埔寨首都金边乘车出发，经过6个小时到达暹粒市。第二天一早，首先去看大吴哥，即号称有"高棉微笑"的巴戎寺。这里有52尊佛塔，由巨大的石块堆砌而成，每一尊都雕刻着微笑的佛面，每个微笑都不一样，既有含蓄的微笑，也有开朗的微笑，还有忧郁的微笑，更有神秘的微笑……虽然经过千年的洗礼，在那斑驳的、黑褐色的脸上镌刻下了悠久岁月的痕迹，但每个微笑都那般的美丽、纯净，动人心魄，特别是那最高处屹立着的四面佛面向四方的微笑，会令你震撼，但是你可曾想到，他们被深埋在丛林地下500年，直到19世纪才重见天日。路上当地导游介绍：红色高棉极左派领导人波尔布特，在20世纪70年代曾给柬埔寨带来的一场浩劫，三年多的时间，仅有700万人口的柬埔寨估计竟有一百多万人死于饥荒、劳役、疾病和迫害，被称为 20 世纪最大的人为灾难之一。为何千年的佛国突然迎来了那场灾难？所幸的是，在那场浩劫中，"高棉的微笑"依然屹立，依然面向四方微笑，宁静而深远，那是历尽劫难后的微笑，所有的眼泪，所有的悲苦，所有的希望和渴求，都化成神秘的微笑，虽然残缺而忧郁却直达心扉。我又想到达·芬奇的名画——《蒙娜丽莎》，蒙娜丽莎的微笑有人说是神秘的微笑，有人说是鬼魅的微笑，更有人说是邪恶的微笑，我说不清楚，但现代科学家用微表情理论分析得出结论：蒙娜丽莎的微笑中含有 83% 的开心、9% 的厌恶、6% 的恐惧、2% 的愤怒。我不懂微表情理论，因此不明白蒙娜丽莎的一个微笑中如何能够含有这般多的内涵？但我想，达·芬奇生于文艺复兴时代，欧洲刚刚摆脱了中世纪禁欲主义的黑暗和悲观，倡导人文主义，追求人性的价值和尊严，表达人的情感和世俗人生的乐趣，因此蒙娜丽莎的微笑应是体现人性的微笑。但蒙娜丽莎的微笑只能保留在法国卢浮宫博物馆的玻璃罩内，而"高棉的微笑"却历经千年的风吹、雨淋、日晒和大劫大难后仍然微笑如初，他的微笑因此更伟大、更恒久，是佛的微笑。

小吴哥的日出是最好看的，因此这天天还没亮，我就出发来到小吴哥的大门前。吴哥窟的围墙外是一条护城河，当我踏上石桥，已看到远处的彩霞染红了天边，连河水也染成绛红色，我急急地穿过中央大道，走到吴哥窟的五塔前，那里是看吴哥日出最好的位置：虽然太阳还没有出来，但这里已是人山人海了。抬头向东边看去，玫瑰色的霞彩如同飘舞的幕帐挂在天边，对面五个尖塔的黑色剪影如同五个鬼魅屹立在彩色幕帐的前台，尖塔前面是一个方形的荷塘，那霞彩的幕和五个黑色尖塔的倒影正好映在荷塘的水中，天上、地上、水中的景色浑然一体，分不清哪个在天上，哪个在地上，此时天地似乎已经融化在一起，那是如同海市蜃楼的幻境，如梦如痴，摄人心魄，这时四周寂静无声，人们都屏住呼吸，等待那最震撼人心的一刻，玫瑰色的霞彩中间忽然划出一道金色的飘带，太阳从里面慢慢地露出一点眉眼，顿时一道金光四射，五座鬼魅般的尖塔瞬时闪现出金色的光芒，如同佛陀的五根金手指，直指苍穹，天上、地上、水中一片灿烂，人们情不自禁地欢呼雀跃，但太阳却像个害羞的小姑娘，立刻拉过来一条黑色的纱巾遮住了她那妩媚的笑脸，再也不肯掀开她的盖头来，人们终于失望地散去了，但我却感到满足，虽然只见到她那妩媚的一瞥，已足以震撼人心，令我终生难忘了。

吴哥窟据说是世界上最大的寺庙群，建于一千多年前的吴哥王朝。大约是中国的唐朝时期吧，吴哥王朝曾是东南亚历史上最强大的国家，但兴盛之后终究走向衰败，最后在六百多年前灭亡，只留下寺庙的遗迹掩埋在丛林地下数百年，直到一百多年前才被西方人发现，并重见天日。吴哥窟开始是为供奉印度教毗湿奴的神殿，后来又改为佛教寺庙，占地面积很大，5个尖顶宝塔的寺庙（也是柬埔寨国旗上的图案）前有陡直的"天梯"，可以爬到中间最高尖塔的顶层，那是一个四方的平台，这里即是称为"天堂"的地方。站在"天堂"上向下俯瞰，四周是红尘众生攒动的人头，不禁浮想联翩：人世的喧嚣、浮躁、悲欢痴怨，不过是浮尘一瞬，何必斤斤计较，于是我想到《桃花扇》里的那句歌词"眼看他起朱楼，眼看他宴宾客，眼看他楼塌了"，又想到《红楼梦》里的"好了歌"，我心中涌出一首诗来：

> 人世天堂一指间，何当潇洒释前嫌。
> 劝君更上吴哥顶，回首红尘自坦然。

　　殿院的四周还散布着大大小小的寺庙遗迹及世界上最长的"浮雕回廊"，墙上刻满精美的浮雕，造型各异，生动逼真，寺庙群的中央是一个宽阔的长方形空场，其意如同中国山水画中的大片留白吧。

　　傍晚又爬上巴肯山看日落，我坐在寺庙那残破的台阶上，看着远处延绵不断的山林，任微风吹过我的头顶，任晚霞披在我的肩上，我从人世想到佛界，从喧嚣想到沉静，于是又诌出一首诗来：

吴哥窟里吴哥游，盛世王朝欲可求？

玉垒千层天界动，浮屠百丈圣人修。

朝披霞彩琼楼见，暮卷乌云万事悠。

自古兴亡息瞬变，高棉微笑永恒留。

如果说大小吴哥给你带来的是震撼，那么崩必烈则会给你带来无限的感慨。

崩必烈位于吴哥古迹群以东40千米的原始森林之中，据说是为供奉印度教的湿婆神而建，湿婆神有着怪诞的形象，他集生殖与毁灭、创造与破坏于一身。崩必烈至今已荒芜了八百余年，当你走进它，看到的是遍地堆积的石块长满青苔，绿色的藤蔓爬满青黑色的石墙，最令人震撼的是，高大的榕树巨大的粗根紧紧地抓住残破、古老的寺庙的石墙、屋顶，向上伸展开茂密的枝叶，遮天蔽日，一派阴森、破败的景色。有的树根如同巨大的青灰色的龙爪，死死地抓牢青黑色寺庙的屋顶，像是要带着它展翅飞向青天；有的树根如同一条粗长的巨蟒，盘绕在古旧寺庙的石墙上，像是要把它缠死吃掉，还有的树根如同编织的巨大的蜘蛛网将破败的寺庙一网包裹在怀中。看到此情此景，你不得不感叹人造遗迹与大自然相互搏斗的奇迹，这是辉煌与破败、腐朽与新生的较量。我对此感慨万千，于是心生诗一首：

悠悠古寺千年废，郁郁墙头万木生。

人世何须伤往事，暂观此景自心清。

　　从古寺出来，看到一群当地的小孩赤着脚，有的还光着屁股，围到我的跟前，我来之前原是做了功课的，知道他们只是想要糖吃，于是我从身上掏出一把糖果，一个个地递到他们的手里，我看到他们拿到糖果后的快乐笑容，笑得那样纯朴，那样满足，那是没有被污染过的、真正的、童真的快乐！我忽地想到，不知从哪里看到过的一篇文章，讲的是中国当代一个著名的画家，有一次，他在北京的街上看到一个小孩，样子很天真可爱，于是他随手拿出画笔给那个小孩画了一张画，交给他，画家看着拿了画的小孩高兴地跑了，但小孩很快又跑回来对画家说："叔叔请给我签上名吧！"画家问道："你为什么要签名呢？"小孩答道："画签了名才值钱呀！"画家愕然，心猛地沉了下去！我没有考证过这篇文章是否真事，但却相信是真的。

　　走在回来的路上，我在想东方的四大古代奇迹，柬埔寨的吴哥窟和印度尼西亚的婆罗浮屠都是佛教遗迹，且似乎都曾经历过同样的命运，被沉埋在地下几百年，重见天日后，佛祖对着众生仍旧微笑得那般灿烂；印度的泰姬陵则是爱情的结晶，虽然那是一段凄美的爱情；中国的长城却是古代战争的遗迹，我们期盼战争永远成为遗迹，但我们能够躲得开吗？

离开柬埔寨之前，我再次久久地凝视着"高棉的微笑"，那神秘的微笑到底蕴含着什么？是看破人间爱恨情仇的嫣然一笑？是面对大劫大难的蔑视一笑？还是历尽人世沧桑的坦然一笑？

古巴印象

印象中的古巴是遥远而奇特的，遥远是因为它位于北美洲加勒比海的一个小岛上，离中国一万三千多千米。奇特是因为它自1962年发生了"古巴导弹危机"后，被美国制裁了几十年，然而至今巍然屹立！为此我常常好奇，为何一个如此的小国，在几十年的重重包围、封锁之下，可以独立生存？到底是什么模样？

2016年10月的一天，我终于有机会从加拿大的多伦多飞往古巴了。一下飞机即踏上了古巴的土地，机场虽不大但却干净整洁，过海关也很顺利，因为持有中国护照是可以免签证的，可见古巴对中国是友好的，古巴海关官员看到中国人，也是热情地打招呼问候！确是感到亲切。

出了机场，即乘汽车直奔巴拉德罗海滩，巴拉德罗海滩位于哈瓦那以东140千米，它所在的伊卡克斯半岛如同一根抛向大海的鱼竿，细长地伸向碧蓝的加勒比海，对面向北就是佛罗里达海峡，是古巴距离美国最近的地方。我乘着汽车疾驰在海岛上，从车窗中看过去，两边是高大茂密的椰子树林，透过椰林可以看到两边一望无际的大海，我们就住在这里的海滩酒店。巴拉德罗海滩酒店是一站全包式酒店，即住在这里吃喝住宿一次付费全包，各种西餐厅、各种酒和饮料一应俱全，随时可取，非常方便。巴拉德罗海滩是世界上著名的海滩之一，有"人间伊甸园"之称，出了房间，碧蓝色的加勒比海和柔细的白沙滩就展现在你的眼前，听人说"这里是全古巴最不像古巴的地方，却又是古巴最像天堂的地方"。但令我奇怪的是，住在这里的都是外国人，主要以欧美白人为主，除了酒店的服务员外看不到古巴人。经我打听才知道，这样的酒店和海滩是专门供外国游客消费的地方，不允许古巴人入内的，于是我想到中国的改革开放初期，不也是如此吗？好的酒店和景点有专供外国人消费的地方，当地的中国人不能进入，也消费不起，我想古巴也是如此吧！果然，到这里的商店一问得知，这里的商店只收美元和欧元，物价与欧美差不多，而且一个美元只能兑换一个古巴比索。我走进酒店的商场，看到有许多古巴雪茄出售，问了价格大约七到八美元一只。服务员是个看上去四五十岁的古巴中年妇女，胖胖的身材，褐色的皮肤，会讲流利的英文，态度很和善。于是我与她攀谈起来，我问道："你们可以买得起这里的商品吗？"她直接回答我说："我们每月工资只有30比索，怎么能买得起这里的商品呢！"我有些好奇，接着问道："看这里的商品价格，你们每月收入只有30比索，如何生活呢？"她笑道："我们这里住房、医疗、教育都是国家供给，不需花钱，每月的工资只是买些吃喝和日用品花不了多少钱的，再说我们也不会在这里买东西，这里只是给外国人消费用的。"听了她的回答我似乎开始明白了，古巴现在的生活有些类似我国 20 世纪 70 年代的状况，那时中国人月收入不也就合几个美元吗？古巴在重重封锁之下，只能靠旅游业来挣些外汇，因此美丽的加勒比海沙滩，就成了欧美人的后花园。

过了两天，我乘车到了古巴的首都哈瓦那，先到了老城区，这里的 400~500 年前西班牙占领古巴时留下的古典西班牙式建筑至今保存完好，虽然略显古旧但却有历史的味道，因此整个老城 1986 年就被评为世界文化遗产，街道也是整洁干净的。我缓步行走在街上，静静地欣赏着古典的教堂、酒店和来来往往的人群，花园树下常常可以看到一群群的古巴人在那里欢快地跳着舞，看来他们确是快乐的，街边广场中间散布着不少的书摊，我走过去，看到书摊中最醒目的，而且数量最多的是切·格瓦拉的传记，虽然我不曾注意是什么文字的书，但封面上那个戴着贝雷帽，烈焰般腾飞的长发和倔强的卷曲着的胡须围绕着的刚毅的脸我是认识的，因为到了哈瓦那，看到最多的画像就是切·格瓦拉，街头商场挂着的 T 恤衫、搪瓷杯上，到处都印着切·格瓦拉的头像，比古巴领袖卡斯特罗的画像还要多很多的，在新城区的革命广场，古巴民族英雄何塞·马蒂的纪念碑后面，你可以看到，古巴总统菲德尔·卡斯特罗的办公楼对面悬挂的就是切·格瓦拉的巨幅头像，并有"永远向胜利前进"的标语，可见他在古巴人心中的位置。看着切·格瓦拉的头像，我在想，这个出生在阿根廷贵族富豪之家的切·格瓦拉为何跑到古巴与卡斯特罗一起发动武装起义，成为古巴革命武装力量的主要缔造者和领导人之一？然而在古巴革命胜利之后不久，他却不做古巴政府的高官，又投身到玻利维亚的武装斗争中去，并在那里被捕和被杀害。据说切·格瓦拉生活节俭，抵制官僚主义，他从没有上过夜总会，没有看过电影，也没去过海滩，切·格瓦拉是一位真正的职业革命家，是一个理想主义者，他为他的理想献出了自己的生命，古巴人民至今没有忘记他！但不知什么时候，以及为什么切·格瓦拉的肖像却成为反主流文化的普遍象征、全球流行文化的标志了。

在哈瓦那的大街上还有一景，就是时时地会看到一辆辆的各种颜色、奇形怪状的破旧老爷车驶过，你可不要以为古巴人在炫酷或追时髦，原来是因为古巴自 20 世纪 60 年代末期被美国制裁和经济封锁后，就没有汽车进口，古巴又没有自己的汽车制造业，因此不得不改造老旧车作为交通工具了。

下午我来到老城区的一个酒吧街，在这个铺着石块的、窄小的街巷里找到了那个海明威当年经常光顾的酒吧，特意品尝了一杯据说是海明威最喜欢来这里喝的一种鸡尾酒 Majito，这种鸡尾酒是用古巴的朗姆酒兑青柠檬和冰水再加上鲜薄荷混合而成，喝起来味道清香，清凉解暑，是很适合古巴这种热带地方的饮料，我很喜欢。我之所以一定要找到这里来，绝不仅仅是为了品尝一杯地道的 Majito，而是听说，海明威当年就是在这个酒吧里，认识了他在小说《老人与海》里的原型人物——古巴的老渔民，并听他讲了他打鱼的经历，从而使海明威在哈瓦那据此写出了震撼人心的小说《老人与海》，并因此获得诺贝尔文学奖。我向酒吧的服务员问道："当年海明威经常坐的座位在哪儿？"服务员用手指了指靠墙角窗边的一个位置，我走过去，坐在那里心想，在这里是否可以体验到海明威当年写作时的心情？是否也能带来些许灵感？我不知道，但我确实回忆起了《老人与海》里的许多细节。

我带着回忆走出酒吧，来到海港入口处，峭壁上耸立着一个古堡——著名的古迹莫罗城堡。从这里可以俯瞰哈瓦那的全景，两边是大海，中间尖长的岛屿，如同一个巨大的鳄鱼插入海中，哈瓦那就在这个岛上，难怪古巴号称加勒比海的绿鳄鱼了。我站在峭岩上，任海风吹起我的头发，如同波浪似的翻卷，这时我的脑海里又浮现出《老人与海》里的那个老渔民圣地亚哥的画面，在大海里，他独自与狂风恶浪和巨大的鲨鱼奋力搏斗着，他正在说："人生来不是要被打败的，你尽可以毁灭他，但就是打不败他。"我忽然领悟到，这个老渔民不正是古巴人的形象吗？！于是我随手写下一首诗，题为《古巴哈瓦那》：

大西洋里绿珠悬，碧水白沙多险滩。

独有古巴豪气壮，九级风浪亦扬帆。

埃及遐思

　　埃及不仅以它 6000 年前人类最早出现的文明震惊世界，而且以它 4000 至 5000 年前，为人类留存在地球上最神秘最古老的雄伟建筑令世人景仰而神迷。当在埃及作奴隶的以色列人追随摩西出逃的一千多年前，古埃及已经是一个强大的帝国了；当欧洲人还在河畔结草为庐的时候，古埃及已经繁荣昌盛了；中国还在原始社会时古埃及出现文明，早了华夏文明约一千来年。因此埃及古老的文化令我常常神往。

　　2015 年 3 月的一天，我终于踏上了向往已久的埃及土地。我首先到了卢克索，埃及人说"没有到过卢克索，就不算到过埃及"，卢克索位于尼罗河边，是古埃及的帝国都城，至今已有四千多年的历史了，因埃及古都底比斯遗址在此而著称，是古底比斯文物集中地，被誉为地球上最大的"露天博物馆"，但历经战乱，多已被破坏湮没。现在保存较完好的是著名的卢克索神庙，其中以卡尔纳克神庙最完整，规模最大，建筑群里有各种厅堂和殿室，殿堂前威严地站立着法老高大的石像，留着规整的胡须，双手交叉在胸前，不知意味着什么。神庙之间有巨大的柱廊相连，每根柱高达 21 米，上面雕有各种浮雕和彩绘，记录了古埃及人的生活和信仰，还有古埃及文明最富特色象征的方尖碑，如同一把利剑直刺苍穹，荷马史诗中称卢克索为"百门之都"，这里是当时世界上最大的城市。亲身站在那高大、雄伟的一望无边的柱廊下，看蔚蓝色的天空中，阳光穿过柱廊，倾泻在残缺的巨大石块上，反射出迷人的金黄色的光，你的心会颤抖，穿越历史的时空，闭上眼，几千年仿佛就在一念之间，你是感到人的渺小，还是感到人类的伟大？

　　参观完神庙，穿过尼罗河，来到尼罗河西岸的帝王谷。古埃及人认为人的生死如同太阳的日出日落，所以将卢克索神庙建在尼罗河东岸，而将法老的陵墓建在尼罗河西岸的一个山谷里，称为帝王谷，这里埋葬着古埃及的 64 位法老。这是在一片荒沙中的石灰岩峡谷，古埃及时期第 18~20 王朝的法老和贵族的墓地就建在这里。墓室开凿在陡峭的岩壁上，其中有图特摩斯三世、阿孟霍特普二世、塞提一世、拉美西斯二世等最著名的法老。这些陵墓中最大的一座是第 19 王朝塞提一世之墓，从入口到最后的墓室，水平距离 210 米，垂直下降距离 45 米，巨大的岩壁被挖成地下宫殿。现在可以沿着木梯爬上半山腰的岩洞，进入墓道，墓道两边布满壁画，保存完好，色彩依旧鲜艳，装饰华丽，图案和象形文字至今仍十分清晰。走过长长的墓道，最后即是墓室了，里面安放着石棺，法老的木乃伊就曾躺在里面（现在木乃伊和陪葬品已被存放到开罗博物馆了，只有石棺安静地躺在那里）。图坦卡蒙（第 18 王朝）的陵墓是目前帝王谷中最后一个被发现的，也是唯一一座未遭盗掘的法老墓，它的木乃伊仍旧静静地躺在石棺中。现在到开罗的国家博物馆可以亲眼看见图坦卡蒙精致的金棺、金面具，以及各种精美的陪葬品。令人深思的是，图坦卡蒙陵墓中写着一段话："谁若是干扰这位法老的安宁，死亡就会降临他的头上。"法老曾是古埃及的绝对主宰，他们躺在纯金打造的棺椁中，让无数珍宝包围着，生前坐在宫殿里让万人膜拜，死后仍然期待下一个轮回转世，借助木乃伊的躯体等待复活。但是几千年过去了，他们的灵魂在哪里？他们的诅咒可曾灵验？他们的躯体和金棺、金面具，以及无数的珍宝现在只是摆放在博物馆里，如同其他艺术品一样被人欣赏了。法老自认为是太阳神的化身，凌驾一切之上，但图坦卡蒙法老却只活了不到 19 岁即归天了，而且据说是被大臣谋杀致死，这又说明了什么？恐怕自称太阳神的法老活着也不容易吧！

　　从帝王谷出来，经过尼罗河，已是夕阳时分，尼罗河这条世界上最长的河流，曾孕育了古埃及的文明，夕阳把尼罗河染成一片血红色，太阳依旧从东方升起，至西方落下，尼罗河依旧不停地流淌，可是那些自称太阳神的法老们哪去了呢？于是我诌出一首诗，《埃及卢克索·帝王谷》：

帝王谷里探幽灵，彩绘金棺不了情。

法老千年难遂意，而今馆内供人评。

　　第二天，我乘飞机飞到埃及首都开罗，住进米纳豪斯酒店。米纳豪斯酒店是历史悠久的酒店，1943 年，中、美、英三国首脑蒋介石、罗斯福、丘吉尔曾在这里举行磋商，发表了著名的《开罗宣言》，丘吉尔当时就下榻在这个酒店。酒店依坡而建，与举世闻名的胡夫金字塔和哈夫拉金字塔遥相守望，庄园式的古典特色，典型的伊斯兰风格建筑。我很想参观一下丘吉尔当年住的房间，所以一到酒店，就打听他当年住在哪里？令我失望的是，被告知丘吉尔的房间不对外开放，我只好默默地回到自己的房间。但当我刚刚从房间出来，在过道上，一个酒店服务员悄悄用英文对我说："你想去参观一下丘吉尔的房间吗？"我说："当然想去，听说不对外开放呀？"他接着说："我是这里的负责人，有房间的钥匙。你如果想去，我可以单独带你去参观。"我闻言大喜，于是跟了他，到了丘吉尔住的 632 号房间，他果然有钥匙，打开门，叫我进去。丘吉尔的房间很宽敞，是包括书房、办公室、会客厅、卧室的大套房，最大的特色是，无论坐在客厅的沙发上，还是躺在卧室宽大的软床上，都可看到雄伟壮观的金字塔。据说为了一睁眼就能看到金字塔，丘吉尔睡觉时从不让拉上窗帘。我站在丘吉尔房间的大窗前，眺望着眼前的金字塔，心想：这个于文学和历史都留下痕迹的英国首相，当年对着金字塔在想什么？那时英国和德国法西斯还在酣战，他对着金字塔是在回忆人类的历史还是在想着如何最终战胜德国？他那时可曾从金字塔得到过力量和灵感呢？我从丘吉尔的房间出来，服务员又说还可以带我到蒙哥马利当年住的房间去参观，我更是喜出望外了。于是跟他又到了蒙哥马利当年住的房间，蒙哥马利的房间比丘吉尔的房间略小一点，但是他的房间外有一个巨大的阳台，正对着胡夫金字塔。我想，那时的英军统帅蒙哥马利可曾站在这个阳台上，思考如何战胜德国号称"沙漠之狐"的隆美尔元帅呢？他是否也曾从金字塔得到过什么启示？此行充分地满足了我的好奇心，为了表示感谢，我给了那个服务员几个美元硬币和两瓶风油精。看到他很高兴，我自然也很满意。

第二天早起，我来到酒店的庭院。庭院的中央有两个长方形的水池，太阳刚刚从东方升起，披着金光的金字塔正好倒映到水池中，随着微波摇荡，真是绝佳的美景！

上午我先参观了开罗国家博物馆。这里是世界上最著名、规模最大的收藏古埃及文物的博物馆，收藏文物十万多件。最值得看的是 11 具埃及法老的木乃伊，有的已有三千五百多年的历史，其中拉美西斯二世的木乃伊保存最好，还有就是图坦卡蒙法老留下的一千七百多件珍宝。置身于博物馆，如同穿越到几千年前的历史中行走！走出博物馆，来到街道的十字路口，我还沉浸在古埃及的文明之中。看着来往的车辆，正不知如何过马路，忽然看到指挥车辆的警察走到我跟前，伸出手用生硬的中文说"清凉油"。我到埃及之前做足了功课，知道埃及人喜欢中国的清凉油和风油精，随身带了不少，所以他一说，我立刻明白了，随手拿出一盒清凉油放到他的手里。他很高兴，马上做出手势叫车辆停下，让我过去。中国的清凉油竟有如此功效！

　　下午，我来到吉萨金字塔下。金字塔是古代人类文明的巅峰，吉萨金字塔又是古埃及金字塔最成熟的代表，主要由胡夫金字塔、哈夫拉金字塔、孟卡拉金字塔、狮身人面像组成。最高的是胡夫金字塔，约5000年前，古埃及人用两百三十多万块巨石砌成，平均每块石重2.5吨，最重的一块160吨，塔高146米。令人称奇的是这些石缝之间连接之紧密，连纸都插不进去，堪称"前无古人，后无来者"的绝作。在那个连滑轮、铁钎都没有的年代，他们是如何完成了这般伟大浩瀚的工程？几千年来引发了人们无数的猜测！令人感叹人类的智慧和力量的伟大！难怪丘吉尔和蒙哥马利，在他们下榻的酒店里，每天都要对着它沉思，或许他们在凝视着金字塔的那一刻，从中得到了战胜法西斯的力量和智慧吧！

　　你只有亲身站在金字塔前，才会感受到震撼。我望着一片黄沙之中，高高耸立的金字塔，仰望天空，只有天上的太阳曾经目睹了这一切奇迹的诞生，而金字塔里自称太阳神化身的法老，早已不知去向，唯独哈夫拉金字塔前的狮身人面像，那饱经风霜、斑驳的脸上似乎还在诉说着过往。于是我又诌出一首诗，题为《金字塔狮身人面像》：

狮身人面五千年，阅尽沧桑色已斑。

莫问前朝兴废事，尼罗河水不回还。

　　我正举起相机准备拍下金字塔和狮身人面像的精美画面，这时旁边的一个埃及小伙子跑过来，热情地用手势表示，他要帮我拍照，未等我反应过来，他已接过了我的相机。于是我只好任他拍照了。拍完照，我接过相机，小伙子伸出手对我说："二百元！"我吓了一跳，以为他要二百美元，我有些惊讶！他接着说"二百人民币"，我看了看他给我拍的照片，感觉还不错，心想："二百人民币也还算值得吧！"于是付了他二百元，他又送给我一个很小的石头做的"圣甲虫"作为回报。我看着这个小小的"圣甲虫"，实际就是中国人说的"屎壳郎"，心想：古埃及人如何把小小的"屎壳郎"与巨大无比的太阳连在一起了呢？据说古埃及人认为：太阳是由一只巨大的"屎壳郎"像滚粪球一样，每天推动着太阳东升西落，因此"屎壳郎"便成为太阳的化身，变成圣物了。我真弄不懂古埃及人为何有如此糟糕的想象力！但我却感叹曾经拥有 6000 年文明，建造了金字塔的埃及土地上的子民为何如今落后到如此境地呢？

　　这时太阳正向西边滑去，我骑上骆驼，朝着金字塔缓缓走去。浩瀚的黄沙上，高大巍峨的金字塔，在如血的残阳映衬下，更显得格外神秘。我站在金字塔下，思古之幽情自心底涌起，仰望历史的天空，仿佛看见，马其顿王亚历山大的铁蹄摧毁了古埃及的文明；波斯居鲁士大帝几乎用相同的手段埋葬了古巴比伦王朝的繁荣；古印度文明也随着孔雀王朝的被推翻而消失……世界四大文明中的三大文明都是在异族入侵与毁灭中消失了，古巴比伦建造的世界七大奇迹之一的"空中花园"早已不见踪影；古印度的遗迹也早已掩埋在地下，而如今只有埃及的金字塔依然以它雄伟的身姿傲视着苍穹。

　　世界的四大文明为何只有华夏文明流传至今不曾断绝？这始终是个巨大的谜团，至今没有令人信服的答案。如果说其他的三大文明都是因为异族的侵略和毁灭而消亡，那么中华文明，也曾经历"五胡乱华"的悲惨时期，中原的汉人几乎被入侵的胡人屠戮殆尽，可谓是"白骨露于野，千里无鸡鸣"，宋朝末期女真人灭了北宋，同样对中华文明带来严重的摧残，人口大量减少，只剩得"几处败垣围故井，向来一一是人家"，元朝、清朝两次被异族统治，为何中华文明没有因此断绝？如果说古埃及、古巴比伦、古印度后来都是被当时文明程度更高的异族如古希腊、古罗马、古波斯等打败和统治，那么中华文明却是被当时文明程度更低的异族打败和统治的，所以中华文明可以同化异族文明，使中华文明不但没有断绝，反而在吸收异族文化后变得更博大了，这是历史的必然还是偶然？

中华文明是以中华文化为根基的，中华文化最大的特点在于它的博大和包容，试想中华民族虽历经异族入侵而能延续，正得益于它的这种功能，其他文明大多具有较大的排他性，而中华文化则能不断地吸收外来文化融入自己的血液之中。中国文化先是以外儒内道为主体，后来又吸收佛教成为儒、道、释三教合一的稳定思想体系。我在去印度之前，曾误以为印度是以佛教为主，后来到了印度才知，印度虽是佛教的发源地，唐僧曾到印度取经，但后来中国却成为佛教信徒最多的国家，佛教信徒如今在印度只剩百分之几的人了，可见中国文化兼收并蓄的能力，如果说其他三大文明曾是长河，那么中华文明就像大海。另外，除了中国的地理位置和在世界上占有最多的人口外，中国"天下大势，合久必分，分久必合""五百年必有王者兴"，即使没有外族的入侵，也会不断地进行更新，输入新鲜血液，这些因素也是起了一定的作用！但是中国到了清朝末期，曾维持中华文明运行两千多年的社会和思想体系出现了危机，落后、腐朽与愚昧的另一面成为主体，因此旧中国无法抵御西方新兴的科技、工业和社会文明，被迫在 20 世纪初，开始又一次吸收西方的思想和血液融入中华文明之中，中华民族才再次崛起。当然这些只是我站在金字塔下的遐思，不是立论。

我骑在骆驼上，回头看去，夕阳的最后一抹余晖洒在金字塔上，闪着醉人的金光，金字塔总有一天也会如同古巴比伦的"空中花园"一样消失在尘土中，但是太阳不是依旧从东边升起，至西边落下吗？

死海沉思

　　汽车在荒漠的原野上奔驰，大雨一路下个不停，我焦急地望着车外如同瀑布一样从车窗上流淌下来的雨水，不断地祈祷着大雨可以停下来。这天一早，我们从约旦的红海出发，一路奔向著名的死海，预计下午可以到达。但是不巧，天公不作美，一路大雨不停。我们在死海停留的时间只有这个下午，明早就要赶往别处。我们去死海，主要是想亲自体验一下，死海中漂浮的奇特感觉，但是我们也知道，如果碰上下雨，死海是不允许下海漂浮的，因此心中一直是担心和期盼着。

　　下午三四点钟时我们才到达了死海旁边的度假酒店，所幸的是大雨基本停了下来，但小雨还在下着，风还在刮着。我们急切地问酒店的服务员，现在是否可以下海。服务员摊开两手，撇了撇嘴，说出了我们最怕听到的那个词"No"，大家都很失望，但是有什么办法呢？！我想，既然来了，即使不能下海，到死海边上看一看也好吧！于是我们放下行李，立刻向海边走去。当我们走到海边，小雨和风忽然停了，我抬头看着死海上空布满的乌云，如同一个巨大的黑幕，低垂着把死海罩在当中，墨蓝色的海水在轻轻地起伏动荡。这时似乎是奇迹突然出现了，在那黑幕的中心，乌云突然慢慢地向四周散开，出现了一小片圆形的飘着白云的蓝天，阳光透过云的缝隙射出金色的光，死海的海水瞬间即如金镀银般地明亮了。大家顿时欢呼了起来，可是苍天真的开眼了吗？还是上帝真的有灵？听到了我的祈祷吗？导游也笑着说："这叫晴天洞，你们赶上真是太走运了！"我们再回身问站在海边的酒店服务人员，他也笑着说："你们很幸运！现在可以下海了。"

我们急忙赶回房间换了泳衣，再次来到海边。我赤脚走过布满鹅卵石的海边，进到海水里，按照导游事前的嘱咐，将身体轻轻地向后躺倒，脸朝上，身体马上浮在海面上，海水如同一双巨大而温柔的手，将我的整个身体包裹着托起，随着海波轻轻地漂荡。这时我如婴儿躺在大海母亲的摇篮里，静静地摇呀摇！听着海水在耳边轻轻地吟唱，看着头顶晴天洞透出的金光，是一种极美的感受！

死海位于约旦和以色列的交界，湖面海拔 −430.5 米，是世界上最低的湖泊，也是地球上已露出陆地的最低点，有"世界肚脐"之称。从地图上看，死海形似一条双尾鱼，在阳光的照射下，海面像是一面古老的铜镜。由于死海中含有高浓度的盐分，是一般海水的十倍，有着很大的浮力，因此人可以轻松地躺在上面，甚至可以如同躺在软床上一样地看书呢。但是，也正因为有如此高浓度的盐分，死海中没有生命能够存活，甚至连岸边及周边地区都没有花草生长，因此被称为"死海"。"死海"还没有死，却没有了生命。在这里你看不到千帆竞渡，也看不到"鹰击长空，鱼翔浅底"，除了游人外，这里只有死般的沉寂，再加上《圣经》中《创世纪》的记载：上帝毁灭的罪恶之城，索多玛城与俄摩拉城都沉没于死海南部的水底。这使得死海又多了一层神秘的色彩。

我躺在死海的海面上，静静地漂浮，深蓝色的海水的涟漪轻轻地拍打着我的胸口。我还不曾修炼到"石塔成时无一缝，谁与共，人间天上随他送"，因此还是想到那个人类经常思考，又不得而知的根本问题：生与死的关系。"生"不必多说了，"生命"是地球发展到一定阶段才有的产物，但是"死"确是自有人类以来就经常叩问自己、一直迷惑不解的问题。对于"死"的解释，历史上虽然千差万别，但无非是"有神论"和"无神论"两种。有神论多指宗教，大体是西方的上帝天堂说和东方的生死轮回说，而中国的孔圣人却是巧妙地回避了这个最难回答的问题"未知生，焉知死？"。世界上最无争议的命题就是，小到微生物，大到地球、太阳系，世间的一切事物有生就有死。但世间最有争议的命题却是人类的生死问题。人为什么活着？人活着的意义是什么？几千年来每个人都或多或少地会想到这个问题，人类中的智者更是为此争论不休。动物界生命的存在似乎很简单，终极目标就是自身的生存和其物种的延续，为此进化出一切不可思议的各种本领和技巧。如鲑鱼洄游的勇往直前、角马和鳄鱼的残酷竞争、螳螂的残忍自食同类、蜜蜂的严密组织与等级。它们可曾想过生命的意义是什么吗？也许它们不曾想过，只是演化出的一种本能而已。但是人类也许替它们想过，它们生命的意义是什么？延续自然创造的生命、延续其物种就是它们生命的全部意义。如果没有植物、动物生命的延续，自然界如何进化出人类这个物种呢？如果地球上只有人类，没有其他物种生命的存在和延续，人类能单独在地球上生存吗？当然，人类是地球上的精灵，除了延续物种外，应当还有别的什么意义，但是这个问题每个人都会有不同的回答！大如不同人的信仰，小到人生活的某个目标，或如马斯洛的需求层次，总之要有所"盼头"或"梦想"，人就会为自己的生命注入了"意义"，具有了生活的内在动力，否则不是处于"焦虑"就是"无聊"之中。

　　我躺在死海的海面上，静静地漂浮，深蓝色的海水的涟漪轻轻地拍打着我的胸口，我又想到那个古老的问题："人到底有没有灵魂？"瞿秋白曾叩问过自己："人如果有灵魂，那么何必要这个躯壳，如果人没有灵魂，要这个躯壳又有什么用呢？"关于人死后是否有灵魂，似乎只是一个哲学的问题，从科学实验上一直无法证实。据说前些年诺贝尔生理医学奖得主弗朗西斯·克里克经过一系列的实验和论证，给人们一个说法：灵魂既不存在于宗教，不存在于哲学，也不存在于心理学，而存在于人大脑的神经细胞中。因此他认为，没有生命就没有灵魂，人的灵魂（意识）是大脑特定神经细胞的活动。而另外有的科学家，基于意识量子理论指出，灵魂事实上并不只是大脑神经细胞的交互，还形成于宇宙之中。人死后其中的量子信息并未破坏，离开身体返回宇宙。就像"量子纠缠"那样，整个宇宙是一个整体能量的惯性体系，包括实在的粒子和空间，灵魂和粒子一样没有固定的形态。身体是可视的存在，还有一部分不可视的存在，这个存在就是灵魂。也有的科学家认为，人体内是有电子存在的，如果灵魂是电子的聚集体，那么我们无法看到自然也很正常了。电子本质上讲也是一种能量，灵魂有可能也是一种能量的聚集体。从能量守恒的原理来看未必就没有道理，能量既不能产生，也不会消灭，可以从一种形态转化成另一种形态，因此能量不灭。如果把"意识"理解为是一种能量的形态，那么"不灭"就不足为奇了。据说现在有不少科学家在研究探索"意识"下载并保存的实验，使"意识"也可以重新加载到新的载体中，让"意识"永存，从而实现另类的灵魂永生。也许一切皆有可能！

　　地球日夜都在飞速地旋转，生活在地球上的人类，都在越来越快地奔跑，很少有人停下来思考生与死的根本问题。世界纷纷扰扰，有太多的喧嚣与诱惑，很少有人能够找到一个平静的角落，思考生命的意义是什么？灵魂是什么？灵魂是有还是无？历史上，中国很少有人认真地思考这个问题，也许是受了孔圣人"未知生，焉知死？"的影响吧，思想家和科学家们都有意无意地回避了这个问题。中国现代的作家，大概只有那个"职业是生病，业余写作"，从 20 岁起就只能坐在轮椅上生活的史铁生，在地坛残破的古墙下，时常认真地思考这个问题。现代很多人，在信仰的荒漠中独行，不知人为什么要活着，人生的意义是什么，没法相信什么，也不愿和不敢相信什么，然后很多精致的利己主义者出现。他们本身是脆弱的，在人生的困境和挫折中，他们更容易崩溃。

我躺在死海的海面上，静静地漂浮，海水的涟漪轻轻地拍打着我的胸口。也许正是在"死海"的怀抱里，才会让我重新思考和梳理以往零零碎碎想到过的那些纷乱的思绪吧！忽然一个海浪漫过我的脸颊，我的眼睛似乎进了海水，感到一阵刺痛，我的沉思和遐想被打断了。我急忙翻起身，站起来，冲到岸边的自来水管下，用大量的水冲洗眼睛，过了一阵才能睁开。再抬头望过去，从晴天洞里射出的金光，洒在死海深蓝色的海面上，闪烁着粼粼的波光，如同神的眼睛在一眨一眨地审视着人间！

信仰是灵魂的归宿地，而灵魂是内心的主宰，当人世的一切随风而去的时候，依旧有人漫步在灵魂的旅途！

耶路撒冷随想

耶路撒冷实在是世界上最神奇的地方。那个只有 1 平方千米的区域，却有着 5000 年的历史，这还不算神奇，神奇的是，世界上的三大宗教（犹太教、基督教、伊斯兰教）都将此地视为"圣地"。犹太教的圣地——著名的"哭墙"；基督教最神圣的祈祷地——耶稣的墓地，圣墓大教堂；伊斯兰教的朝拜地——先知穆罕默德的踏石登天处，著名的阿克萨清真寺。更为神奇的是，为了争夺这块小小的地方，几千年来不知发生过多少残酷的战争，死过多少人，先后十几次被夷为平地，但每次都得以复兴，对它的争夺至今仍在继续！

这个坐落在地中海东岸犹地亚之巅的耶路撒冷，论风景虽并不像美国大作家马克·吐温说的"景色凄凉、寸草不生、色彩单调、地形不美"那般不堪，但确实也谈不上有什么神奇的地方。然而耶路撒冷之所以成为信仰之都，是因为这里承载着数不清的痛苦与欢乐，它像一个巨大的磁石，吸引着千千万万的朝圣者，成为洗涤灵魂的信仰圣地！

犹太人说："世界的十分美丽，有九分给了耶路撒冷，只有一

分给了世界其他地方。"又有人说："世界若有十分忧伤,有九分
也给了耶路撒冷。"人类的善与恶,美与丑都浓缩在这个小小的空
间里!

　　三月的一天,我踏上了这块向往已久的土地。那天,天是下
着雨的,我首先到达橄榄山顶,这时正是风雨交加,我站在山顶,
向下鸟瞰圣城全景,但见耶路撒冷"圣城四百八十寺""多少楼台
烟雨中"。分不清哪个是圣墓大教堂,哪个是阿克萨清真寺,只有
那个位于圣殿山上的圆形金顶在一片灰白色的建筑与烟雨中清晰
可见。之后,我沿着棕树主日路下山,先来到耶稣为耶路撒冷哀
哭的"主哭耶京堂",教堂是白色的,形状像一颗泪珠,象征耶稣
的眼泪!天还在下着雨,雨水一滴一滴地滴在我的身上,我不知
那是不是耶稣的眼泪?但一墙之隔的客西马尼园却是叫人痛哭的,
这个小小的花园里,生长着很多苍老粗壮的橄榄树,景色优美,
四处飘着沁人心脾的清香,可是美丽与丑恶往往同在,就在这样
优美的树下,犹大却以 30 个银币的价钱,用亲吻耶稣为暗号,出
卖了耶稣,而使耶稣被捕蒙难!人性的背叛之恶,难道不令人惊
叹和落泪吗?我久久地凝视着那些满身布满黑褐色疤痕的橄榄树,
试图分辨出哪棵树曾经目睹了这世间的悲剧,它的身上可是永久
地刻下了那一幕的伤痕?

　　从客西马尼园出来,经过万国教堂,到达对面的老城,沿着
耶稣苦路十四站,缓慢地行走。这是一条没有门牌号码的小路,

道路很窄，地上铺着青绿色的长方形的石板，两千多年前，耶稣即是沿着这条小路，背着沉重的十字架，走向刑场，一路上他停留了十四次，因此被称为苦路十四站。

第一站是一个像小教堂的地方，耶稣当年在被犹大出卖后，祭司长和兵士抓住了他，把他交给了罗马巡抚彼拉多，彼拉多查不出耶稣的罪来，但为了讨好犹太人，在此给耶稣定了死罪，还鞭打了耶稣。周围的罗马兵士们故意给耶稣戴上荆棘冠冕，戏弄他，彼拉多再叫人定了一副十字架让耶稣背上，从这里一步步走向将要钉死他的各各他山顶（骷髅山）。我迈着沉重的步子走在耶稣当年走过的小路，这时雨还在淅沥淅沥地下着。那雨不是杏花春雨，而是凄凉的冷雨。雨点打在青绿色的石板上，如同敲打着湿漉漉的灵魂。雨点打在我的雨伞上，飘到我的脸上。我似乎听到了那雨中的呻吟声，闻到了那雨中的血腥味，我的心在颤抖！我一站一站地走过，记不清是第几站了。当我走到小路的拐角处，抬头看到对面墙上钉着一块牌子，旁边一个人对我说了一句话，却深深地刻在我的心里，他说当年那里钉着一块木牌，上面写着"今日处死耶稣和小偷"。我再一次被震动，耶稣当年如何只能与小偷并列？世界上最伟大的灵魂如何与最卑微的灵魂同列？是人类绝妙的讽刺吗？还是上帝的安排？我不大明白！耶稣因鞭伤和不堪重负，在路上三次跌倒，最后到达骷髅山顶，那里是处死罪犯的地方，耶稣被钉在他自己背来的十字架上。据史料记载，当十字架从地上被举起来时，鲜血从耶稣那被撕裂拉长的伤痕中喷涌而出，顺着十字架流到地上，因为剧痛和身体失血，耶稣的身体抽搐发抖，十字架也在微微颤抖，这里就是苦路第十一站。第十二到第十四站分别保存着当时安放耶稣十字架的带有圆孔的石头基座、耶稣死后从十字架被放下后停放尸体的红色大理石和安葬他遗体以及三天后从此复活的山洞。4 世纪初，罗马君士坦丁大帝的母亲希拉娜太后巡游至耶路撒冷，下令在耶稣蒙难和埋葬处，建造一座教堂，即现在的圣墓大教堂。这里后来成为基督徒追求和向往朝拜的圣地。我走进大教堂，看到那雄伟庄严的闪着金色光芒的穹顶，穹顶下，右手就是耶稣的十字架圆孔石基座，左手是耶稣安葬和复活的山洞，都用透明的玻璃罩住。虔诚的信徒排着队，从前面默默地走过。我看到有些人双手合十在祈祷，眼中闪着泪花。两者中间则停放着一块长方形的大理石，大约有两米多长，两尺多宽，半尺来厚，据说当年耶稣被从十字架上放下后，尸体就停放在这块大理石上，涂抹膏油，准备安葬。我看到许多虔诚的信徒，把信物放在大理石上擦拭，好带回家供奉起来。更多的人则长时间跪下来，亲吻这块据说是浸透着耶稣血的石头。我也蹲下来，用手抚摸着这块神奇的大理石，凝视着那上面一条条紫红色的条纹。我的心再一次地颤抖。我走出教堂，那冷雨再一次滴在我的身上，滴在我的脸上，滴在我的心上。回想着那苦路十四站，我的灵魂为之震颤！于是我心中酿成诗一首，题为《耶稣苦难十四站》：

> 橄榄山头望圣城，耶稣苦难尽悲情。
>
> 手摸石板血犹热，莫负苍天死与生。

  三千多年前，犹太王大卫通过战争统一了以色列和犹太，定都耶路撒冷，大卫之子所罗门王把它建成一个神圣的都城，即著名的耶路撒冷第一圣殿，成为犹太人的圣城。第一圣殿在后来的战火中被毁，犹太人又在旧址上重建了第二圣殿，后又被罗马人所毁，只剩下一段 12 米高的基础墙，即所谓的"哭墙"。分布在世界各地的犹太人，常聚集在那段残墙边哀哭、祈祷，对于犹太人来说，"哭墙"是他们心中最神圣的地方。

  我从圣墓大教堂出来，来到"哭墙"边上。这时，上天似乎从抽泣到痛哭，雨下得更大了。我冒着大雨走到那段苍老的黑色残墙下，看到旁边许多穿着黑色长衣的人在大雨中，面对这"哭墙"在祈祷。墙的左边是男士，右边是女士，大雨从那残墙上倾泻而下，雨水顺着每个人的脸颊在流淌，不知多少是雨水，多少是泪水。黑色石墙的夹缝中仍旧还残存着许多白色的小纸片，那是寄托他们愿望与祈祷的心声。我想如果能把他们几千年痛哭的泪水收集起来，应也要变成倾盆大雨吧！我站在冷雨中的墙下，用手轻轻地抚摸着那被雨水，被泪水冲刷着的残墙，想到了犹太人几千年的苦难与斗争，想到了前一年，去波兰奥斯威辛集中营时，曾经亲眼看见了"二战"时德国纳粹对犹太人大规模残酷杀害的景象，那集中营里的牢房、焚尸炉，又浮现在我的眼前，我惊愕号称"万物之灵"的人类为何有如此的残忍和杀戮！我默默地站在雨中，任凭那冷雨浸透我的全身，我在心中吟出一首诗，题为《耶路撒冷哭墙》：

　　　　哭墙屹立两千年，苦难重重筑里边。

　　　　可是天公偏有意，飘来大雨透心寒。

　　而在"哭墙"后面的岩石上，就屹立着伊斯兰教的圣殿——金顶清真寺。清真寺外形呈正八角形，云石铺至外墙 5.5 米的高度，其外墙布满玻璃瓷砖。圆顶由 80 千克 24K 金覆盖，金碧辉煌，在老城那灰白色单调的建筑中格外醒目。据说先知穆罕默德曾在此踏着一块石头，登霄至七重天，见到了古代的先知，同时参观了天堂与火狱的真实情景，并从真主那里得到命令，随后于黎明返回麦地那。从此穆罕默德登天的那块石头即成为伊斯兰教的圣石，并在此建了金顶清真寺。但是这个清真寺是不对外开放的，因此只能外观，我也唯有想象一下那块石头的神奇和穆罕默德在此登天的身影。

　　走到这里，有谁不感到耶路撒冷的神奇呢？然而你可知"耶路撒冷"在希伯来语中意为"和平之城",但当你来到耶路撒冷的西边,经过那高高的,安装着电网的隔离墙,进入巴勒斯坦境内时,你又会被震撼到,这里有荷枪实弹的士兵把守,就知道它远未和平,巴勒斯坦的墙上还写着:"耶路撒冷,不得到你,我的梦想将不会完整。"不知这是人类绝妙的嘲讽还是上帝的玩笑!我昨天曾进入巴勒斯坦,到达伯利恒,那也是一处圣地,耶稣就诞生在这里,在当年耶稣诞生的那个马槽处,后来建成了"圣诞大教堂",那个马槽也成为人们朝拜的圣地!无数的人群排着长队,只为一睹那马槽的风采。耶稣的诞生日也就成为圣诞节了。但我却不明白,耶稣的诞生地"圣诞大教堂"和耶稣的墓地"圣墓大教堂"现在为何仍属两界,战争不断。战争的硝烟不知还要将这座古城笼罩多久?信仰之路何时才能变得平坦?耶路撒冷何时才能如它的名字一样成为真正的"和平之城"?也许只有上帝知道!

我站在巴勒斯坦与以色列之间筑起的那道长约 700 千米,高 8 米,由钢筋混凝土、铁丝网、高压电网组成的高高的坚固的隔离墙下,我也曾一边沉思,一边苦吟出一首诗,题为《巴勒斯坦隔离墙》:

高高墙网立中坚,救主耶稣住两边。

但乞何时挥圣手,拨云更有一重天。

我继续沿着耶路撒冷那湿滑的石板小路默默地走着，冷雨打在我的脸上，打在我的心上，我的灵魂为之震颤！我又一次想到那个古老的问题：痛苦与幸福是什么？人的生死是什么？人生命的意义是什么？如果谁来到耶路撒冷而没有想过这个问题，那么就是没有来过耶路撒冷！虽然说一千个人心中就有一千个哈姆雷特，一千个人对痛苦与幸福的理解各有不同，但是谁都一定想过这个问题，虽然答案也许不同。

罗曼·罗兰说："生活是严酷的，对于那些不安于平庸的人说来，生活就是一场无休止的搏斗，而且往往是无荣誉无幸福可言的，在孤独中默默地进行一场可悲的搏斗。"贝多芬的座右铭是："唯其痛苦，才有欢乐。"贝多芬是一个穷困潦倒的人，虽然他生而痛苦，世界从未给予他欢乐，但他却创造了"欢乐颂"奉献给全世界，他用自己的苦难锻造了欢乐！如果说贝多芬生活贫困才如此说，但是生而富足、什么都不缺的托尔斯泰为何也说"人生并非一种享乐，而是十分沉重的苦役？"，而米开朗琪罗说的就更明显了——"忧伤是我的享受""万千欢乐比不上一种苦恼""越是加害于我，我越快乐"，世人只知道米开朗琪罗创造的著名雕塑《大卫》，但又有几人知道他一生从不休息，连最卑贱的人都能享受的温柔他也得不到，他一生中连一分钟都不曾在另一个人的温柔怀抱里入眠，他从未得到过女人的爱！风华正茂时即双腿瘫痪的史铁生，只能每日坐在轮椅上，在北京地坛空旷的草地上，也在时时地思考着这个问题，他在《我与地坛》一文中说："上帝何以要降诸多苦难给这人间？""假如世界上没有了苦难，世界还能够存在吗？要是没有愚钝，机智还有什么光荣呢？要是没有丑陋，漂亮又怎么维系自己的幸运？要是没有了恶劣和卑下，善良与高尚又如何界定自己，又如何成为美德呢？要是没有残疾，健全是否因其司空见惯而变得腻烦和乏味呢？"

我从犹太人的"哭墙"想到，犹太人可以说是世界上经历苦难最多的民族了，仅在"二战"中就有 600 万犹太人被残杀，他们曾经历的痛苦可想而知，但他们又是最倔强最辉煌的民族，占世界人口 0.2% 的犹太人，却拥有 22% 的诺贝尔奖获得者，近代许多著名的科学家、思想家都出自犹太人，例如，大家熟知的爱因斯坦、马克思、弗洛伊德、列宁，以及当代微软的创始人比尔·盖茨、脸书的创始人马克·扎克伯格都是犹太人或犹太人的后裔，当今世界的道德准则，很多来自基督教。犹太人可以说对人类的文明与科学发展做出了巨大的贡献。苦难与幸福同在，只有经历了痛苦，才能得到真正的快乐与幸福。

我又想到耶稣，当他背负着沉重的十字架走在苦路十四站时，当他被钉在十字架上，鲜血流到地上时，那时还是作为一个人，而不是神，无疑他在忍受着人生肉体的最大痛苦，但他的内心是痛苦还是幸福？我想他的内心是快乐幸福的！所以，后来他的门徒虽然相继被残酷地杀害，却是前仆后继，无有惧死者！因为他们是有信仰的人，有信仰的人应当是幸福的。虽然我并不是什么教徒，但我尊重那些有信仰的人。

人有没有灵魂？人的信仰就是人的灵魂吧！人与动物的区别也许就是：人是有信仰的，而动物是没有信仰的。虽然人的信仰不同，但都应当是被尊重的！宗教是人类的一种信仰，谭嗣同"我自横刀向天笑"是一种信仰，夏明翰"砍头不要紧，只要主义真"也是一种信仰。

人生命的意义是什么？有人曾写过"不可承受生命之轻"，有人又说生命之重，是轻还是重？想一想宇宙之大，地球在宇宙中也不过是瞬间的一粒尘沙，人的生命确实是太轻太渺小了。但又一想，以现在的科技手段已可观测到几百亿光年的星体，人类始终没有放弃寻找宇宙中的"生命"，但到今天为止，除了我们生存的这个小小的地球外，还未发现其他星体上有"生命"的存在，于是又觉得人类生命的存在却是个奇迹，是重的！应当珍惜！

关于人的生死是什么？我们从哪里来？向哪里去？对生的眷恋、对死的恐惧困扰了人类几千年，因此基督教有"天堂说"，佛教有"转世轮回说"，中国儒家有"人生自古谁无死，留取丹心照汗青"的舍生取义说，而中国的老庄则用"庄周梦蝶"的浪漫故事诠释了对人生死转换和物化的达观，更接近于唯物主义。人唯有将自己的心灵融于天地万物之间，才能获得精神的自由与逍遥！地球和人虽然都是渺小的、瞬间的，但又都是永恒的，死和灭亡只是物质从一种形态转换成另外一种形态而已，就如同冰变成水，水变成汽，树木化成碳，碳化成烟，无非发生了物理或化学的变化而已，并非像很多人说的："死了就是一切都没有了"，即使化成灰和烟与气，收集到一起，总质量还是相当的，即"物质不灭"！所以说："彻底的唯物主义者是无所畏惧的。"

每个人心中都有一个圣地，也许只有到了耶路撒冷，人类才能更深切地体会到生与死的含义，才能真正体会生命的意义是什么？

我年少时就曾思考过这些问题，但不得答案，后来紧张地工作，如同陀螺一样被抽打着每天不停地旋转，似乎没有时间思考这些问题。如今，我沿着耶路撒冷青绿色的石板小路，边走边不断地拷问着自己这些古老而严酷的问题。这时雨停了，乌云散去，天色放晴，温暖的阳光投射在城内的石墙上，古老的教堂弥漫在金色的光辉中，明亮而美丽，圣城正以它最古老最原始的美奉献给世界！

雪国情思

对于生长在北方的我来说，雪，本早就是见多不奇了，但是当我在这年的元月去到日本的青森县和北海道看雪时，仍然被那奇特的雪景所震撼，久久不能忘怀。

我们首先到达了位于日本本州岛最北端的青森县。为了表明这里就是雪国了吧，一下飞机，老天爷就以纷纷扬扬的大雪来欢迎我们了。我们乘了车，冒着大雪，上到白神山顶，住在一家温泉酒店。第二天一早，天色放晴，我们乘车沿着蜿蜒的山路下山。从车窗望出去，似乎是行进在一个银白的梦幻世界，近山纯白如凝脂，远山淡白空蒙，只有山谷中的溪流，在那漫天的留白中划出一道墨痕，洁白、松软的大雪，厚厚地挂在布满峰峦和山谷的松树上、桦树上，以及广阔、原始的大片山毛榉树上，雕塑出姿态各异，婀娜飘逸，冰雕玉砌的形象，令人叹为观止。即使用"忽如一夜春风来，千树万树梨花开"的诗句，似乎都不足以形容那多姿、那壮丽、那广阔无垠的美景。

来到山下，不远就是弘前城了。弘前城本是日本排名第一的赏樱圣地，但是现在雪季，几千株，黑褐色的，粗壮的，秀丽的樱树枝上挂满白雪，形态各异，恰似玉树琼花的世界。如果说，山下的那一大片樱树，如同一群身披白纱的仙女下凡，那么山坡上的天守阁就是身披银盔银甲的武士，威武地挺立着守护着她们。此时虽没有春天樱花盛开时的繁华，却是另有一番情调呢。于是我吟出一首小诗来：

> 雪压樱树万条低，玉叶琼枝入眼迷。
>
> 景色此时应更好，赏花何必鸟春啼。

从青森乘船，渡过津轻海峡，就到了北海道南端的港口城市函馆，这里有著名的"函馆夜景"。晚上登上函馆山，向海湾望去，昏黄的街灯与点点的渔灯沿着两个半圆形的海湾交织在一起，如同镶嵌在海中的金钻香奈儿的图标。天空挂着一轮明月，银色的月光，映照在碧蓝的海上，映照在白雪皑皑的山顶上，那夜景美轮美奂，令我感叹不已，于是我又顺口诌出一首小诗来：

> 登高函馆望峡湾，星落银河两半圆。
>
> 明月碧波山映雪，万家灯火下渔船。

而到定山溪雪夜泡温泉，则是另一番绝佳的体验。白天到洞爷湖看雪中的不冻湖，四周的山林都披了雪白的衣裳，朦胧的黑灰色的树枝，如同在白衣上勾勒出的黑灰色的图案，真如一幅中国的古典水墨画，在昭和新山，看红褐色的火山还在冒着白烟，再冒着大雪走下登别的地狱山谷，看谷底流淌的温泉溪流还冒着热气，散发出浓烈的硫黄味。跑了一天下来，已有些疲劳，晚饭过后，就住在定山溪的温泉旅店了。

定山溪离登别不远，是一个四面环山的，很小的小镇。镇上只有一条不长的小路，人很少，也很安静，路的两边多是温泉旅馆，旅馆前临小街，后临溪谷。晚些时候，我穿了日式和服，来到旅店的温泉，脱光了衣服先进到室内温泉，看到后边有一小门，挂着一个蓝色的门帘，上面写着几个白的大字"露天风吕"，我猜想那可能是室外温泉吧？于是挑起门帘出去，一股寒风袭来，大片的雪花飘落在我的身上，我不禁打了个寒战，急忙跳进冒着热气的温泉池，一股暖流渗透我的全身，感到异常的放松和舒缓，奔波一天的疲劳顿时一扫而光。这时我环顾四周，温泉池里此时只有我一人。温泉池正位于溪谷的山腰上，对面是朦胧的山峦，大雪还在飘飘散散地在夜空中飞旋，山上的树林和山谷的岩石都迷蒙蒙地罩上了一层柔和的乳白色，只有溪谷中的溪流在升腾的白色水汽下缓缓地流动，在白色的画面上，勾勒出一条弯弯曲曲的黑色线条。正如张岱在《湖心亭看雪》中描绘的意境："大雪三日，湖中人鸟声俱绝……雾凇沆砀，天与云与山与水，上下一白。"我想，即使是中国古典山水画大家夏半边的溪山图，也难以表达出那意境的一二呢！我赤裸着身体，从温泉水中站起，在深山溪谷的雪夜，一半是火，一半是冰，在这空灵、静寂的天地之中，感受生命与人生！大片的雪花飘落到我的头顶，飘落到我的脸颊，飘落到我赤裸的上身。我想到柳宗元的诗，他面对"千山鸟飞绝，万径人踪灭"，何以能"独钓寒江雪"，是孤寂还是孤傲？我想他在冰冷的世界中是否还有一团心火在燃烧？人生不是要经历火与冰的历练吗？人生如是"生如夏花之绚烂，死如秋叶之静美"固然值得敬慕，但人生大多却要面对更多的磨难与挫折，寂寞与孤独，甚至"白首相知犹按剑，朱门先达笑弹冠"的苦痛。有人说："能欣赏荒寒幽寂的人，必定有一种特殊的素质，那是一种顽强的生命活力，那是一种桀骜不驯的人格力量。"人生或热烈如火，或冷艳如雪，热烈终要归于冷寂，但即使在这冷寂的冰天雪地的山谷，不是仍然可以听到那山泉突破冰封的岩石，潺潺地流动的天籁之音吗！雪花"旋转而且升腾，弥漫太空"，飘落到我的身上，如同白色的精灵，迅速地与我身上的热气融为一体，此时我似乎感到可以脱洗掉人世的污浊，与天地融为一体了。

如果说，白神山上的雪是壮美，函馆海湾灯光与月光下的雪是炫美，定山溪温泉的雪是静美，那么小樽的雪则是浪漫。

位于北海道西南海边的城市小樽，不仅以它古朴的邮局，典雅的咖啡馆和白雪覆盖的古运河著称，更由于《情书》小说和电影而闻名，这些符号使小樽增添了一层浪漫、哀伤的情调。《情书》

描写了一个发生在小樽的凄美的爱情故事，因而使得许多年轻人慕名而来，梦想在此可以邂逅那书中的情景。

　　我沿着被白雪覆盖的小樽的街道漫步，街道两边的小商场前，立着各种各样造型的雪人，使你感到似乎到了一个童话的世界。弯下腰，攥个雪球向远处扔去，似乎又回到了童年的时光。但是你可以感到这里的雪不仅更白、更松软，而且捧在手里又轻又柔。北海道的雪称为"粉雪"，是雪中的极品，再加上北海道地面干净，空气清爽，所以这里的雪更加纯净、洁白，有"白色恋人"之称。将近街道的尽头，位于八音盒博物馆的对面，坐落着那个古朴的老邮局，也许《情书》中的信就是从这个邮局里寄出的吧？我不能确定，但是邮局旁边那个典雅的银钟咖啡屋的咖啡却是极好的。我走进去，上到二楼，选了一个靠窗的座位坐下，要了一杯他们这里的特色咖啡，并选了一个印有小樽古运河图案的咖啡杯。客人可以自己挑选特色瓷质咖啡杯，喝完咖啡后，即可把咖啡杯带走，作为纪念品。我靠着窗，一边欣赏小樽街道的雪景，一边品尝着香醇的咖啡，沉静而怡然。我想到白居易的诗"晚来天欲雪，能饮一杯无"，那是古人的雅趣，不过我现在饮的不是"绿蚁新醅酒"，而是咖啡罢了。

　　从咖啡馆出来，向街道的另一边走上20分钟，就到了那个传说中的古运河了。运河并不宽，结了冰，河的一边是覆盖着厚雪的石板路，一边是古旧的砖红色的仓库，仓库的房檐上挂满长长的冰凌。这时已近薄暮时分，天空又飘起了小雪，雪悠然地飘落，那么轻盈，那么温柔，似乎也要尽力配合那小樽的浪漫情调。恰好此时，运河两边的瓦斯灯亮了，昏黄的灯光映出运河迷蒙的光影。我向两边望去，眼前忽然出现了两个截然不同的画面，一边是在白雪的原野上，孤独地站着一个身穿红衣的少女，红得那么艳丽，那么耀眼，如同雪中盛开的一树红梅。另一边，在白雪覆盖的小树林里，立着一只如同墨染过的乌鸦，黑与白那么地分明，我正想那意象意味着什么？乌鸦忽然"哇！"的一声飞起，消失在空蒙的暮色中，是否预示着"人生到处知何似，应似飞鸿踏雪泥"，虽然那不是飞鸿，而是乌鸦。

回想着小樽的故事与情景，我诌出一首小诗来：

雪落边城暮色迟，华灯初照运河时。

《情书》寄去知谁复？路上行人叹客痴。

回乡杂记

一、回丰镇

汽车在笔直的公路上疾驰，两边高大的杨树从车窗前飞快地掠过，我凝视着远处绿油油的原野，陷入久远的回忆。

这是 2018 年 8 月的一天，我们当年从北京一起到内蒙古丰镇插队的知青，相约一起重返农村，去回访我们当年的第二故乡，以及看望与我们曾经一起生活过的乡亲。1968 年 12 月，我们乘了火车从北京来到丰镇县城，离开时相距现在已整整 50 年了。50 年，在我们年少时是何等漫长的岁月呀！可今日却已在一回首之间了。这是我自离开农村后的第一次回乡，虽然以前曾经多次想回去看看，却因种种原因终没能如愿，但当年在农村时的情景以及老乡们那鲜活的面容却是时时地出现在我的脑海之中。今日总算是可以如愿以偿了，心情自是异常激动。

我们知青一行首先到达了丰镇县城（现在叫丰镇市了），在这里我们见到了从各地赶来的北京知青，也有上海知青，50 年前大家曾如同今日一样来到这里相聚，只是那时我们住的是像大车店一样的丰镇招待所，现在则是住酒店了。丰镇城已完全没有了我当年的印记，宽阔的柏油公路两边耸立着一排排的高楼大厦，但我印象中当年的丰镇县城却完全不是这般模样，那时城里没有一栋楼房，即使县办公大院也只有几排平房而已，县城里仅有的几条破旧的土路上，时常扬起马车和牛车走过时的灰尘，一下雨则是满处泥泞。我对那几条路曾经是那么地熟悉，因为在我们来农村的第一年，为了要过一个"革命化的春节"，我们村的几个知青没有回京，而是住在县城里，每天一大早就每人挎了一个粪筐，沿着街道拾粪，既有马粪、牛粪，也有人粪。那段为农村队里拾粪的经历确是改变了我们以前对"臭"的理解。如今的沧桑巨变，实在令我惊叹！但更令我感慨的则是知青相见的场景，很多知青是自丰镇一别就各奔东西，几十年后，今日才在这里相见，但却已是难觅旧时颜了！只有各自在报到板上写下自己的名字后，才敢相认，此时唯有感叹"少壮能几时，鬓发各已苍"了！

第二天各地知青在大会堂里举办了联欢会，丰镇市常务副市长代表丰镇市讲了话，知青代表们讲了话并表演了自编自导的节目。我们原几个巨宝庄公社的知青表演了自己写的诗歌朗诵。

二、回村

次日大家都回各自曾经插队的农村去了。我们当年在辰字村落户的几个知青乘了车直奔村里。我们曾经冒了严寒，从丰镇县城出发，坐着老乡的牛车，碾过荒原雪岭，行进十几千米，来到一个只有十几户人家的小村子里插队落户，这往事历历在目。

辰字村，曾有使我那般魂牵梦绕的土地，曾有我们青春年少时的梦想，也有我们梦断神伤的迷茫和痛苦。汽车翻过那道我们曾经熟悉的梁坡，辰字村即来到我们的眼前。天是阴沉沉的，下着小雨，我们下了车，首先看到的是村头有几个老汉站在那里，我们走过去说："我们是当年在这里插队的知青。"几个老汉拉着我们的手，看着我们的脸，久久地端详着，似乎要在我们的脸上找到当年的印记。当我们说出自己的名字，一个老汉那黝黑的、布满刀刻般深深皱纹的脸上露出微笑，"几十年了，又见到你们了！"他喃喃地说着，我们则使劲地回忆着这张脸上当年的模样，似乎无论如何也找不到曾经熟悉的痕迹，只有他在说出自己名字时，我们才忆起当年那淳朴而天真的面容。我们又问起当年熟悉的乡亲来，则更使我们黯然神伤，不是"访旧半为鬼，惊呼热中肠"，而是访旧多为鬼了。这时一个农村老妇人走过来，热情地拉着我们的手，叫我们猜一猜她是谁，我看着她那瘦小的身材，灰黄中透黑的脸庞，那应是长期在地里劳作后，被日头和风霜雕刻过的颜色，但眼中却流出光亮来，我却是猜不出来了！她笑道："我是清秀呀！认不出了吗？""清秀！"我愕然道，顿时那个当年十来岁，面目清秀、聪明伶俐的女孩子"忽"地出现在我的脑海里。我们刚来农村时曾经在村里办了一个学习班，用我们自己编的教材教那些农村娃识字和文化，班里大半是村里的女娃，因为那时农村的女娃大多是没有机会上学的，而清秀是班里学习最认真，学习最好的学生之一，所以我们对她印象深刻，后来我们在村里又办了一个"文艺宣传队"，清秀也是最活跃的积极分子，记得她是能歌善舞的，特别是她的歌唱得很动听，她的嗓子天生就好，她又生性聪明好学，她那银铃般的歌声还时时回荡在我的记忆之中，我想那时如果她能有机会上音乐学校，一定会成为一个优秀的女高音歌手呢！可是没有如果，听说她后来嫁到附近一个村里，但她仍旧爱唱歌，后来我在微信里时时听到她那悠扬的歌声，她仍旧是快乐的！

清秀听说我们今天要到村里来，专程从附近的村子赶来见我们，我们聊了些家常，清秀即说，要先带我们到当年曾经住过的土屋看看。那是我们当年到农村后，在当地老乡的带领下亲手盖的一排土房。"砖"是我们亲手制作的"土坯"，房顶是我们亲手用黄土搅拌了麦秸盖上去的，不料如此简陋的"遗迹"至今依旧在。我们下了一个土坡，只见一大片茂密的、半米多高的荒草，在细雨和微风中瑟瑟地颤抖，是低吟，还是抽泣？荒草后面，隐隐地现出一排土黄色的、残破的土屋，我和绍辉、吹号拨开没膝的荒草，走进那排土屋，屋顶大部分已经塌落，窗户只剩下破碎的窗框在风中"吱吱"作响，只是那土炕似乎还算完整，那就是我们几个知青一起住过几年的土炕，似乎还是当年的模样，雨点打在我的脸上，带着丝丝的凉意，我眼前浮现出，当年我趴在这个土炕上，在一盏小煤油灯下读书的景象，趴在这个土炕上，我曾手捧马克思的《资本论》如饥似渴地读着；趴在这个土炕上，我曾默诵过李白、杜甫的诗句；趴在这个土炕上，我也曾饮下苦涩、迷茫的烧酒。那土炕不仅在寒冬给我带来过温暖，更在我饥渴、寒冷的心里燃起过希望的火花。我用手亲切地、久久地抚摸着那冰凉、残破的土炕，无尽的泪水在我心中流淌，不知它又欲向我诉说什么？正像知青宝林看到村边那棵老杨树，不禁泪如泉涌，那棵树，那土炕，触动了我们多少辛酸的回忆呀！正所谓"物是人非事事休，欲语泪先流"！我惊叹这样的土屋竟然没有完全塌掉，清秀说，你们知青走后，由于苏队长当年住的宿字村要搬迁，所以苏队长一家就搬到这里来住，因此这排房也就保留下来了，只是苏队长十几年前去世了。其时，苏队长那鲜活的面容又出现在我的眼前，他是个朴实的农民，虽然前排牙不甘寂寞地一起龇到外边，对我们却总是满脸带笑、极和蔼可亲的，他那时是生产队长，为人正直，做事公道，在农村的许多农活都是他手把手教给我们的，在后来吃不饱饭时，他宁可自己少吃，也要把我们拉到他家去吃饭，他是平凡的，但在我们的心中他又是高大的。如今他早已走了，我们只能面对那残破的土屋默哀！村里当年的土房似乎都已倒塌了，好在近些年，在我们那排残破土屋的后身，在政府扶贫政策的资助下，盖了一排砖房，那确实是红砖，不再是当年的"土坯"墙了，虽然看上去仍是简单的，但也是很大的改变了，如今村里尚在的老乡都搬到那里去住了。

看过村里尚在的乡亲，清秀又带我们来到宿字村（辰字和宿字村距离很近，当时是归到同一个生产队），但那里除了一堆残破的断墙外，什么都没有了。清秀说："宿字村早就没了，当时住在这里的几户人家都合并到辰字村了。"从这里过去不远，就是那个经我们知青的倡议，在苏队长的支持下，动员了全村劳力建的那个"辰字水库"了，那是我们知青在这里留下的唯一"业绩"吧！但当我们走到水库大坝前一看，不禁都愣住了。水库已荡然无存，当年的一湖碧波现已填满垃圾！我惊问道："为什么变成这个样子了？"清秀说："前些年在附近建了一个电厂，把废弃的垃圾都倒在这里，逐渐就填满了。""听说这些垃圾有污染，所以电厂给了村里的人一些补偿，并让宿字村的人都搬到辰字村去了。"原来这就是宿字村搬迁的原因，也是水库消亡的原因，我不禁愕然！但对当年水库的记忆却清晰地出现在我的眼前。

那是我们刚刚到农村不久，大家还有一股子"天不怕，地不怕"的激情，我们看到村边有几条十来丈宽、五六丈深的大沟，听老乡说，那是雨水长年冲刷出来的痕迹，又听说村里没有水浇田，地里的庄稼完全要靠天吃饭，因此亩产只有几十斤，村里很穷。于是我们几个知青就去考察了那几个大沟，看到有的沟底竟还有小股的泉水流出，我们忽发奇想："如果在这个沟里筑起个大坝，把雨水和泉水截住，不是可以建个水库吗？如此不仅可以解决部分水浇田，或许还能养鱼呢！"当我们把这个奇想告诉了苏队长时，竟得到他的大力支持，我们也很为自己的奇思妙想感到激动。苏队长接着又帮助我们完善了筑坝的方法，他说："我们村里很穷，没有钱买水泥，只能打土坝，但完全用土筑，是挡不住夏天大雨冲刷的。""那怎么办呢？"我们一时都没了主意，苏队长接着说："我们不妨用自己的土法上马，就是在土坝上码上一层大石头，等到开春在石头上再码上一层草皮，这样就牢靠了！"我们很钦佩苏队长竟然有这样的好办法，立刻在他的带领下参与了战斗。

我们首先将宿字村附近两条大沟的交汇处选作坝址，因为这里不仅沟深口窄，适合建坝，而且是两三条大沟的交汇处，可以截住更多的雨水，再加上其中一条沟底的泉水流经此处，所以这里应是建水坝最好的地段了。之后，在苏队长的指引下，我们赶了牛车到十多里地外的一片荒滩处，那里散布着很多大大小小的石头，我们挑了大个的捡到牛车上，拉了回村。过了几天就在坝址前堆满了大石头。这些就地取的材只需花力气，不需花一分钱，我们那时只有力气，没有钱！

打坝的工作开始了。我们和老乡一起先在沟底码上一排大石头，然后在旁边挖了土，用担子挑，用独轮车推，运到坝前。沿着石头垫上十几米宽的土，再用石夯砸结实，再码上一层石头，垫上土，再砸结实，如此重复往上打。我们觉得自己似乎正在从事着一件伟大的工程，心情是异常激动的。我们一边打夯，一边唱着随时自编的劳动号子，那场面确可称得上是热火朝天呢！待到春天，沟底长出细嫩的草坪，像在沟底铺上了一层绿色的地毯。我们就用铁锹，把草坪切成半尺多宽、两尺多长、三寸多厚的长方块，用担子挑到大坝前，一层层地码在大石头前，这样又为大坝增加了一层屏障。因为石头只是码在大坝临水的一面，石头之间有很多缝隙，只能用草皮来顶替水泥的作用了。我们一连奋斗了几个月，到了夏天，大坝已经打到近一半高了，看到水库已经积存了小半的水，我们的心情无比兴奋。

忽然这天天降大雨，我们正在家里吃饭，倾盆大雨下个不停，我突然想到了那个大坝，不知命运如何？于是放下碗，叫了几个同伴，冒着大雨直奔过去。我们从坡上望下去，水库已积满了水，边角处，坝已被雨水冲出一道几米宽的深沟，雨水正如脱缰的野马，沿着这条沟奔涌而下。我一看，大叫一声："不好！这样会把新建的大坝冲毁！"于是，我们顾不上许多，冲下深沟，我们几个知青不约而同地跳进水里，手挽着手，用自己的身体挡住奔涌的激流，这时许多老乡也赶来了，大家一起用树枝、石头、草皮及时地把缺口堵住，大坝保住了，我们几个早已被雨水和泥水浸透，身上是冰凉的，但心里是暖的！

大坝终于接近完工了，水库也初见规模，同伴光夏（他这时被借调到公社水库工作了）从公社水库又挑了几大桶鱼苗，步行十来里地，放养到我们新建的水库里。干枯的村庄里终于有了一湾碧水，夏天时，当微风吹来，碧波荡漾，沟崖边的杨柳半浸在水中，婀娜的身姿在水中轻盈地摇曳，如同下凡的美女正在湖中沐浴，我想那是我心中最美的风景了！炎热的夏季，当辛苦劳作一天下工之后，夕阳洒在湖水里荡起金色的波光，我们则跳进这金波里如同鱼儿一样地游泳，洗去了一天的疲劳，我又想起在北京什刹海游泳的快乐时光！有时白天没时间，我们也会趁着月色来到水库边，看着银白的一轮明月，在墨绿色的微波中荡漾，如同一只小天鹅在水中轻盈地漫舞，令人如醉如痴。我急切地跃入水中，划开洒满月色的湖水，尽情地畅游，景是美的！心是醉的！小小的水库曾给我们枯燥的生活和饥渴的心灵带来无尽的甜美！老乡们开始看到我们在这里游水，都觉得很新奇，只是站在坡上看，不敢下水，他们说："我们都是旱鸭子，这辈子都没有见过谁人游泳呢！"但是在我们的带动下，后来村里一些年轻后生，终于也敢下水，并学会了游泳。

这时，一只乌鸦忽地从天空中飞过，发出奇怪的叫声，把我从回忆中拉回来，再看看眼前的这个大垃圾场，不禁感慨万千！附近那坡梁上一道道的深沟如同大地的伤痕，沟下那一棵棵低矮的灌木如同扎在那伤痕上的针刺，在雨中、在风中呻吟！

中午应改枝的邀请去她家吃饭。改枝是当年我们在农村插队时的妇女队长的二闺女，那时她只有六七岁。她的母亲三十多岁，姓郝，是村里最能干的女人，干起农活来，即使村里的年轻后生也不是她的对手，而且她待人朴实、善良。我们刚到农村时还只有十七八岁，做饭和缝缝补补的家务活都没有干过，那时她经常帮我们做饭、缝补衣服和被褥。她那黑中透红的脸颊上，镶嵌着一双略微凹陷的明眸，如同一泓清澈的湖水。虽然那时她已是四个女孩的母亲了，仍不失为村里的美女！她的丈夫是村里的车把式，虽然相貌不扬，却为人憨厚，很少言语，听说改枝妈妈很早就作为童养媳嫁过来了。在那个艰苦的岁月里，她如同母亲般的关心和帮助，曾经给了我们很多的温暖和安慰。前几年她曾带了她的家人到北京找过我们，并在北京相聚过几次，所以并不陌生，只是改枝妈妈现与她的小女儿住在另外一个远方的城市，所以此次就无缘再见。

改枝那时虽只有六七岁，但却是生性爱说爱动，只要她一出现，就会把热闹带到那里。她不仅总是叽叽喳喳如同麻雀一样叫个不停，而且极有表演天赋，她不仅会学戏里人物的姿态、腔调，而且也时常模仿村里各种人物的特色语音和动作，学得惟妙惟肖，时常逗得我们捧腹大笑。那时我们就常说，如果她以后有机会学专业表演，一定会成为一个出色的演员呢！她后来没机会上学，仍旧爱说爱笑，好在她的儿子后来到北京上了大学，也算是圆了她的上学梦吧！

本来我们想邀请她们一起到城里吃饭，但改枝执意要在她家请我们一起吃饭，最后只好客随主便了。我们开车带上清秀（她们俩是表姐妹），离开了辰字村，来到十来里外的另一个村庄。这里是改枝的家，她是从辰字村嫁到这里来的。我们到了她家，她热情地招呼我们，在这里同时见到了她的大姐果枝和老三改桃，改桃听说我们今天到，特意从大同赶来。改枝的院子里种满各种花草，开着艳丽的花，就像她开朗、乐观的性格。她在院子中间放了桌子，摆满了各种当地农村特色的食品，有鸡有羊，她还特别做了莜面窝窝和黄米面糕，这两样东西是丰镇农村的特色，我们在农村时，只有过年过节时才能吃到呢！大家一边喝着酒，一边回忆起当年在农村时的人和事，相谈甚欢，都很兴奋！临走果枝从她家的地里摘了玉米棒子，煮熟要我们带上。

三、乡村"别墅"

晚上，应当年的同学小晓的邀请，住进了他的乡村"别墅"，那是几年前，他在当年插队的农村里盖的，离辰字村只隔着一道梁。一进村头，就看到一个高墙围起的大院，进了那个黑色的大铁门，首先听到的是一阵狗叫声，抬头一看，院墙边拴着几只高大的藏獒，小晓说，这是他养的六只藏獒。我不知他为何养了这么多的藏獒，是为了看家护院，还只是因为喜欢？没有多问。再进了二道门，就看到四排高大的砖瓦房，围成一个宽大的四合院，院子中间种了几排苹果树，海棠树，还有其他的什么树，那规模和气派却是胜过北京的四合院很多的。难怪在我们来之前，听改枝说："那个院子比当年的地主老财阔多了！"

听说，小晓前些年退了休，又来到当年他曾插队的村里落了户。一次偶然的机会，他到附近一个村子去，发现地里和墙上有很多瓷片，于是就捡了几块。回到北京，他找了专家鉴定后确认是宋代的瓷片，这使他兴奋异常，跟着他又查阅了史料并对那个叫"小围子"村进行了考察，发现在宋代这里曾是金国大元帅金兀术的大帐所在地，据此他推断，这些瓷片应是金兀术撤退时留下的！小晓回到村里，雇了些当地的农民在附近挖地，听说确实挖出很多的破碎瓷片出来，最后装了几辆卡车呢！小晓又发挥他的想象和经商才能，用这些碎瓷片制作成各种瓷画，在艺术市场上出售，如此他摇身一变成了古瓷收藏家和瓷画工艺厂的老板了！

晚上我站在院子里，看着明亮的月光洒在海棠树叶上，细碎的光影滴在含露的草地上，闪着晶莹的泪珠，月色是柔的，我的心是沉的！回想着今昔沧桑，忽有所悟，似乎半个世纪的人与物都溶解在这斑驳的光影中，也许只有那月光还是当年的模样吧！我想到曹孟德的"月明星稀，乌鹊南飞"；苏东坡赤壁赋里"渺沧海之一粟，哀吾生之须臾"；或是张若虚的"人生代代无穷已，江月年年只相似"。于是我写下了一首诗，《回乡偶成》：

五十年里梦回乡，野草蔓蔓掩断墙。

茅舍寒灯一把泪，青丝雨雪百层霜。

怯言执手识新旧，沽酒烹鸡唠短长。

饮尽三杯情未了，呼来明月满秋庄。

第二天，小晓又带我们参观了他在村里建的一个知青博物馆，不知他从哪里收集了知青当年用过的劳动和生活用品，破旧的衣服、棉袄、茶杯、背包、铁锹、铁犁等，居然摆放了几间房子，看到这些我恍若回到了50年前生活和劳作的场景！那段历史不应被忘记！

之后我们又驱车到了小晓发迹的那个"小围子"村，村子外围有一段残破的土城墙，据说那就是当年金兀术大帐外的城墙遗迹。我们在附近的地里、墙上搜寻，希望再寻到些遗失的瓷片，但已是"众鸟高飞尽，孤云独去闲"，曾在此村中，云深不知处了。

四、回林场

下午，我们去寻访当年一起开荒种的果树林，我们穿过润字村，走过一道沟，眼前果然出现了一大片果树林。我们两个急奔过去，来到果树下，仔细地辨认，这些树是我们当年亲手栽的吗？现在已是直径一尺多粗的大树了，而我们当年栽下的只是一寸来粗的果树苗。我们仔细地辨认着，不敢确定，这时绍辉忽然发现，果树林旁边有一排一米来高的残缺的土墙，他兴奋地叫道："你来看看，这不就是我们当年住的土屋的遗址吗？"我赶忙跑过去，看着一片野草从中，那残破土墙的位置、布局和范围，目测着离村头和果树林的距离，然后断定：这确是我们当年住过的房屋！因此那果树林里定有我们当年种下的果树了。

那是 48 年前，我在农村插队时，看到农村很是荒凉，树木很少，更别说果树了，当地的老乡似乎从未见过苹果，更没有吃过苹果了。我忽发奇想，这里有一大片荒地，应是适合栽种果树的，于是向大队提出建议，希望在此处开荒种一片果树。不料我的想法竟得到大队和公社的支持，经过大队讨论，派我和绍辉及当地两个有种树经验的农民一起到这里来开荒种果林。我很是兴奋，很快和绍辉搬到荒地附近几间简陋的土屋里住下，等到一开春，我们四人即在附近开了一片地，大队买来一批果树苗，我们亲手用铁锹一铲一铲地挖出树坑，再从附近村里一桶一桶地挑来水，在此种上了一排排的果树苗，并辛勤地浇水施肥，过了两个月，看到我们亲手栽种的果树苗长出了一大片的嫩叶，心情异常激动，似乎看到了那些果树结满了绿的、红的累累硕果！但是我没等到果树结果，就在那年的夏季被选调到呼市的工厂去工作了，从农民变成了工人，而绍辉一年后也被调到别处去了，从此我们再没有见到那片果树林，终不知那些果树是否结了果子呢？谁曾想到，相隔 48 年后，我们又找到了这里，再看看四周的环境，确是似曾相识的！

　　我们走到其中一棵果树下，仔细看去，那粗壮高大的果树上满满地挂着绿的、红的累累硕果，应是海棠了！我和绍辉一起激动地伸手摘了几颗，放到嘴里细细地品尝着，既有酸涩，又有甘甜！这时从村里走过来一个人，来到我们跟前，我以为他看到我们在摘果子了，认为我们是小偷，过来制止我们的呢！不料他走近我，仔细地端详了一阵，忽然说："你是刘凤池吧！"我愕然！看着他那不高的身材，略方正而黝黑的脸庞，并没有任何印象，"你怎么认识我呢？"我疑惑地问道，他说："你认识李荣吧？""李荣！我当然认识了！"我的眼前立刻浮现出李荣的形象，他就是当年和我们一起在此开荒种果树林的一个农民，那时三四十岁，人长得很端正，待我们很和善，因为他家就住在旁边的润字村，所以常常请我们到家里去吃饭。但眼前的这个人看上去只有五十多岁呀，怎么可能是李荣呢？他似乎看出我的疑问，连忙补充道："李荣是我的父亲。""李荣呢？"我忙不迭地追问，他说："我父亲早就去世了！""你的父亲我至今印象很深，是个好人，可惜去世了！"我感叹道："那你怎么认识我呢？"我再次追问，他说："你们在这里时，我才几岁，但你们常去我家，所以有些印象，再加上你们走了以后，我父亲常常跟我们提起你，所以一看就认出来了。"然后他又叫出绍辉的名字，相隔 48 年了，他们竟然还清晰地记着我们，不禁使我感动得热泪盈眶了！他请我们到家里去坐，他的家就在果树林附近，经过与他攀谈得知，这片果树林里的有些树就是我们当年在这里种下的，果树林旁边那段残墙确实是我们当年住过的土屋的遗迹！我看到他的屋前有一台拖拉机，于是问道："你现在做什么呢？"他说，现在已承包了这片林场，拖拉机也是他的，生活过得比过去好多了！看到他对自己现在的生活很满足，我们感到很是欣慰！临走时，他又摘了一堆各种水果让我们带上！彼此依依惜别。

在回去的路上，我回忆着那48年前亲手栽下的果树苗，品味着那果树上结的果实，心情久久不能平静，于是随手写下一首诗，题为《林场遗梦》：

一去村林五十年，断墙野草欲何堪？
海棠也感离时种，着意青红品涩甘。

五、回乡感悟

太阳快下山了，我从车窗中再次凝视着远处的原野，50年的人与物，在我的眼前飞快地掠过，我又开始叩问自己那古老的问题："人生如白驹过隙，生命如惊鸿一瞥，每个人都有不同的人生，但到底什么是幸福？什么是价值呢？"为社会作出贡献的科学家、企业家固然是有价值的，但默默无闻的老百姓，他们活了一辈子，有的人一生都没有离开过农村，活动过的半径不过十几千米，平凡地活着，平凡地死去，就不幸福吗？就没有价值吗？这时曾经的一件小事又一次萦绕在我的心头，我当年在农村插队，生活苦闷时，曾与当地的一个老乡闲聊。我问他："你们天天在地里干活，生活这样单调、枯燥，会觉得苦闷吗？"他对我说："有什么好苦闷的呢！我能每天吃一次酸菜莜面就很享用了，有些人要天天想那些所谓的大事、难事，想得吃不香，睡不着，有什么好，哪有我过得舒坦呢？"虽然他只是随便一说，但当时却使我很是释怀，也许他说过后早已忘记，可是几十年后我却仍旧记忆犹新，虽然老乡不会说出"巧者劳劳智者愁，愚翁何喜复何忧""麒麟作脯龙为醢，何似泥中曳尾鱼"的感慨，更不会表达出"采菊东篱下，悠然见南山"的意境，但从那句朴素的话里，我懂得了每个人对幸福和快乐的理解是不同的，懂得了"平平淡淡才是真"的道理。几十年过去了，回想起官场和商场上的争争斗斗、是是非非，可不是"相争两蜗角，所得一牛毛"吗？"简单"何不是一种幸福呢？从而又使我想起那个古老的故事"富翁与渔夫的对话"，一个富翁商人在海边度假，他看到一个渔民躺在沙滩上晒太阳，于是就对他说："你应当花更多的时间去捕鱼，捕鱼多了买一个大点的船，然后捕更多的鱼，再买更多的渔船，拥有一个渔船队，再建个渔业加工厂，扩大你的企业。""然后呢？""等时机一到，你就可以宣布股票上市，然后你就发了。""然后呢？"渔民再次追问，富翁答道："然后你就可以躺在沙滩上晒太阳了。"渔民得意地笑道："我现在不是已经躺在沙滩上晒太阳了吗！"人往往用一生苦苦地寻找快乐与幸福，也许最后又回到原点，或许它就在你的身边！我正胡乱地想着，这时，夕阳那灿烂的光辉将大树和绿草都染成了一片金色，我想在太阳看来，大树有大树的意义，小草也有小草的价值！

北京胡同里的童年

一、北京的胡同

20世纪50年代的北京既没有鳞次栉比的高楼，也没有繁华的商业大厦，最高点也许就是建在景山顶的万春亭了。

站在景山高点望下去，老北京像一卷巨幅的写意画，四周的城墙和城楼是它的骨骼和关节，纵横交错的胡同便是它的脉络。据说老北京的胡同有六千多条，老北京人说"有名的胡同三百六，无名的胡同似牛毛"。十几万个黛瓦灰墙的四合院镶嵌在大大小小的胡同中，是这幅画的气韵所在。黑白浓淡，干湿淡雅，笔锋舒缓有序、沉静、凝练，点染于绿树黄花之内，泼墨在河流湖泊之间，实中有虚，虚中有实。而红墙黄瓦的紫禁城则是盖在这幅画正中的一个大印章。

当夕阳西下，一抹柔和的阳光洒在京城那些幽深的小胡同里，格局各异的四合院黝黑的门廊上，老槐树下，拿着芭蕉扇乘凉的老人和门口追逐嬉戏的孩子，以及庭院里徐徐升起的缕缕炊烟，则又是另一幅宁静、祥和的画面。

北京的胡同从名称上看就很有意思，既有根据官员和府邸名称命名的如"文丞相胡同""府学胡同""北兵马司"等，又有按市场定位命名的如"珠市口""菜市口""鲜鱼口""禄米仓""海运仓"等，你一看胡同名就能知道它在历史上的位置，但更多的还是根据它的特征来命名的，如"仓夹道""扁担胡同""九道湾"等等，名副其实很形象，最具北京人的特色，不像上海叫"南京路""四川路"等都是拿中国各地的地名来命名，以致我初到上海时看到上海的地名有些迷惑，曾暗暗心想：这里不是上海吗？为何又是南京、四川了呢？北京的四合院分一进院，两进院，三进院等等，王府算是大四合院，紫禁城可算超级的四合院。四合院虽有大小、高低、贵贱之分，但里面都曾演绎和蕴藏着丰富而生动的历史故事。

穿过东直门城楼，往西不远左手边有一条窄而长的胡同叫仓家道，从这里走到头再往右一拐就是海运仓胡同了，附近还有南新仓，北新仓胡同，可想而知这里曾是元、明、清三朝最大的粮仓。海运仓历史上又是漕运的重要码头，漕运关乎国运，在明、清两代最为明显，而海运仓自成体系，确为京城中一个极紧要的地方。直至清朝末年，随着轮船、火车的兴起，漕运遂成为历史，这片规模很大的海运仓无米可储，终于改作他用，后又逐步变成居民区了。

海运仓胡同就是 20 世纪 50 年代我出生和成长的地方。那时居民的四合院都位于胡同南侧一边，北边则是人民大学的旧址，50 年代末改为中医学院，现在是东直门医院，最东边是军人招待所。

我父母以前的历史，我不得而知，我家何时搬到这里住，也无从知晓。依稀记得在我小时，家里的抽屉里总是放着一本精致的小本子，是蓝布面的硬皮，折扇式的内页，用手一拉可以拉开很长，里面都是用毛笔正楷写的小字。记得里面写的都是密密麻麻的人名，母亲曾告诉我那是我们家的"家谱"，但我那时对家谱一无所知，也没有兴趣注意和记住这些东西。"文革"初期破四旧，家里觉得它应算作四旧吧，于是就丢到火炉里烧掉了，因此我的家世也就无从考证了。能够使我对家世有些印象的只有两件事，因我从小并不曾见过我的爷爷和姥爷，他们应在我出生前就过世了，只记得奶奶和姥姥。但是在我童年时，却记得家里正堂的八仙桌中间总是摆着一幅大的相片，相片里是一个威武端正穿着清朝官服的男人形象，听我奶奶讲，那就是我的爷爷。那男人的模样我已记不清了，但相片的左右用毛笔题有一副对联，上联也已不记得，但下联却记得，是"不到黄河不死心"，我儿时常常看了这副对联不知何意，却印象深刻。现在回想起来，他是应当有什么心愿未酬吧！可惜家里人从未给我讲过他们的过去。后来这个相片在"文革"中也被家里作为四旧烧掉了。另一个与我家也有关的印象是，在我童年时，每到清明节，母亲和姥姥总是带了我们五个孩子一起到东直门外不远的小关去上坟。那时出了东直门就是农村，一眼望过去是大片的原野和庄稼地，地里零零星星地分布着几个村庄，我们随着家长到了小关车站附近，从路南边下了庄稼地，有一条很窄的土路，沿着这条土路走上几分钟就是一个小村子，进村走不远，一排土屋里出来一个穿着土布衣服的农村老太太带着两个小孩，总是热情地先招呼我们在小院里坐下，然后沏上一壶茶叫姥姥和母亲一边喝着，一边聊着天，似乎聊这一年坟地的情况吧。我们小孩则不懂这些，只是喜欢在院子里玩耍，但却记得姥姥对我们讲过，这里有她家的祖坟，这户人家是给我家看坟的。似乎每次来，姥姥都要给他们带些点心和钱，那或许是给她看坟一年的报酬吧。吃过茶，那个老太太就领了我们一行人到东边不远处，一棵两人才抱过来的高大而茂密的大树旁边，大树周围有五六个坟头。姥姥说，这就是祖坟。姥姥点上香，烧了纸，磕头祭拜，我们也学着姥姥和母亲的样子祭拜。然后再顺着大树旁，庄稼地的田埂走过去，沿着田埂还排布着几个坟头，姥姥有些伤感地说："这里一片原来都是我们家的坟地，只是近些年大部分都被改成农田了，好在坟头还保留了下来，要不连坟也找不到了！"

每当此时，姥姥总会喃喃自语地感叹道："不知道我死时还能不能埋在这里呀！"

我至今不知姥姥的名字，只知她叫"白孙氏"，后来才知道，旧社会的妇女嫁人后就不得再用自己的原名，只能把丈夫的姓放在前面，自己的姓放在后面，最后加个"氏"字就是名字了。以此推论我的姥爷应是姓白，姥姥家姓孙。姥姥经常引以为豪的就是"我们家是在旗的"，那是童年时经常听姥姥挂在嘴边的话，所以知道我们家是"在旗的"，只是那时并不知什么叫"在旗的"，却是记得姥姥每次说到"在旗的"三个字时总是加重了语气，眼里放了光，略带了几分得意的表情。我疑心那一定是她很感自豪的一件事吧！

后来才知道"在旗的"是指清朝的"旗人"，清朝有八旗，我们家属于哪个"旗"，却从未听姥姥讲起过。

近年虽偶尔也想考证一下，但已没了任何线索，根据我的母亲是满族、姓"白"、又住在北京东城靠东北的方位，那里曾是正白旗的居所，也许是"正白旗"吧。

我家住在九号院，门口是两扇褪了色的黑漆大门，院门白天一般都是开着的，晚上十点才会关门。进了大门是一个宽三四米、长五六米的门洞。穿过门洞，左手边是一个小院，住着两户人家，院子里靠着院墙的西边有一棵高大的枣树，门洞对面是一条窄而长的小胡同，即是外院。胡同的中间靠左有一道二门，穿过这道二门就到了另一个较大的标准四合院，住着八九户人家。靠着北房的中间位置又有一棵大枣树，比前院的那棵枣树更高更大，斜着向西向南舒缓地伸展开去，树冠几乎遮盖了多半个院子。我家就住在北房的两间。

二、童年趣事

我童年大部分的时光就是在这个小院子里度过的。虽然那么平凡，那么微不足道，但如今回想起来却是那么甘美。

我家的院子虽然不大，但院子里的人家都相处得很和睦，那时院子里就像一个大的家庭，经常互相串门，事先也不需打个招呼，有事没事都无须敲门就可以推门进去，谁家若是有点儿大事，各家都会来帮忙，如同一家人，院子里也没有什么秘密和隐私，而各家的小孩经常在一起玩耍、嬉闹。

· 小菜园 ·

春天，各家大都会在屋前开辟出一小块地种些果蔬和花草，既可食用又装点了小院。我家在外院靠着围墙边，开辟了一条长方形的小块地，我常会和我的两个哥哥一起负责耕耘这块宝地。每年春天，我们就在那里翻地、播种、浇水，种上向日葵，扁豆、茄子等，地的四周用木栅栏圈起来，再沿着栅栏种上一圈牵牛花。等到夏天就会有了收获，扁豆、茄子都可随时摘下来食用，等到秋天向日葵成熟了，搓下葵花子晒干存放，到过年时再用沙子炒熟作过年的食品。而那一圈红的、黄的、粉色的牵牛花则会从春天一直茂盛地开到秋天。我印象最深的还是那棵葡萄树，记不清是哪年了，我二哥从别人那里要了一棵只有两三尺高的葡萄树苗，我们把它种在小园里，精心地浇水施肥，又亲手用竹竿在旁边搭了个葡萄架，过了两三年它的藤蔓爬满了架子，秋天，看到那一串串绿莹莹、紫里透红的葡萄挂满了竹架，我心里比吃了葡萄还要甜美，等到葡萄成熟了，我们就会小心地把葡萄剪下来，家里人都会吃到，还会分给院里的街坊们一起品尝，那滋味确是异常的甘美。小园虽然只有几平方米大，但园中的景色至今想起来仍旧令人心醉神迷。

·养鸡、养蚕·

童年时我不仅对种植果蔬和花草感兴趣，对饲养小动物也是。我们在墙角处用竹竿搭了一个鸡窝，去外面买来几只小鸡，看着它们毛茸茸的，非常可爱，我们精心地喂养，一直到亲眼看到长大的母鸡"咯咯"地叫着下了蛋，我亲自到鸡窝里捡了蛋时，心里也像母鸡一样充满着快乐！但也有悲伤的时候，记得有一次早起去鸡窝一看，忽然发现少了一只最能下蛋的母鸡，到院子里各处找也不见踪影，听大人讲：可能是昨晚被黄鼠狼叼走了，黄鼠狼是最爱偷鸡吃的。于是我伤心了一天，而且极恨那黄鼠狼，心想：为何有这种专偷别人心爱之物的坏家伙呢？

我那时还喜欢养蚕，春天时找人要了蚕卵，放在用白纸叠成的方盒里，如果温度合适很快就会孵化出小蚕，小蚕刚出生时又黑又小，像个小蚂蚁，因此叫蚁蚕。我看着它们一天天长大，慢慢地丰满起来，逐步变成一个个白胖子，很是高兴，但随着它们长大，食欲也越来越大，这使我颇感头疼，因为每天都要为它们去采摘桑叶。我们院子里没有桑树，只有隔壁10号大院里有两棵桑树，而10号大院一进门有一位老太太，看门很严，如果被她发现，我们往往会被拦住。只有在她中午午睡时我们才能抓住机会溜进去，一次尽量多采一些，放在篮子里盖上湿布再每天洒些水，便可解决蚕宝宝几天的口粮了。等到夏天，那桑树结了桑果，紫嘟嘟地吊在树上很诱人，我们当然也禁不住这种诱惑了，在采桑叶时，往往会顺手牵羊，偷摘几串桑果来吃，那味道是极好的。养个一到两个月吧，白胖胖的蚕身子逐步变得有些半透明并出现淡淡的黄色那就是要吐蚕丝了，如想得到平整的蚕丝布面，就要及时把蚕拿出来放到一个平整的盒子面上，蚕会抬起头，转动着它那轻巧、柔软的颈部，吐出极细的蚕丝，沿着盒子的四周边缘织出层层的丝布，它灵巧如同织女的仙手，令人称奇！看着它织出的洁白、平整、均匀透明的丝布仿佛精美的艺术品，我不禁惊叹它真是无人能及的天才纺织能手！随着吐出的丝越多蚕身子则变得越小，直到吐完了丝，它就缩变成一个蚕蛹了，如果不把吐丝的蚕及时从盒子里拿出来，蚕就会在盒子的边角处做蚕茧把自己包起来，这就叫"作蚕自缚"吧！蚕蛹包裹在里面，最后就变成蛾子，咬破蚕茧从里面再钻出来，即"破茧重生"了，蚕蛾甩过子，就完成了自己一生的使命。我那时还不懂"春蚕到死丝方尽"里所蕴含的诗意，只知道蚕茧攒多了是可以卖钱的。

·雨后游戏·

夏天到了，最盼望着下雨，大雨刚刚下过，院子里积了半尺深的水，我和院里的小孩就卷起裤脚到院子里蹚水戏耍。最有趣的，是在水中"骑马打仗"了，即小孩们分成两队，两人一组，每组一人背着另外一个人，背人的是"马"，"马"上的人是骑士，骑士们骑在"马"上互相打仗，哪组人先把对方的骑士打下"马"就算胜利。结果往往是混战一场，有的人不仅摔下"马"还会跌倒在水里，弄得满身的雨水和泥。玩得快活，但回到家就惨了，轻的要被家长训斥一顿，重的则要被家长狠狠地暴打一顿。

下雨之后，能够引起我兴趣的一件事是，循着院子的墙根去寻找"水牛儿"即蜗牛，因为水牛儿喜欢潮湿的环境，雨后它们就会在墙根附近爬行。于是我便捉了几只来玩，但水牛儿一旦被我拿在手里，它就会把头和身子缩回它那坚硬的壳里不肯出来，为了让它出来，我就学着别人的声音唱"水牛儿，水牛儿，前出来犄角，后出头"！任凭我唱得多么动听，水牛儿却无动于衷，仍旧不肯露出头来，为了满足我的好奇心和想象力，我便把它的壳在石头上磨出一个小洞，露出了一点肉，再用细枝刺激一下它的身体，它就这样被我硬逼"出宫"了。看着它的触角伸得很长，驮着重重的壳，慢慢地蠕动着它那柔软的身体，爬行起来，在桌面上画出一道白色曲线。现在回想起来，那应是我童年时干过的一件残忍的事情吧！它的屋顶被我磨漏了，不知之后它如何遮挡风雨和免受伤害，是否还能安然地生活下去呢？想起来总有些后悔当年玩这样的游戏，况且它是那么温柔、平和、无害的小动物呀！

雨后还有更开心的事呢，那时胡同里也积满了水，20世纪50年代北京的胡同还没有下水道，路也是土路，在土路两边有一尺多深的两道沟就是排水道，因此一下大雨胡同里就会积很多水，但那却是我儿时的乐园。雨后天一晴，阳光洒在水面上闪着柔和的光，波光粼粼，水面上方就会聚集了一片片蜻蜓，在天空中轻轻地飞翔。我们小孩这时就会从家里拿了自编的网——我们从小就会自己制作这种网，用一根竹子弯成一个椭圆形的圈，在下端用铁丝绑上一根粗些的木棍，然后用粗的白线编织出棱形的网眼，就能做成一个好看的捕捉网了。我们光着脚在水里争着捕捉蜻蜓，看到飞得较低的蜻蜓就会奋不顾身地扑过去，一网捎过去，如果判断准确的话，即可捕到一只，每捉到一只都会欣喜若狂，把蜻蜓夹在两个手指缝间，接着再去捕下一个，这时大家都是两眼只盯着蜻蜓，在水里奔跑着，脚下的水在身后溅起一层层浑浊的水花，即使摔倒了，也会立刻爬起来接着战斗。直到最后结束战斗时，小伙伴们自会聚在一起伸出手比一比谁手里的蜻蜓多，谁多谁就是赢家，便会受到小伙伴们一致的赞赏和尊敬。到傍晚时分，夕阳金色的余晖慢慢地从胡同水面上收起它绚丽的色彩，这时黄蜻蜓大部分已经不知去向了，而另一种大个身体的蜻蜓，北京的小孩叫"老子儿"和"杆儿"就会出现了，这种蜻蜓因数量远较黄蜻蜓少，而且又大又好看，墨黑与翠绿或湛蓝相间的身体，配上轻纱般的薄翼令人赏心悦目，会使我联想起天使的衣裳，因此在我们的眼里也更珍贵。这种蜻蜓白天很少能够见到，大多在傍晚才会短时间出现在胡同里，而飞的速度却很快，只一闪即过，如同小燕子的一掠而过，很难用网捕捉到。但是不知谁首先发明了一种方法，就是用白纸团成一个一两寸直径的圆球，然后拴上一根绳子，站在胡同里一手甩动绳子让白纸团在自己身边上下旋转成一个圆弧，一手拿着网。如看到有"老子儿"或"杆儿"从附近飞过，就加速旋转白纸团，这时它们中可能就会有一个会飞过来，追踪着这个白纸团在你的身边飞行，我至今也不知这是什么原因，当时只是学着别人的样子玩，这时一定要手疾眼快，立刻用另一只手上的网，瞄准了一下子扣下去，如果幸运即能捕到一只，但是你如果手慢了一点，它就会很快飞跑了。每捉到这种"老子儿"或"杆儿"我们就会比捉到黄蜻蜓更加兴奋异常。我小时候捉蜻蜓的本事确实一般，因此常常羡慕隔壁院子的一个小哥哥，每次都能比我捉的多些。每当捉了黄蜻蜓回到家，我会用白线拴在蜻蜓的两个翅膀中间，手中攥住绳子的另一端让蜻蜓在空中飞翔，我则随着蜻蜓在院里来回地跑，如果蜻蜓飞高了再用绳子把它拉回来。有时捉不到蜻蜓，也会去捉马蜂，你听说过中国有句话叫"捅马蜂窝"吗？我童年时确实是捅过马蜂窝的。记得那时我家的屋檐下有个马蜂窝，常常见到一只马蜂飞来飞去，我很好奇它那奇怪的窝，于是有一次看到那只马蜂飞走了，我立即拿个竹竿，把马蜂窝捅了下来，不料还有一只藏在里面的马蜂飞了出来，用它的毒刺狠狠地蛰在我的手背上，手上顿时起了个大包，红肿起来，又疼又痒，我这才知道了捅马蜂窝的厉害。姥姥看到了，告诉我说"这样捅马蜂窝很危险""多亏窝里只有一只马蜂，如果多了，一起攻击你就惨了"。然后姥姥给我上了药，过了好几天才消肿止痛。但我确实痛恨那马蜂了，决心要报复一下它。于是我就用纱网抓住马蜂，按住它的背部，待它把毒刺伸出来后，用指甲掐住，把它拔出来。马蜂没了毒刺，就如同被缴了武器的俘虏，只能任我摆布。我用白线拴住它的脖子，叫它在空中飞着玩，它的飞行路线却完全操纵在我的手里。这些玩意儿曾给我的儿时带来过无穷的欢乐。但当捉了"老子儿"这种珍贵的家伙，就舍不得这样玩了：我先在家里去捉了几只苍蝇或蚊子，亲自喂到它们嘴里，看着它们把蚊子或苍蝇一口吞下去，再津津有味地咀嚼着，如同在享用着酒席上的美味佳肴，我心想它们应是很高兴我提供的美餐吧！为让它们能够在家里多活几天，我便拿个小铁桶，里面放了水，用竹竿套上绳子圈，再从胡同对面的高墙上，拔下几棵青草——那时北京城里很难找到青草，我们胡同唯一有青草的地方就是人民大学高墙的一段墙头上，我们爬不上去，只有靠了竹竿才能够到，我在小桶里再种上几棵青草，那是我想象中"老子儿"生活的家园模样。我把捉到的"老子儿"放在里面养着，桶上盖了铁纱网罩住，以防它跑掉，每天我都按时给它们喂食。那时自认为，我给它们营造的生活环境和条件一定比在外面到处觅食好得多，它们会活得更好、更长久吧！但没过几天它们还是都死了，我很难过，但却不明白为什么，直到后来长大了才逐渐明白，无论是动物还是人，只有在真正适合其生存的自然状态中自由地生活才是最好的生活。毕竟"老子儿"即使住在人为营造的"豪华别墅"里，过着"饭来张口"的锦衣玉食的生活也不一定快乐，更不一定能延长寿命！

·粘季鸟·

在夏天炎热的季节，院里的枣树早已长满茂密的树叶，半大的青色枣子也已挂满了树枝，树下一大片树荫，那是最好的一片乘凉地了，大人们喜欢各自拿个小板凳或马扎在树下三三两两地坐着乘凉聊天，女孩儿们在树荫下玩扔羊拐，男孩儿们玩扇洋画或弹玻璃球。而最好玩的要数粘季鸟儿（北京人对蝉的叫法）。这时节正是季鸟儿最活跃的时候，热天的中午尤其如此，季鸟儿在树上"知了！知了！"不停地高声歌唱，那声音是清脆响亮的，满院子都听得极清楚。每当听到枣树上有季鸟儿的鸣叫声，我们便会站在树下抬头仔细地寻找，一旦发现它趴在树枝上的位置，就会赶紧回到家，抓出一把白面，用凉水一边冲一边搓揉，一会儿搓出一小块面筋出来，用手指一试足够黏了，于是找了竹竿来糊，因季鸟儿趴着的位置一般都比较高，往往要把两三根竹竿接起来才够得着，最上头当然要绑上一根较细的竹竿，这样才能把面筋糊在竹竿顶部，一切准备就绪，就会把竹竿高高举起，看准季鸟儿的位置，用竹竿的顶部慢慢地靠近季鸟儿，这时一定要非常的小心谨慎才行，因为竹竿的顶部很细，又是两三根接起来的杆子，举在手中总是会颤颤悠悠的，如果稍不留神，竹竿先碰到了树枝或树叶，要么粘在了上面，要么惊动了季鸟儿，它就会飞走，则前功尽弃了。慢慢地，闭住呼吸，把竹竿顶端贴近季鸟儿的翅膀，猛一用力对准翅膀的中心部位粘上去，只见季鸟儿在竹竿的顶端扑腾着翅膀发出"扑啦啦"的声音，力图挣脱，如果你的面筋做得足够黏，就能这样捉到一只，也有因面筋做的黏性不够，最后被季鸟儿挣脱逃掉了的。后来长大些，偶然看到唐朝虞世南写的一首优美的《蝉》诗："垂緌饮清露，流响出疏桐。居高声自远。非是藉秋风。"便很钦佩蝉这种吸风饮露的高洁之士，于是回想起自己童年时捕蝉的经历，曾深感懊悔当时自己竟错捕杀了如此"仁人志士"，但再后来又从某科学杂志上看到说：蝉其实并非是饮露为生的，而是靠吸食树汁树浆为食，对树是有害的，应算作害虫。于是我又感到释然了!

·乘凉游戏·

当天气太热时，快到傍晚时分，院里的大人有时就会提议到东直门城楼洞里去乘凉，于是我们便拿了板凳和马扎和大人一起步行到东直门城楼。从我家走到那里也就十几分钟。这时夕阳已收起它炙热的光焰，金色的斜晖洒在东直门的城楼上给它披上了一层金色的纱衣，远远望去像身披金盔金甲的武士坚毅地屹立在那里，雄武、威严、令人肃然起敬！到了城门下，大人们都喜欢坐在城门洞里乘凉，太阳虽然已经快下山了，但大地却还在冒着蒸气，只有这个城门洞里凉风徐徐，是极适宜乘凉的好地方。大人们一边坐在里面乘凉，一边闲聊着天，老头们大都光着脊梁，一手拿个芭蕉扇，一手拿个小茶壶，一边喝着茶，一边唠着嗑，看着他们时时发出的爽朗的笑声，心想那一定是他们最惬意的时光吧！我们小孩子则坐不住，这时就会顺着城门楼旁边倒塌的城墙爬上城楼去玩，傍晚时，成群的黑色燕子都回家了，它们围绕着城门楼旋转着飞翔，像一大片黑色的流云在飞动，有些胆大又淘气的孩子会沿着门楼的柱子爬上去，到楼檐底下去掏燕子和燕子蛋，我是没有这样的胆量，却喜欢站在城楼上，向四周眺望，往西可看到远处起伏的西山笼罩在薄薄的雾色中，像一群黑色的奔马，往东看前面就是一条很宽的护城河，河水在淡淡的暮色中轻轻地流淌，泛起的层层涟漪闪烁着淡绿色的波光，如同围在城楼武士身上的一条玉带。远处则是一望无际的大片原野，绿树和庄稼，野草一直延伸到天边，如大自然用它美丽的线条，编织的一幅很自然的织锦铺满大地！可惜我那时还不懂诗，只是喜欢天马行空的胡思乱想而已，既没有王勃五岁能吟诗作赋，13岁就能在滕王阁上吟出"落霞与孤鹜齐飞，秋水共长天一色"的千古名句的才气；也没有白居易年少时"离离原上草，一岁一枯荣。野火烧不尽，春风吹又生"的胸怀和气魄。假设他们这时能登上东直门城楼，说不定会做出最美最感人的"东直门城楼赋"之类的诗句吧！

吃过晚饭，天已全黑了，为了避暑（那时可没有风扇更没空调），我们就从家里拿了凉席，铺在大门口的地上，大人和小孩都坐在凉席上，一起数天上的星星。那时北京天上的星星很多很多，坐在胡同的土地上抬头可以看到清澈的银河，那时姥姥和妈妈就会指着天上的星星告诉我们：那个由七颗星组成的像勺子样形状的就是北斗星。又指给我们看哪个是牛郎星哪个是织女星，给我们讲牛郎织女的故事，又告诉我们嫦娥是如何偷吃了仙丹，飞到月亮上去了。牛郎织女和嫦娥的故事，我在胡同的星空下不知听姥姥和妈妈讲过多少遍，但每次都会聚精会神地听下去，仰望着的灿烂星空，时时令我心驰神往，亟盼着何时我也能得那仙丹，飞向那迷人的太空呢？兴起时，小伙伴们也会一起坐在凉席上对着星空，唱起那首儿歌："月亮在白莲花般的云朵里穿行，晚风吹来一阵阵快乐的歌声，我们坐在高高的谷堆旁边，听妈妈讲那过去的事情……"

晚上我做了一个梦，梦见自己终于得了那仙丹飞上了太空，在满天的星星间穿行，见到了嫦娥、织女和牛郎。也许那是我最早萌发的航天梦吧！谁料我长大后真的成为一名航天人。

姥姥晚上不止给我们讲过牛郎织女的故事，也讲过闹鬼的故事。比如听她说，我们院子里最东南角有一间小房子为什么一直没有人住，就是因为那里曾经闹过鬼，有一个人在那里上吊死了，之后便有人在晚上见到过有吊死鬼出现呢！我既害怕听鬼的故事，每次又急切地想知道那鬼是什么样子。姥姥似乎亲眼看到过，总是活灵活现地描述给我们听，于是我们觉得真的有鬼呢，如此我晚上往往不敢一个人出屋，即使出去，也不敢往东南角看一眼，生怕见到那鬼的样子，但却从来没有碰到过那个鬼出来。虽然出于好奇心，白天时也曾偷偷溜到那间小房子外面，从破旧的窗户洞往里看，却只看见满屋的灰尘，并不曾看到有什么别的东西，所以终究不曾见到过那鬼的真面目。

夏天的时候，还有一件让我们每每盼望的事情。我们院南屋住着一对老爷爷老奶奶，非常慈祥可亲，他们有一个女儿在外地工作，是聋哑学校的老师，只有每年暑假才会回来住。我印象中她那时应是二十来岁吧，在我们的眼中是大人了，但她最喜欢和我们小孩一起玩。每次她一回来，院里的所有小孩都很高兴，她虽然长得并不算很漂亮，但却极温柔，和蔼可亲，无论男孩还是女孩都很喜欢她。她很会讲故事，晚上吃过晚饭，我们就会在院子中间围坐一圈，她则坐在中间给我们小孩讲各种各样的故事，我至今记得她曾经给我们讲过"猴子捞月亮""龟兔赛跑"的故事，我那时觉得她是最可亲、最博学的人，有时她还会教我们如何用手势打哑语，经常逗得我们哈哈大笑不止。她也经常会带领我们一起做"猜谜语""捉迷藏""老鹰捉小鸡"等的游戏，每次她从我们小孩中选出一个当"老鹰"，她则当小鸡们的头头，她站在最前面，后面一个人抱住她的腰，然后依次抱成一条长龙，她总是伸开双臂极力护住我们不被"老鹰"抓到。记得有一次，我因为没被选做"老鹰"而生气地跑回家，她却马上猜到了我的小心思，立刻跟着我追到家里，轻轻地抚摸着我的头，微笑着柔声地对我说："下一轮你来做老鹰好吧！"听着她那温柔的声音，我似乎没有了任何反抗的理由，于是乖乖地又跟着她出去，投入小伙伴们的游戏了！她确曾给我们的童年带来过无穷的欢乐。

夏天也有恼人的事情，那就是蚊子，蚊子最爱叮小孩，我想它们也许爱吃嫩而鲜的血吧！虽然有时也在屋里喷了药，关上门闷它一会儿，我们全都跑到院里院外去躲一会儿再回家，但即使如此，也不会好过多长时间，当我躺在床上睡觉时，蚊子还会飞回来叮咬，很是讨厌。于是我试着打死几只蚊子，并用细线把它们拴住，吊在我的床头，心想让它们的同伴看到这种下场，应当可以把来攻击我的蚊子吓跑吧？我开始很为我的设计感到骄傲，不想过了一会儿，蚊子并未"望而却步"，仍旧来叮我，似乎并未被我精心设计的"恐怖阵"吓倒！我冥思苦想却不知为什么？

·打枣·

秋天是北京最好的季节了，天总是蓝莹莹的，绿油油的树叶开始夹杂着些金黄的颜色，空气也变得透彻多了。这时院里的枣树已结满了沉甸甸的枣子，绿枣大部分也已变红了，挂在树枝上叫人看了垂涎欲滴。我们小伙伴往往选了中午院里人少的时候，拿了几根竹竿，接起来，在上面绑上铁丝套，伸向树上挂着的大而红的枣子，把铁丝套套上去，再旋转一两下，套牢后，往下一拉，就可套下几颗大枣，然后我们急忙去地上捡了，几个人分着吃，那味道真是又脆又甜。如果弄出了动静，叫隔壁爱管闲事的"三姥姥"听到了，就会出来大声地呵斥我们，不该在枣子还没全熟透时就先偷了吃，那声音大到全院的人都能听到，偷枣的小孩家长听到了，小孩照例会被叫回家再遭严厉的训诫一顿才罢呢！我们于是天天盼着枣子快快全熟透。当树上的枣大部分都红透了的时候，院子里的人就会商量，选好各家都在的时候，一起打枣。那一天院里像过年一样的热闹，我们小的孩子这时在树下用竹竿打枣，其他大的孩子和几个大人则一起爬上树，使劲地摇晃树枝，枣子就会像雨点一样哗啦啦地落下来，掉在地上到处都是，即使枣子啪啪地砸在头上，我们也感到兴奋异常。枣打完了，大家再一起把大些的枣都捡到几个大筐、大盆里，然后拿了秤称好重量，每家平均分配，记得每次我家都能分到两大洗脸盆的大枣呢！这时我们能尽情地吃个饱了，但回味起来那枣的味道似乎并没有我们偷着摘下吃的那般香甜！

·电影游戏·

秋天的晚上，我们胡同对面人民大学中间的大操场上，有时会放露天电影，我们一旦得知消息后，几个小伙伴往往约好，一起骗过看门的老大爷，溜到操场，站在边上看电影。那时看过的电影已经记不清了，只知道那时最爱看的就是打仗类电影，打仗打得越激烈的越爱看，看过电影后，我们回家就用木棍做成刀和枪，然后小伙伴们分成两队，学着电影中的情节，互相"打仗"，谁打胜了就是"好人"，谁败了就要承认是"坏蛋"了。有一次为了争当"好人"的团长，我用木刀打破了对方一个小伙伴的头，他捂着头哭着跑回家，然后他的母亲找我的父母告了一状，我回到家因此事被父亲严厉地教训了一番，多亏姥姥护着，我才躲过一顿打！

·看足球·

我家离工人体育场不远，那里常常有足球赛。我和两个哥哥从小都喜欢看踢足球，因此常常步行到工人体育场去看。那时的工人体育场除了圆形的建筑外，外围并无围墙和大门，谁都可以任意走到附近，收票的人也只站在圆形体育场入口处收票。我们那时身无分文，但可喜的是，收票口不远处有一个大铁栅栏门，当球赛开始后，我们站在铁栅栏外边，把脸贴在两根栅栏中间，倒也可以看到里面球赛的场面，虽然只能看到半边的球场，过一会儿再绕到另一方向的铁栅栏边，再去看另外一边的踢球，我们常常这样兴致勃勃地看完全场。有时看到下半场球时，里面有观众中途退场，我们就会急忙冲上前去询问："您还看吗？不看了可以把票给我们吗？"如果幸运的话，我们得了票，就进到体育场里去看球了，那时就感到很是满足呢！每每看完足球赛，在回家的路上，我和哥哥们都会兴致勃勃地谈论这场球的精彩之处，好像自己也是那球场中的一员战将。

·斗蛐蛐儿·

秋天最好玩的还要数捉蛐蛐儿和斗蛐蛐儿了。一到晚上，在胡同的院子里，篱笆旁，院墙的砖缝中，就时时有蛐蛐儿拨动它们的琴弦，奏出悦耳的音乐。我和哥哥时常在晚上出动，拿了自制的蛐蛐儿罩子，在胡同中各处寻找，听到蛐蛐儿的叫声，先分辨声音，如果是嫩而清脆的声音那应是个子较小的蛐蛐儿，我们是不屑去理睬它的，如果听到低沉而浑厚的声音传出，说明这是个能掐架的大家伙，我们会马上兴奋起来，循着声音一直找到它的藏身处，这样的大家伙往往藏身在胡同的砖或石头缝中，叫声短促而有力。必须有耐心并要轻手轻脚地接近它，一旦听准了它的位置，就划亮火柴，一手用草秆儿慢慢地伸进石缝，一手拿着罩子堵住它的前路，这时需要用草秆儿的端头快速地从它的尾部向前一拨，蛐蛐儿往前一蹦，正好落在罩子里，就能把它捉住了，再用纸卷成一个小半寸直径的圆筒，把蛐蛐儿放到里面，两头封住，放在兜里，再出发去寻找下一个捕捉对象。有时运气好的话，一个晚上能捉到好几只，有时也会一无所获。

我们把捉到的蛐蛐儿放在各种的小罐子里养着，首先要做的是给它们摆擂台比武分出高低。经过多轮一对一的比拼，最后根据它们的"战绩"，我们就可按照"梁山好汉排座次"的方法把它们从高到低排列出来。一号是"常山赵子龙"，因我常听大人们讲：赵子龙是常胜将军，从未打过败仗的。所以在我的心中他是最棒的大英雄，虽然知道他不在梁山好汉之内，但还是愿意将第一把交椅的位置留给他。我们的"赵子龙"确是名不虚传，个大、威猛、沉稳，是深通战略战术的高手，每当对手靠近，它从不主动发起攻击，而是先站稳脚，"以逸待劳"，一旦对手上前开牙，它会马上张开两只大牙，果断迎战，咬住对手的牙绝不松口，即使碰到厉害的对手也从不会后退一步，直至把对手甩出罐外，赢得最后的胜利才会骄傲地"吱吱"低声鸣叫几声，一副"大将军"的威严风度。二号叫"黑旋风李逵"，头黝黑而大，脾气暴躁，气力非凡，与一号不同它从来都是要"先发制人"的，相信"最好的战略就是进攻"，一见到对手立刻就会发起进攻，左右分开黑中发亮的两颗大牙，确如黑旋风的两只板斧，头一低直冲上去，对手还立足未稳，往往就会被它从下路掀翻一个"滚"，败下阵来。然后它就使劲地摆动起它的两根长须，如同作战凯旋后的战旗在飘扬，激昂而高声地大声鸣叫不停。三号称"小李广花荣"，个头虽不大，红头黑身，但却机灵善战，每次开战，当对手冲过来时，它往往先掉头就跑，对手以为它已败阵，于是得意地大声鸣叫宣誓胜利，趁此时它会"出其不意，攻其不备"突然掉头杀个"回马枪"，如同小李广花荣回身一箭。它张开牙，冷不防一口咬住对手的前腿或肚皮，使得对手落荒而逃，这时它会一边乘胜追击一边大声清脆地鸣叫宣告胜利。这三个种子选手是我们的"宝贝"，我们总是最精心地喂养它们。时时地也会和院里及胡同里其他院的小伙伴们互相斗蛐蛐儿玩，每次我们都会先拿了排在后面较弱的去和别人的蛐蛐儿斗，如果斗不过，再拿出较强的。有时大家比三局两胜，我也会与哥哥商量，先拿了我方较差的蛐蛐儿与对方最好的斗，败了后再用我方一号和二号与对方的斗，因此常能以二比一取胜，后来才知道这种赛法就叫"田忌赛马"。那时的斗蛐蛐儿是我们最大的乐趣了！每次斗蛐蛐儿得胜回来，我似乎也有"借问行路人，何如霍去病"的骄傲和荣光！姥姥则最喜欢听"油葫芦"的叫声，它的个子比蛐蛐儿大，全身油光，通体黝黑透亮，一般藏在砖石下面，叫起来"咕噜！咕噜"的，它们个子虽大，但不会掐架，因此我们是不会喜欢它的。但因为姥姥喜欢，为了使她开心，我们有时也会顺便捉几只，放在姥姥的房间里给她听那古老单调的音乐，这样每当晚上我们出去抓蛐蛐儿，姥姥就不会因我们回来晚了而唠叨没完了。

·放风筝·

北京的冬天虽没有了秋天绚丽的色彩，树叶花果也不见了踪影，特别是供我们玩的各种昆虫都已绝迹，但冬天却有我们喜欢的新的玩意儿。比如用粗的铁丝弯个圆圈，再弯个带圆弧的推手，就可以在胡同的土路上推着跑，相互追逐，看谁推的时间长推得快而铁环不倒，谁就是赢家。再比如我们还会玩"抖空竹"，虽然没有钱到市场上买真正的竹制的空竹，但我们自有土办法，从家里找来没用的搪瓷茶杯盖当"空竹"，用两根木棍系上绳子，把绳子缠在茶壶盖的端头凸起部位，提起，两手前后抖动，照样可让茶壶盖旋转起来，和抖空竹是一样的，虽比不上空竹那悦耳的声音，却也能发出声响，我们自然也是满足的。但更有趣的还是放风筝，我们的风筝从来都是自力更生做成的。首先找来竹子，用小刀削成细的薄片，做成风筝的骨架，然后把薄纸沿着骨架用糨糊粘好，在尾端用纸粘上三根纸条（我们叫它"屁连儿"），最后在风筝的上面两端和中心部位连上三根线，风筝就做好了。完工后，我们就会拿到胡同里，开始放风筝，最好是在有些小风的时候放，风筝才能飞得更高些，我们几个人常常拿了自己做的风筝一起来放，比较谁的风筝能够飞得更高。我们在胡同里一边奔跑，一边抬头看着自己的风筝越飞越高，心情格外激动，生怕被别人的风筝超了过去。也有沮丧的时候，因为胡同窄，常有两个人的风筝在空中交错时线缠在了一起的情况，这时就只好一起把风筝收回来，剪断线，再接上，重新开始。长大后，有一次忽然想起童年时放风筝的乐趣，于是我花钱买了一个很大很漂亮的风筝，在一个宽阔的大广场上放飞，风筝的确飞得很高很远，那时也似乎懂了些放风筝的诗意和哲理，比如什么"要识扶摇能直上，全凭一线手中牵""清风如可托，终共白云飞"之类。但是无论如何也不能找回我童年时，在北京的小胡同中放飞着自己亲手糊的带着三个"小屁连儿"的最简易的小风筝（虽然飞不高）那般的快乐了！

· 捕鸟 ·

冬天打鸟、捕鸟则是我们常玩的另一类游戏。我们那时都会用粗的铁丝和皮筋做弹弓，看到院里的树上落了鸟，就会用弹弓瞄准，把小石子用力弹过去，我的"枪法"并不准，幸运的话，有时确实能打落一只鸟，但大多数时候都是落空的，而有一次鸟没有打到，却把邻居家的窗户玻璃打破了，因此被家长骂了一顿并赔了玻璃才罢休。有时我也曾试着在外院用一根短棒支起一个竹筛，下面撒些小米，棒上系一根长绳，人躲在二门的短墙后面，看到鸟下到筛子下吃食，将绳子猛地一来，将鸟罩住。这种捕鸟的方法和鲁迅在《从百草园到三味书屋》里描写的如出一辙，我那时还未读到过这篇文章，但印象中确是用这种方法捕到过一只麻雀。

·打雪仗、滑冰·

我们最盼望的是下雪，那时北京的冬天似乎较现在冷多了，雪下得既多又大呢！当雪给院子里铺上一层厚厚的白毯，它就成了我们的乐园。各家的小孩都跑到院子里，先是打雪仗，攒了雪球，追逐着打闹，有时也会分成两队"人马"，双方用雪先堆成一堵"断墙"，作为各自的战壕，各队趴在自己的战壕里，用攒好的雪球当"子弹"互相攻击，"战斗"进行了一段时间，双方就会冲出战壕，互相扭打在一起，也有人把雪球硬塞到对方衣领里去的，弄得对方浑身冰凉，虽然是大冷天，大家往往都要"战斗"到浑身出汗才会"鸣金收兵"。雪仗过后，还会滚雪球、堆雪人，我们一起在院子中间堆一个大雪人，用两个煤球按在脸上作眼睛，胡萝卜插在中间当鼻子，破梳子贴在鼻子下面就是嘴和牙齿了，最后在头上扣上个破帽子，雪人就这样做好了，我们一直能把它保留好几天，一直到太阳最后把它化掉。雪后屋顶上也会结了厚厚的冰雪，当太阳出来时，雪水融化了会慢慢地沿着屋檐往下滴水，等到晚上天一冷，每家的屋檐下就会结出许多粗粗的、晶莹剔透的冰凌，等到太阳一出来，倒挂着的圆锥形冰凌在阳光下闪着宝石般的光芒。我们那时感兴趣的并非欣赏这美景，而是拿了竹竿把冰凌打下来，用手接住，放到嘴里"嘎嘣""嘎嘣"地当冰棍一样地吃。冬天还有一样好玩的游戏就是滑冰，我们虽然没有冰鞋，也不可能去滑冰场，但我们有自己的办法滑冰玩。待到天气冷的时候，我们小孩们就在外院靠墙边的一块空地上泼上水，等到第二天即结了一层冰，那就是我们的天然冰场，于是我们小孩们就排了队轮流穿着自己的棉鞋来回地滑冰玩。有时胡同里也会结上一大片冰，这时我们就拿个木板，在木板下竖着绑上几根钢条就做成了一个简易的冰车，两人两人地在冰上互相推着冰车跑，一人坐在木板上另外一人推，过一会两个人再对换角色玩。大家用这种办法玩得很快活呢！

· 北京小吃 ·

在北京的胡同里不仅有很多好玩的东西，还有很多好吃的东西。我们胡同的东边，路边有一棵高大的老槐树，一到春天树上就结满了槐花，香飘四溢，离得老远都能闻到它的香味。这时我们就在竹竿上面绑个铁丝套，摘槐树花吃，那味道也是非常香甜的。我们有时还会吃到"野味"，记得最清楚的是吃烤蚂蚱，那时在胡同里常常可以捉到蚂蚱，如果一次捉到好几只，我就会把它们的头和腹部去掉，只留下中间胸部一段肉，放在锅里烤熟，然后享受一顿美味。后来才知道蚂蚱是属于害虫之类，看来当时吃它是对的，现在要是听说有蝗灾蚂蚱会吃掉很多庄稼，我就想如果人类都像我童年时那样喜欢吃烤蚂蚱，现在的蝗灾也许会少了很多吧！

夏天和秋天，胡同里常常传来"磨剪子来戗菜刀！""锔锅！锔碗！"的吆喝声，每听到这些声音姥姥就会出门，叫住他们，从家里拿了刀和剪子给磨一磨。或者有我们吃饭时不小心打破的碗和盘子攒到这时也会叫他们给锔补好。那时北京做小买卖的都这样走家串胡同地吆喝，只要老远听了不同特色的腔调就知道是卖什么的来了，确是如同侯宝林说的相声《改行》里学的腔调一样。记得"磨剪子戗菜刀"的总是挑了个长板凳在肩上，板凳上面两端分别绑着一个约一尺半长的磨刀石，磨刀石旁挂着一个长的铁桶装着水，一边走一边拉长了声吆喝，遇到有人叫就会停下来，把长凳放下，接过活，骑在上面来磨刀。这种叫卖声虽然好听，我们出于好奇也会跑出去看一看，但我们对这类小贩并无兴趣，唯一感兴趣的就是卖小吃的小贩。夏天时喜欢听到胡同里传来卖冰棍的声音，秋天喜欢听到卖年糕的声音，卖年糕的一般是挑了担子，两头挑两个柳条筐，盖了白布在上面。因姥姥喜欢吃年糕，所以当我们听到有卖年糕的声音就会跑回家，告诉姥姥，姥姥有时就会出来买上一块，我们眼看着卖年糕的人掀开白布，露出上面布满红枣和白糖的年糕，香喷喷的诱人，嘴里馋得直咽口水，姥姥照例只给自己留一小块，大块则给我们几个小孩分着吃了。冬天最盼望的是卖冰糖葫芦的小贩，当听到卖冰糖葫芦的叫卖声，就会一溜烟地跑出去，看到小贩挑着一个担子，担子两头分别挂着两个圆柱形的东西，上面绑满稻草，一根根红彤彤、裹满金黄色冰糖的冰糖葫芦就斜插在稻草上面。这时最盼望的就是姥姥能够出来给我们买上一串。每当姥姥买了一串，就让我们几个孩子分着吃，大家一人吃一颗，轮流吃完，吃到嘴里又酸又甜，好长时间还在回味着它的甜美呢！

　　而最令我们高兴的还是每年一次的过年时光，不仅可以穿件新衣服（那时我们的衣服大多是姥姥和母亲一起亲手制作的），吃到平时吃不到的好吃的饭菜，而且可以尽情地玩耍。记得每到过年，父母就会带我们去看奶奶和一些亲戚，每次给奶奶磕过头，她都会给我们小孩每人一毛或两毛的压岁钱。得了压岁钱，我就约两个哥哥一起去厂甸逛庙会。那时北京春节最热闹的就是厂甸的庙会了，不仅可以看到各种杂耍，还可看到许多好玩的玩意儿，尝到各种各样的北京小吃。我们兜里一共只有几毛钱，每次都要精打细算地花，往往为买好吃的，还是买好玩的东西而犹豫不决，最后只买了最爱吃的一长串冰糖葫芦，和一个最便宜的红灯笼，高举着回家。虽然也想买些鞭炮，但钱已不够了，于是便早起到胡同里，去捡那些别人头天晚上放过了的而却没有点着的个别"漏网之鱼"。每当找到还有带"捻儿"的鞭炮，就会心花怒放，即使个别鞭炮没有"捻儿"了，如果用手一捏还是硬的，说明里面还有火药是没有响过的，也可以收集起来，一会儿工夫也能捡到一大把呢！我们便拿回院子里，点了火柴，也能开心地放鞭炮玩，那些没有"捻儿"的则一掰两半，把露出火药的两端相对着放好，中间隔开一厘米的间隔点着中间的火药当作放"呲花"玩。到了晚上，就点了灯笼到各家去串门，进到哪家哪家都照例会塞给我们一把瓜子、花生或糖果之类的好吃的东西，因此那几天都是开心快活的。童年的快乐是简单的，也是很容易满足的，等到长大了，东西越来越容易得到，也越来越多，可是得到快乐却越来越难了！

·胡同街景·

20 世纪 50 年代的北京，经常在胡同中走过的马车和驴车，是那时的主要交通工具。我们常在大门口看着马车经过，比较和议论哪个马更漂亮更高大。我最爱看的是给马钉马掌，记得在胡同不远处就有一个专钉马掌的棚子，有时马车走到那里会停下，马夫把马从车辕上卸下，钉马掌的人就会一手抬起马腿，一手用锋利的短刀把马掌削掉一层，然后把半月形的一个钢片按在马掌上，再从嘴里把叼着的钉子一颗颗地取下来，从钢片的孔中钉进马掌，动作干净利索，一会儿就能钉完一个，我常常喜欢站在旁边，一边认真地看，一边疑惑："马被刀子削了脚，又被钉了钉子，难道它不知道疼吗？为何这样老实，一声不吭呢？"我另外还喜欢看毛驴打滚，当驴车停下来，驴被从车辕上卸下，它常会顺势躺倒在地上，左右翻滚着打滚，弄得尘土飞扬，然后一打挺站起来，抬起头，伸长脖子，仰天长嘶，我想那一定是它最放松、最舒心的表示吧！

　　因为胡同最东边路北有军人招待所，所以我儿时也常常站在门口看穿着军装的军人从门前经过，我们会注意数他们领章上的杠和星的个数，那时我们已知道：两条杠的比一条杠的官大，杠上星多的比星少的官大。偶尔也会看到前面插着红旗的小轿车从胡同里开过，听说那应当是更大的官，看着小轿车后面扬起的尘土，我们常常觉得那是一个望尘莫及的未知世界！

三、童年的劳作

　　记得只偶尔听姥姥和母亲与我们讲过父亲的一些碎片历史，而在我的印象中从未听父亲对我们讲起过他的故事。北京中山公园里有座著名的茶楼和饭馆叫"来今雨轩"，名字取自杜甫的《秋述》，匾原系民国时期的总统徐世昌所书，是民国时期社会名流、大学教授、鸿儒名医，休闲聚会的场所，张恨水、老舍、林徽因、徐志摩、萧乾、巴金、鲁迅、叶圣陶、朱自清、朱光潜、沈从文、李健吾……都曾在此聚会甚至写稿，据说张恨水的不朽之作《啼笑因缘》就是在"来今雨轩"里写的，鲁迅先生也曾到"来今雨轩"就餐二十七次，他翻译的小说《小约翰》便是在这里完成，柳亚子组织的"南社"也曾在此活动。我的父亲在民国时期曾是"来今雨轩"的主管，大约在1950年前后他又承包了"来今雨轩"所属的"扇面亭"，听姥姥和母亲说，那时他的生意还是不错的。但是到1956年公私合营了，他的生意就没了，家里人口多，家庭生活于是逐渐地艰难起来。那时我家八口人，父母有我们五个孩子，我排行老三，上面有两个双胞胎哥哥，下面还有一个妹妹和弟弟，姥姥只有母亲一个独生女，所以和我们一起过，再加上奶奶也只有我父亲一个独生子，因此奶奶那边也需父亲供养，可想而知家庭生活常常入不敷出。为此我和两个哥哥都较早地分担起了家庭的重担。

·糊袼褙·

记得那时的春天，我常常和两个哥哥一起帮助姥姥干一种叫"糊袼褙"的活，每周从临近的胡同里领来原料，我现在已不记得那叫什么了，只依稀地记得似乎是一大堆像棕丝一样的东西，带回到家，姥姥教我们怎样干活。我们备好一个炕桌，一大碗糨糊，两把刷子，把旧报纸平铺在炕桌上，先在报纸上刷上一层糨糊，再把那些似棕丝的东西像续棉花一样均匀地粘贴在旧报纸上，整个过程都要小心谨慎地操作，既要粘得结实，又要整块续得薄厚非常均匀，边角要严丝合缝，看起来平平展展，一层粘满以后，再刷上一层糨糊，按同样的方法再续第二层、第三层，粘好后在太阳下晒干，待干后从板面上揭下来，就成了一张"袼褙"，但因炕桌不够用，我们就在家对面的白墙上也如此操作，可以制作出更多的"袼褙"。等到攒得够多了，我们便用小推车运到附近的胡同专收购"袼褙"的地方卖掉，再领回新的原料重新干，如此每个月下来，也能挣点钱帮助补贴家用。我不知这种"袼褙"有什么用处，似乎听姥姥讲过，这种"袼褙"可用来做鞋底之类的东西呢。而我的母亲制作另外一种也叫"袼褙"的东西，这种"袼褙"较我们做的那种块要小一些，所用原料亦不同，把各种碎布头用同样的方法一层层地涂上糨糊粘好、晾干，揭下，再按照鞋样剪下，把几层叠在一起，用一个专用的三角形木夹子夹住，然后用粗的线一针一线地纳鞋底，鞋底厚，用针是扎不透的，就见母亲用锥子在鞋底上先扎个眼，然后再把针顺着这个针眼穿过去，用线勒紧后再接着纳下一针，如此重复不知要纳多少针才能纳好一个鞋底呢！这些鞋底除了用来给我们几个孩子做鞋外，有时也会拿一些出去卖。看着昏暗的灯光斜照着姥姥花白的头发和布满沧桑的脸和她那小心翼翼的动作，以及母亲那已显粗糙的双手和一眨也不眨的严肃目光，我尚年幼的心里就会忽地生出一股心酸，虽然那时还不懂"慈母手中线……"的含义，但是心想多干点活，也许能够帮助她们减轻一些辛苦。除此之外，我们也曾帮助家里干过糊火柴盒等的工作。

·割草·

夏天我和哥哥们常常推了一个小车，步行几千米远，出了东直门到牛王庙，东坝河一带去割草，那时出了东直门即是一望无际的原野和农村，东直门外有一条笔直地向东延伸的大道，大道两边则是两条一丈来深的大沟，那是排水沟，沟的上下长满了一尺多高的杂草。我和哥哥们常常到这里来割草，边走边割，我的两个哥哥比我能干，他们一心只割草，我却常常一边割草一边欣赏农村的景色，因为在城里住着很少有机会能看到这样的风景，我喜欢一边割草，一边抬头看一看那绿油油的原野，听一听树上的鸟叫和蝉鸣。一直割到小车装满了草，用绳子勒紧到没法再装了，我们才会一起推着小车一直把草推到海运仓胡同路南的扁担胡同，那里有一个大院是专门收购草的。我们到大院把草称重卖了钱，迎着夕阳，推着小车迈着轻松的步子往家走。回到家照例把卖草的钱全部上交给姥姥，因为家里的生活费由姥姥统一支配，虽然一次也就能卖个块八毛的，由于感到能为家里分担一点负担，那心情也是极快活的。记得有一次我们去割草，我看到旁边地里的"草"又高又密，于是跑过去割了一大把，心想这种草多好割呀。我正在为自己的新发现感到自豪，忽然听到有人大叫一声，冲过来，一把抓住我说："你这家伙，为什么割麦子，我要把你抓起来赔钱！"我一时吓坏了，不知如何是好。这时我二哥连忙跑过来，一边忙不迭地向那个农民抱歉，一边解释道："我弟弟年纪小，分不清草和麦子，我们是从城里来割草卖钱的，哪里能有钱呢？""请你高抬贵手放了他吧！"那人刚开始还气势汹汹地，听了我二哥的解释，又看看我们的样子，于是语气缓和了很多说："看来你说的是实话，这次就放了你们，以后再叫我抓到了可不行！"我们说："以后绝不敢了！"又谢过了老农，这样我们总算逃过了一难，但从那以后我却是分清了草和麦子。我喜欢去城外割草，还有一个原因是可以顺便在野外的池塘里捉蝌蚪和青蛙，我在院子的菜地里挖了一个坑，放满水，把蝌蚪和青蛙养在里面，我喜欢蹲在那里看青蛙在水里游泳，它实在是天下最伟大的蛙泳高手，它那泳姿和神态令我钦佩不已！那时在东直门外有几个"窑坑"，顾名思义应是烧砖挖的大坑吧，坑里积满水，水里长着很多杂草，我把它当成优美的湖，却不知那水有多深。我很想下去游泳，刚开始只是扑通地跳下去，腿乱蹬，手乱扒，喝了几口水，忽地想起青蛙在水坑里的游泳姿势，于是照样学去，竟逐渐地从水中浮了起来，还能向前划动几下。后来我很快学会了游泳，并不曾有人教过，似乎是无师自通的，现在想起来青蛙应是我最早的老师吧！那些我曾游泳的"窑坑"，后来都被填平了，应是位于现在的北京农展馆附近吧！

·卖蛐蛐儿·

秋天到了，我经常干的最喜欢的活计是随了哥哥一起到东直门外去捉蛐蛐儿，不过这时捉的蛐蛐儿不是为了自己玩，而是为了卖钱攒下一学期的学费。因此我们常常跑到野地里，蛐蛐儿经常出没和隐藏的地方，杂草垛、乱石堆里去翻。这时我们无论蛐蛐大小都捉了来，装在一个用纱网做成的大的圆筒里，带回家后，先要按照蛐蛐儿的大小分成三类：个儿头大的算一类；中等个儿的算二类；最小的则归入三类。之后我们带上这些蛐蛐儿一起走到东四大街，在地摊上摆卖设法把它们换成钱。那时的东四牌楼大街是我所知北京最热闹的街道了。街道并不算宽，东西走向，两边都是大大小小的各种商店，吃的、穿的、用的东西一应俱全，因此街上从东到西每天都是熙熙攘攘的人群，也不断传来小贩们此起彼伏的吆喝声，真是热闹非常。我们选了这里来卖，一是离家较近，步行过去不过 20 分钟到半小时。二是这里人多好卖东西，在东四牌楼大街一进东口只十几步远，街道两边有两个高台阶，卖各种小玩意儿的都或坐或站在这些台阶上，把自己要卖的东西放在旁边或拿在手里，一边展示，一边吆喝着，有卖风车、灯笼的，也有卖"兔爷"、小泥人的，还有卖小鸟和金鱼等活物的，人挨着人挤在一起，把五六层台阶都站满了。我和哥哥来到这里，在靠边的高台阶上挤出个空地坐下，把蛐蛐儿拿出来，分类摆放在旁边，我们三人商量好：大个儿的卖两毛一只，中个儿的1毛一只，小的5分一只。大个的要给个"单间"放，这样一可防止它们在里面互相掐架，二可让买家看了觉得是好蛐蛐儿，可以卖得价钱高点儿。记得第一次卖蛐蛐儿时，我们虽摆好了架势，但没有经验，谁都羞于开口吆喝，所以在那儿坐了半天也没有开张。还是我二哥胆子大一些，他对我们说："咱们这样坐着可不行，人家知道我们是干什么的吗？""我们也得学着别人的样子吆喝着才行！"于是二哥先试着大声吆喝了一声："卖蛐蛐儿啦！卖蛐蛐儿啦！"果不其然，立刻就有人凑过来问道："蛐蛐儿怎么卖？"于是我二哥答道："大的两毛，小的5分。"那人打开盖，看了看放在单个罐子里的大个蛐蛐儿说："这个1毛钱行吗？"我大哥还坚持两毛一个，但是我二哥头脑灵活一些说："最低一毛五可以！"只听那人说："行！给我放起来吧！"于是二哥把那个蛐蛐儿从罐里取出来放在事先准备好的纸筒里，交给那人，对方则拿出一毛五分交到二哥的手里，等那人一走，我们三人都同时高兴地笑起来了。二哥说："少卖几分钱没关系，关键是我们开张了就行！"有了这一次的经验，之后我们都自信而大胆起来了，我不仅学会了吆喝，还学会了与买家讨价还价了。看到大人自己来买蛐蛐儿就知道一般是买来自己玩的，大都是懂行的，他们多是捡大个的买，而且会认真地挑选；如果是大人带着个小孩来买，大多是买来哄小孩玩的，因此喜欢买小个便宜的蛐蛐儿，也不挑选，放好在纸筒里拿了就走。我们这样每天天没亮就起床，到野外去捉蛐蛐儿，下午则拿到东四牌楼大街去卖，如此一个暑假下来，卖蛐蛐儿的钱基本上可以够支付我们几人下一学期的学费了（那时一人一学期的学费是两元钱）。我们当然都很兴奋，因为那是我们靠自己劳动换来的钱。现在回想起来，童年卖蛐蛐儿的经验也是我人生中最早感悟的经商之道吧！

·捡煤核儿·

北京的冬天是寒冷的，各家都是生了火炉来取暖，20 世纪50 年代火炉是烧煤球的。为了减少买煤球的花销，我和哥哥在冬天常常要到对面的中医学院后门（大约在 50 年代后期我家对门的人民大学改为中医学院了）去捡煤核儿，煤核儿是没有烧透的煤球。因为中医学院里烧煤的量大，每天傍晚时分，就会有人开了后门推出一车一车烧过的煤球倒在后门附近的垃圾堆里，等到晚上天黑后再有垃圾车拉走。我们则要在这个空当时间去那里，爬上垃圾堆，用双手扒拉煤球，在里面寻找没有烧透的煤球，只要看一眼在烧得发白的煤球里面还透出点黑色，或拿在手里一掂略沉，就知道这是还没烧透的煤球了，于是用手把外边的烧过的一层白灰扒掉，露出里面黑色的部分就是煤核儿了，随手放入带的小筐，如此干上一阵儿也能捡一小筐煤核儿，拿回家烧火用。有时捡煤核儿的小孩比较多，大家就要提早在后门等着，一旦看到推出来煤球，就蜂拥而上，力争占据好的地方，优先抢到新到的煤球，小孩子们有时也曾为此大打出手。冬天的傍晚往往很冷，有时又刮着"嗖嗖"的西北风，更是寒冷刺骨，我们却不知疲倦地蹲在煤堆里，为能多寻找到一些煤核儿而兴奋。捡煤核儿要用手来挑选和鉴别，因此不能戴手套，所以双手在寒风中很快就冻得通红，过两天双手就裂开了好几个口子，涂上一些凡士林油膏，第二天傍晚照样出去捡煤核儿。有时在垃圾堆里也能找到纸盒和瓶子，这些东西捡来，待攒多了也可以拿到附近去卖些钱。捡来的煤核儿要搭配着新煤球一起烧火，烧火用的煤核儿太多了很容易煤气中毒的，因为冬天天气冷门窗都关得很严，用多了烧过的煤核儿会产生较多的煤气吧？这道理还是听我姥姥说给我们听的，我不知是否对，但有一次我真的煤气中毒了，早起忽然头昏脑涨，一坐起来就感到恶心要吐，姥姥说，可能是煤气中毒了，于是立刻给我找了碗酸菜汤，叫我喝下，然后扶我到门外坐下，过了一阵才清醒过来，从此知道了煤气中毒的厉害！

　　我童年时的劳作现在看起来虽然很辛苦，但那时似乎并不觉得，有时还能苦中作乐呢！这些应是得益于我的姥姥吧！我姥姥那时已是六七十岁的老人了，她在我的印象中是勤劳、朴实、善良的姥姥，受到全院无论大人小孩一致的尊敬，邻居街坊都尊称她"白姥姥"。姥姥经常是我们全院第一个起床，又是最后一个睡觉的人。她起来后总是先把院子从里到外打扫得干干净净，从来不分是谁家门前的地，她全都打扫，晚上大院的门也是每天由她最后去关，如果院里谁回来晚了，只要事先跟她打个招呼，无论多晚她都记着给开门，因为那时的大院门晚上都是用门插插上，没有锁和钥匙，只能人从里面开门。院里的这些工作并没有任何明文规定，也没有任何报酬，完全是姥姥每天自愿去做的，似乎已成了习惯，可贵的是无论风霜雪雨她都几十年如一日，从不间断。童年时我常常感叹她如何有这般的耐力和品德。记得我们院的小孩无论大小，上学时，一旦碰到学校里要求写"我最尊敬的人"或"一个勤劳的人"这类的作文题目，大家都会不约而同地写我的姥姥。虽然她很爱唠叨，看到谁在院子里乱扔东西，无论大人小孩她都会毫不客气地唠叨上半天，因此大家又都有些怕她，但当谁家有了困难她都会热心地去帮忙，从不吝惜代价，谁家的大人如果临时出门，都愿意把自家的小孩托付她来帮助照看。虽然她也像那时多数的老太太一样有些迷信，她似乎很相信"灶王爷"，逢年过节时总忘不了在家里给"灶王爷"供上几块点心，并在口中念念有词，我不关心她说了什么，也不相信那从未见过面的"灶王爷"，但却很欢喜，因为姥姥每上完供之后，我并不曾见"灶王爷"吃掉一块点心，点心最后被姥姥给我们分着吃了！姥姥每日扫地的习惯到她八十多岁时仍旧保持着。现在回想起来，我后来读书、做事的耐力或许就是童年时受了姥姥潜移默化的影响吧！我长大以后，每看到她手里拿着扫把，缓慢地移动着蹒跚的脚步，胡同里早上第一缕的阳光洒在她那飘动着的满头白发，和那几乎已经弯成九十度、佝偻的背影上，心里总是生出几分心酸。

1976 年唐山大地震时，我家平房的山墙震开了一个大裂口，那段时间我们就在床下再铺个地板，大家都睡在床下，当时北京时时还有余震，姥姥还要坚持每天出门去扫地，为了她的安全，我们不得不要求姥姥不要再出门去扫地了，不想姥姥自从不再扫地，一躺下却不能坐起来了，没过多久就去世了。想到她自年轻时就守寡，不知付出过多少难以想象的辛劳，才靠了她一个人的力量把母亲拉扯大，母亲与父亲结婚后不久就陆续有了我们五个孩子，又全靠她来帮助，一把屎一把尿地抚养大，一辈子没有享过一天福，我们都感到无限的哀伤。有时心想，她一辈子都这样勤劳、辛苦地劳作，一朝让她闲下来，她却去了另一个世界！

四、上学

我是在 1958 年上的小学一年级，在从我家走路过去也就十来分钟的东四十二条小学。小学位于十二条胡同的东段，有两个校区，胡同路南的院子是小学五六年级的校区，斜对面路北的院子是一至四年级的校区，都是一色的四合院平房。据说十二条胡同明朝时叫"老君堂"，曾有一个道观，小学的校址是否与那个道观有联系已不得而知了，清朝时这里属正白旗，60年代后才叫东四十二条的，依稀记得在我上小学时，家里的老人还常随口叫那儿"老君堂"，北区的隔壁就是"中国青年出版社"。

·学校游戏·

我在刚上小学时还不知用功，学过什么功课早已忘记了，但确实记得上课时就觉得很是煎熬，总觉得一堂课的时间很长，于是我经常把书立起来放在桌子上，假装在看书，实际却是趴在书的后面画画，我喜欢用笔把书上的图画描下来，特别喜欢描人物的头像和刀枪之类的古代兵器。并时时地盼着快点到下课的时间好出去玩。为了预测离下课还有多长时间，我常常在课桌上插上一个火柴棍，把阳光的影子按课时划在桌子上，那是我自制的"日晷"计时器，以此来判断是否快到下课时间。下课铃声一响，就立刻跑出去玩，那时男生喜欢集体拽包儿、跳绳，女生大都喜欢跳皮筋。记得在学校操场的角落有一堆煤块，秋天时，常听了那里有蛐蛐叫，我便在下课时，爬上那煤堆去寻蛐蛐儿，有一次抓到了一个，我把它放在纸筒里上课时就藏在书桌里面。不料课上到一半，纸筒里的蛐蛐儿竟忽然"嘟嘟！"地叫了起来，老师和同学都回头寻那声音，一直寻到我的课桌，我立刻暴露了。老师走过来，很生气地看着我说："哪里来的蛐蛐？为什么带到课上来？"我站起来委屈地小声答道："是刚刚在学校里捉到的。"老师于是没收了我的蛐蛐儿，叫我认真听课，并警告说："以后不能在上学时捉蛐蛐儿了！"从此我少了一样上学的乐趣。

·铁锅·

1958年正是中国"大跃进"的年代，学校也要大炼钢铁。记得那时在学校的南区广场中间建起了一个大炉子，好像是用红砖临时砌成的，老师动员我们把家里废旧的铁器都拿到学校作为炼钢的原料，学生们要比赛看谁贡献的原料多，多的会受到老师的表扬。我于是回到家就到处找废旧的铁器，把能找到的废旧铁器如铁盆、铁棍都翻了出来，感到还不够，正在发愁，这时发现家里有一个较大的旧铁锅，于是也一起装了拿到学校。看到在操场上那个新建的大火炉已燃起熊熊的火焰，穿上蓝制服的几个老师，把学生们带来的各种铁器，扔进那燃烧的火炉之中。听老师说，那些废旧的铁器扔到火炉里就会化成铁水，倒出来就变成钢了，可以做成很多对国家有用的好东西，还能用它们做成枪炮呢！我感到很好奇，心想如果我带来的铁器能够做成枪炮多好呀！因此一直站在那里认真地看，希望见到它倒出来时的模样，然而终究没见到，不知它最后变成了什么。回到家里，姥姥却是与我急了，

255

追问家里的铁锅哪里去了？我只好承认是我拿到学校炼钢了，姥姥很生气地对我说："那是咱家做饭的铁锅，你拿到学校也不事先问一下我，今天做饭怎么办？"我这才知道闯了祸，只好不再吭声，姥姥唠叨了一阵，也就作罢了！

·除四害·

我刚上学时，还赶上了一件大事即"除四害"，那时全国正掀起一场轰轰烈烈的运动就叫"除四害，讲卫生"，大街上到处贴着这样的大标语，非常醒目。学校里也是如此，老师在课堂上向我们宣讲"除四害"的好处和意义，提出要在十年或更短一些的时间内完成消灭苍蝇、蚊子、老鼠、麻雀的任务。夏天的蚊子我是常常深受其害的，因此最是赞同这主张；苍蝇和老鼠我知道它们很脏，家里的老鼠常常会偷吃粮食，自然是极可恨的，也应在我的消灭之内。只是不知麻雀为何有害，对我来说它是可以捉来玩的，后来听大人说，麻雀会吃掉很多地里的粮食，因此也是个大害虫呢！我于是深以为然了。我们在家里的墙角处下了几个老鼠夹，夹子上拴上一点吃的东西，第二天发现夹到了老鼠，因此很是高兴这方法的奏效。那时为了打苍蝇是人手一拍，每天下学回家即拿了苍蝇拍，到处寻苍蝇，一旦见到即刻打死，并把打死的苍蝇装到一个事先准备好的小瓶子里，一会儿便可装满一瓶呢，第二天带了瓶子上学去，把打死的苍蝇数了数，作为战果，交给老师，老师登记了数字在班里公布。打死苍蝇最多的学生会得到老师的表扬，那情景如同打了胜仗战士们争先报告杀敌的数量一样。我印象最深的还是打麻雀，那时城里的麻雀确实不少，我们小孩儿是很难打到它的，记得有一天清晨，我跟了一群拿着猎枪的大人去到隔壁院看他们打麻雀，那个院子很大，有我们院的三四倍那般大呢，最重要的是那个院子的中间有片树林，长满高大的松树、槐树、柳树和各种不知名的树木，枝杈交错，密密层层，郁郁葱葱，太阳还没有出来，薄雾缭绕，树叶散发出一股清香，林中时时传来各种鸟欢快的鸣叫声，如同正在演奏着美妙的交响曲，也有大群的麻雀在"叽叽喳喳"叫个不停，一派生机盎然的景色。这时几个拿着猎枪的大人叫我站到一边，他们深入树林，悄悄地轻步走到树下，一会儿就听到几声枪响，只见树林里呼啦啦地飞起一大片鸟来，冲出树林，直奔向天空。我很好奇，急忙奔过去，就见到地上掉落一大片鸟，有大有小，除了一大片麻雀外，还有其他我叫不上名字的鸟，印象最深的是一只大鸟，头长得很奇怪，样子有点儿吓人，我问旁边的人这是什么鸟？他告诉我说：这是猫头鹰。于是我想起来曾经听姥姥讲过关于它的传言"听到猫头鹰叫就预示要死人了"，我以前常庆幸自己从未听到过猫头鹰的叫声，但今日竟亲眼看到它死的样子，不知又预示着什么了？看到它那可怕的眼睛，心里还是觉得有些怜悯。我惊异为何只几枪就能打下这么多鸟来？问了一个旁边拿着枪的叔叔，他告诉我说："这是铁砂枪，一枪打出去会射出很多的铁砂粒，因此能一次打掉很多鸟呢，如果一枪只打一只，其他的鸟不就都飞跑了吗？"我惊讶大人们为何如此聪明，竟发明了这等的利器。但后来才知道麻雀其实不能被算作"害虫"的，虽然它吃了些庄稼，但吃了更多的害虫，应是功大于过吧！那片树林从此却是少了很多的鸟了！

· 小人书 ·

上小学时，我最要好的同学是小金，他住在海运仓胡同一号。我们经常一起放学回家，从十二条胡同出来往北拐，经过门楼胡同，在慧照寺对面就是海运仓胡同西口，因进了胡同先到他家，所以我往往就先跟着到他家去一起做功课。他家那时住在北屋三间平房，西面的一间靠窗户下有一个很大的桌子，几乎占了窗下的一面墙，我们一起在那个桌子上写作业。我常常纳闷："为何这个桌子比一般的都大了许多？"多年以后才知道，他的父亲是著名的画家，那个桌子是画画用的，后来他家的几个孩子包括小金，相继继承了他父亲的职业成了有名的画家。前些年偶然从报刊上看到有关他们的一些报道，方得知他家原来是皇族，那时姓金，实际是姓爱新觉罗，"文革"后才恢复了原姓。我那时喜欢到他家去做功课，其实最主要的目的是可以免费看小人书。记得那时小金的父亲在他家的门口摆了一个小人书书摊，有各种各样的小人书，记忆中是花两分钱可看一次。我是小金的同学又是最要好的小朋友，因此每做完功课，我便可以常常坐在他家免费看小人书。我最喜欢看《三国演义》《水浒》《西游记》《隋唐演义》等的小人书连环画，一看起来就如醉如痴，常常为此忘记了回家，即使图画下面的字还不能都认识，但从那图画中似乎也能了解大致的意思。上学时常常爱与同学们议论谁的本领更大，谁的武艺最高。我那时相信诸葛亮的本领一定比吴用更大，因为诸葛亮手中有把羽毛扇，只一挥就能借来东风，吴用虽也有把扇子却不曾见他借过什么风呢！也相信林冲的丈八蛇矛枪一定敌不过赵云手中的亮银枪，当然最羡慕的还是孙悟空手中的金箍棒和一个筋斗十万八千里的本事了，常常梦想如何能得了这样的兵器和本事！也许那时的小人书就是我最早的人生启蒙吧！

·困难时期·

当我小学二三年级的时候，赶上了中国的"三年困难时期"。只知道粮食、副食、油等都要用票才能买到，每人根据年龄大小每月有不同的定量，只有拿了票和钱一起才能买到东西，我那时有多少定量至今已记不清楚了，只记得那时每顿饭都吃不饱。为了充饥，我和哥哥们常到东直门外的野地里去挖野菜，记得那时我们院里有个女人家是从农村搬来的，第一次她带了我们一起去，教我们如何分辨野菜的种类，哪些野菜无毒能吃，哪些野菜有毒不能吃。之后我们便按了她的指点去挖野菜，一次也能挖到一小篮子，回到家洗过，和上棒子面作为主食一起吃。我并不曾记得那些野菜的名字了，但我的印象中它们苦涩难吃，只是为了充饥才不得不吃下去，谁料现在那些野菜却成了餐桌上的珍品，我深感时代的变迁！物换星移，野鸡也能变凤凰的！那时学校为了"劳逸结合"也都减少了上课的时间，体育课似乎也取消了，以减少学生的活动量，即使如此仍是吃不饱，常常是半块窝头、一碗棒子面粥再加几块咸菜就是一顿饭，那时最大的愿望就是能够吃顿饱饭，从此知道了人生没有什么比能吃饱饭更重要更幸福的了。我常常饿得心里发慌，记得有一次，我刚刚走出屋门，就觉得头晕，一时天旋地转，然后摔倒在地上昏迷过去，当我醒过来后，自己正躺在姥姥的怀里，姥姥和母亲大声地呼叫我的名字，我微微地睁开眼睛，姥姥端过一碗红糖水喂到我的嘴里，喝下后我才慢慢地缓过劲来。姥姥含着泪说："这孩子是饿的呀！"从此后每次家里分饭，姥姥都会特意给我略多分一点，怕我再饿昏过去！

这年家里的生活越发地艰难起来，母亲也在这时不得不出门做工以维持家用。我的父亲和母亲都是不善言谈的人，又都去上班了，与我们几个孩子交流更少，也很少过问我们的学习功课了。父亲在我的印象中是不苟言笑的，他似乎也无什么爱好，唯一的嗜好就是每天要喝上二两小酒。我曾为他做过的事，就是时常按照他的吩咐到扁担胡同的小铺，给他打上二两酒拿回家。扁担胡同是位于海运仓胡同旁边的一个南北向的细长的胡同，胡同中间横向穿插着东西向的一条细胡同，东边的叫东颂年胡同，西边的叫西颂年胡同，其形确是像个扁担，真是名副其实呢。那个胡同里有个小铺可以打零散的酒，那是我童年常常光顾的"商店"了。我常常拿了一个小酒瓶，走进那家小店，从与我个头差不多高的柜台边把酒瓶和一毛零钱递上去，说声："打二两酒！"于是售货员就会打开台子上的黑色酒坛，用一个木质的小酒勺打了一勺酒出来倒进我的酒瓶，我即拿了回家。走在路上我常疑心，那酒瓶里的酒一定是很好喝的东西吧？不然父亲老要我打给他喝呢！而且每每见到父亲在喝酒时，总是用个小酒盅把酒用热水温过，然后慢慢地咂着酒，似乎在品着什么？他的脸上逐渐地泛出淡淡的红光，平时紧绷的脸开始舒缓下来，只有这时才能看到他轻松而舒坦的模样。有一次打酒回来的路上，我很想要验证一下自己的疑心，于是偷偷地喝了一小口，只感到又辣又呛，并未觉得有什么好喝的味道，我却纳闷"酒那么难喝，为何他却喜欢"？！直到后来我去了内蒙古农村插队，在经过艰苦的劳动之后，一次与当地的老乡一起"打平伙"，就是大家一起盘腿坐在土炕上围成一圈，花两块钱打一小桶烧酒，每人倒上一大饭碗酒，中间一盆炒鸡蛋就是唯一的酒菜，然后大家一起喝酒，那是我第一次喝酒，刚开始还是小口抿着喝，老乡说"这样喝不够劲儿，要大口喝才好"！于是我也学着老乡的样子，大口地喝下去，烧酒进到肚里，像是有团火在燃烧，人顿时兴奋起来，生活的艰辛与苦恼似乎都被这团火瞬时燃成了灰烬，那是我和老乡一起时最快乐的时光。我这时似乎开始明白了我父亲那时为何爱喝酒，只有经历了人生的酸甜苦辣之后才能喝出酒的味道吧！

父亲对待我们是严厉的，孩子们也多怕他，只有我从小倔强而刚烈，从不肯低头服软，因此也常会顶撞他。记得我很小的时候，就经常听姥姥和母亲对我讲："你是双通贯手，不要轻易打人，你的手是能打死人的！"我却不以为然！有一次，我与别的孩子打了架，当时为什么事打的架现在已无记忆了，但记得当时是别人先打了我，我后来还了手，结果对方的家长却带着那孩子找到我家来告状，硬说是我先打了他家的孩子，不依不饶。父亲当时正好在家，我大声地申辩，可他却不听，顺手拿起鸡毛掸子劈头向我打来，于是在鸡毛掸子还未落到我的头上时，我即夺门而出，我一直跑出很远，还听到他在后面高声喊着："你有能个儿就别回家！"我在外面一直待到天黑，宁可饿着肚子也不肯回家，我心里知道，天晚了姥姥一定会来找我的。天已经很晚了，我躲在附近扁担胡同的墙角处胡思乱想，姥姥找到了我，叫我回家，我仍旧不肯回去。姥姥说"我知道你是受了委屈的，受了委屈原是要生气的"。听了姥姥的劝慰，我才舒了心，于是跟姥姥回了家，姥姥把我带到她的房间，拿出她特意给我留的饭菜，让我吃过，一夜无事。但从那以后父亲确是不曾用鸡毛掸子"威吓"过我了。我母亲继承了姥姥善良的本性，年轻时是美丽的，我至今仍旧清晰地记得，母亲年轻时怀里抱着刚满一周岁的我，拍的那张照片，她秀发披肩，面容端庄、典雅，眼里流出慈祥的光。但她却因不得不过早地担起家庭的重担而日渐沧桑，特别是父亲去世以后，二哥又得了肺结核病，每月看病打针的钱也全部要从母亲微薄的薪水里支付，家里的生活更是雪上加霜，她不得不一个人担起了全家七口人的全部负担，经常找人借钱勉强度日，可以想象对于她这样一个从来不肯开口求人的人是何等煎熬，尽管如此母亲每月拿回薪水总是先把借别人的钱还上，即使月底再借也绝不肯拖欠别人的欠款，从那时便很少能看到她的笑容，不知她曾暗暗地吞下多少的泪水。姥姥经常与我们在一起，她虽爱与我们谈话，但她没有上过学，也不识字，我们上学的功课她是无能为力的，因此我们自从上学，功课就放任自流了。

· 用功 ·

记得大约在我上四年级时，不知什么原因开始懂得要用功学习，上学开始认真地听课了，学习成绩也很快在班里名列前茅，还因此被选为班里的中队主席。但刚上五年级不久，我就得了急性黄疸型肝炎，不得不休病假在家里。那时家里的生活困难，而我们孩子看病又都是自费，大医院是看不起的，更不可能住院治疗，因此只有姥姥经常带了我到东四附近一个小的门诊部去看病，每次拿了一些中药回来要我吃。我至今依然能够回忆起她穿了棉布长衫，寒风凛冽，她领着我在胡同中一步一步走路的背影。为了怕我的病传染给别的孩子，我搬去和姥姥一起单独吃住，由她主要来照看我，记得姥姥当时说："没关系！我不怕传染。"每次做饭，她总是单独蒸个馒头给我吃，自己吃棒子面窝头，我看在眼里于是掰了半个馒头给姥姥，她却说："你有病，先要紧着你吃，把病养好比我吃什么都强！"她依然还是吃窝头就咸菜，这情形至今让我想起来都不免泪落神伤。

哥哥怕我一人天天在家里待着太闷，有一次，就给我找来一只小鸟，据说叫"驻点"，样子像是麻雀，但在头顶中间有一个红点，它虽然长相一般却是极聪明的。我在家闲得没事时就开始训练它，我用纸壳做了一个长方形的小盒子，在盒盖的中间粘上一个三角形的提手，在盒子里放了些它喜欢吃的黍子粒。我把立在短杆上的"驻点"拿下来，先让它看一下盒子里的黍子，然后再把盒盖盖上，带它走到离盒子一米左右的地方，然后把它放开，它就会飞到盒子上，用嘴叼住盒盖上的三角提手自己打开盒盖去吃里面的黍子。如此逐渐地拉远距离，最后即使让它离开十几米、二十几米的距离它也能准确地飞到那个小盒子上，打开盒盖吃到黍子了。还有一种训练方法是：我用纸壳做了一个小红旗，把"驻点"放在对面，我一吹了口哨，它便会飞过来叼起我手中的小红旗，然后再飞回去，我把小红旗从它的嘴里取下，给它吃几粒黍子，如此往复很好玩，它曾经在我一人生病在家感到孤独时，给我带来了无穷的欢乐。但是还没等我的病好，它却莫名其妙地死了，我不知是什么原因，心里伤心极了，特意把它埋在我家的小菜园里，为此闷闷不乐了好几天。

这段时间我还叫家里人给我到处借小人书来读，记得当时读了许多小人书呢，包括巴金的《家》《春》《秋》，印象最深的还是高尔基的《在人间》，我那时看的应是电影版的小人书吧，仍旧记得高尔基小时家里很穷，没有钱上学读书，于是当他在别人家做学徒工时，就利用晚上的时间，点了蜡烛看从邻居家借来的书，后来被老板娘发现了，把蜡烛没收，于是高尔基晚上就用铝锅反射的月光来读书。我至今记得小人书上的那页画面，高尔基趴在窗前的桌子上，前面放着一个侧立的铝锅，室外的月光照在铝锅上反射出微弱的光线，再照在书上，高尔基聚精会神地在读着书，他说的"我扑在书上，像饥饿的人扑在面包上一样"这句话深深地印在我的心中。我那时似乎开始朦胧地感到了读书的乐趣，虽然读到高尔基的原著小说《在人间》已经是在我上中学之后了。还记得后来又读到过一本讲中国古代"囊萤映雪"故事的小人书，古代有个人家里很穷，没钱买灯油供他晚上读书，一天夜里他忽然看到许多萤火虫在低空飞舞，一闪一闪的光点，在黑暗中有些耀眼，于是他找了一个白绢口袋，抓了几十只萤火虫放在里面，再扎住袋口，把口袋吊起来，当作灯来读书。于是我也想学一学，在夏天的一个晚上我便抓了十几只萤火虫，把它们放在一个小瓶子里，一个人躲在黑暗的屋子里，看到萤火虫在瓶子里，确是像一颗颗的小星星在闪烁，充满诗情画意的温馨。我试着拿本书来看，却也只能在黑暗中看到很窄小范围的几行字，不仅辨认很吃力，也很容易厌倦，我想那个用萤火虫来看书的人一定要有很强大的意志力吧，而且我断定他的视力后来一定变得很差呢！写到这里，使我又回想起，我中学之后，到内蒙古农村去插队，那时每日经过一天艰苦的劳作，从地里干完活回到窄小的土坯房，趴在土炕上，在一盏用小药瓶改装成的小煤油灯下读书的情景（因为那时我插队的农村还没有电灯），虽然豆大的火苗是暗淡的，也照不出多远，但我却能够如醉如痴地不倦读书，并时时地想起童年时，读到的那两本小人书，高尔基用铝盆反射月光读书和"囊萤映雪"的故事，比起他们我那时应算是幸运的呢！

中午时分，我常常喜欢坐在邻居三姥姥家或对门光夏家门口的台阶上听收音机里广播的评书，因我家那时没有收音机，记得院子里只他们两家有，而我确实被每天广播的《林海雪原》《红旗谱》等评书深深地吸引住了，因此中午时经常是坐在邻居家的门口一边端着碗吃饭，一边听评书。姥姥不知出于什么心思常常警告我说"一边吃饭一边听书，是会把书就着饭吃掉了的"。然而我不知书是否"就着饭吃掉了"，只是小学学过的语文早已忘记了，那些评书的每一个情节至今仍旧记得呢！

　　每天快到傍晚时，我喜欢站在胡同口看那过往的行人和金色的夕阳。在我的印象中有两个人时时出现在我的视野中，一个是残疾人，经常看到他拄着一个拐棍，身体弯得比九十度都要低，脖子又弯成九十度朝外歪着，斜着眼，咧着嘴，一步一步蹒跚着从门前走过，他的样子很可怕，胡同的小孩有时看到他会用小石头扔向他，他却从来也不说一句话，只是慢慢地向前走不会停下来，我不知他是从哪里来，向哪里去？也不知他为何变成这般模样，但每当看到他那蜷缩变形的背影，心里总是生出一股怜悯之情！另一个是漂亮的女孩，我常见她从门前走过，她梳着两个齐肩的小辫，辫稍打着两个粉色的蝴蝶结，身形苗条，夕阳洒在她那鸭蛋形的脸上，勾画出淡淡的明暗分明的娇媚轮廓，她手中时常轻轻地握着一条白色的手帕，步履轻盈地走过，每当我见她从远处走来，就会觉得心跳加速，总想多看她几眼，一旦她走近又怕被她看见，连忙躲到门洞里，待她走过去，再出来看她那披着霞光婀娜的身姿优雅的背影，不知为何，似乎总会在心底荡起一点点涟漪，也许《洛神赋》中所形容的"翩若惊鸿，宛若游龙"就是这样的吧！只是那时还不懂这些形容词，只觉得她很好看，等到懂得了这些形容词后却不再能看到她了，但那"飘飘兮若流风之回雪"的身影常常浮现在我的脑海中。长大后，一次偶然的机会听邻居说起她，似乎是嫁给了一个年龄比她大很多的男人，心中那娇美的形象从此消失了。

由于在家休学，担心上学后学习跟不上，我也利用这段时间开始自学，并没有任何人教我，也不曾有谁来督促我，也许我后来的自学能力最早即是从这时养成的吧！

两三个月以后姥姥带我去门诊部做了检查，我的肝炎各项指标都正常了。我和姥姥及家里人都很高兴。于是我又能去学校上学了。不久就迎来了期末考试，老师和同学都认为我这次的考试成绩一定不好，因为我落掉了太多的功课。老师和母亲都知道我要强，怕我承受不了，提前都安慰我说："你生病好几个月没上课，这次如果考不好也没关系，大家都能理解。"我没有说什么，但到考试结束，一公布成绩，我得了双百分，仍是班里成绩最好的学生之一。

于是老师在班里特别表扬了我，母亲和邻居知道了也是一见面就夸我说："生病休学好几个月，还能考双百，将来是能考状元的呢！"我听了自然很高兴，这样的鼓励也激发了我在学习上想要付出更多努力的决心，虽然那时还不知"状元"为何物！但到六年级毕业时学校确实是发了我一张"金质奖状"的奖状，从此我结束了自己的童年生活。

五、尾声

我现在年事已高，回忆起童年的生活，虽有心酸但大多仍是那样的甘美，虽然一切都很平凡，但撰写时我感受到逝去的岁月又得以重现，似乎又一次跟 60 年前的我重新生活在一起，也可以说我的生命因此而再延续！

如今，我偶尔仍会在海运仓胡同漫步，但那早已不是我童年时的模样了。东直门城墙和城楼在 1966 年即已拆除，原来的城外护城河也已变身成了东二环公路，而那护城河下现在则运行着北京的地铁，海运仓胡同连同附近胡同的平房四合院，在 1999 年的北京城市改造中也已荡然无存，城里的平房四合院大部分已被高楼大厦取而代之了，只有胡同的名字保留了下来。我从东头向西头慢慢地走去，回忆着过去，我多么想再见到我童年时期的足迹，摸一下那我曾经光着脚跑过的带着泥水的土地，但却只有黑硬而发亮的柏油马路在阳光下闪着光。不知怎的，我又想起了 20 世纪 80 年代初，我到美国留学时过的第一个中秋节，夜晚我孤独地站在门前的草地上，对着孤悬在天空上的月亮，那样热切地思念祖国，思念家乡，那时多想抓起一把家乡的泥土贴在心窝上，但脚下却是异国他乡的泥土，我恨自己为何出国时忘记了带一把家乡的泥土。

这时我忽地抬头望去，只见如血的夕阳正缓缓地变暗，金色的余晖洒在一幢幢高楼上，折射出或明或暗的光影。天边一抹彩霞依旧是那般绚丽，如同我童年时见到的模样！

下篇　一路一诗

北海道雪夜泡温泉 ①

雪花飞落定山溪，寒罩温泉热气低。

身半冰心身半火，人生何处两相迷。

弘前城冬景（新韵）②

雪压樱树万条低，玉叶琼枝入眼迷。

景色此时应更好，赏花何必鸟春啼。

小樽雪后 ③

雪落边城暮色迟，华灯初照运河时。

《情书》寄处知谁复？路上行人叹客痴。

---

① 2019 年 1 月于日本北海道札幌定山溪温泉。

② 2019 年 1 月于日本青森弘前城公园。

③ 2019 年 1 月于日本北海道小樽市。位于北海道海边的城市小樽，以它古朴的邮局、典雅的咖啡馆和白雪覆盖的古运河著称，《情书》小说和同名电影的闻名，更给小樽市增添了一层浪漫、哀伤的情调。

函馆夜景①（新韵）

登高函馆望峡湾，星落银河两半圆。

明月碧波山映雪，万家灯火下渔船。

元夜有灯无月②

时逢元夜万灯垂，不见天空玉兔随。

众里寻他千百度，人思明月月思谁？

京城年初雪③

何故经冬不肯来，初年却把锦花裁。

为辞旧岁争春色，装点寒枝胜腊梅。

---

① 2019年1月于日本北海道函馆。登上函馆山俯瞰津轻海峡，海湾的函馆街灯和渔灯交织在一起，在海中形成两个巨大的半圆，如同镶着金钻的香奈儿的图标。

② 2019年2月于北京。

③ 2019年2月于北京。

感言①（新韵）

屈指悬车近两年，途行万里总清鲜。

身无役役尘中累，心有陶陶世外闲。

暂借空山新雨后，再邀堆雪大江前。

青峰踏遍休言老，古井犹能起浪翻。

尼波山摩西的蛇杖②（新韵）

摩西往事越千年，红海劈开命自天。

蛇杖空余神法力，徒留遗恨望迦南。

---

① 2019 年 3 月于北京。

② 2019 年 3 月于约旦尼波山。据《圣经》记载，三千多年前，先知摩西受上帝的指引，带领犹太人出埃及，到上帝的应许之地迦南。他在危机时，用蛇杖劈开红海，逃脱了埃及军队的追击。但当到达尼波山，远望见迦南之地时，他却死在此山上。山上至今有摩西手执蛇杖的高大塑像。

死海漂浮 ①（新韵）

世界都闻死海名，远来大雨不曾停。

忽开好个晴天洞，一叶漂浮任自行。

耶路撒冷哭墙 ②（新韵）

哭墙屹立两千年，苦难重重筑里边。

可是天公偏有意，呼来大雨透心寒。

巴勒斯坦隔离墙 ③

高高墙网立中坚，圣主耶稣住两边。

但乞何时挥圣手，拨云更有一重天。

---

① 2019 年 3 月于约旦死海。
② 2019 年 3 月于以色列耶路撒冷。耶路撒冷著名的哭墙，见证了犹太人两千多年历经的重重苦难。这天来到哭墙边，正遇大雨倾盆，可是天意！
③ 2019 年 3 月于巴勒斯坦。巴勒斯坦和以色列之间筑有长约 700 千米、高 8 米，钢筋混凝土和高压电网组成的坚固隔离墙。耶稣的圣诞大教堂位于巴勒斯坦境内，而圣墓大教堂却位于以色列境内。

约旦玫瑰古城 ①

玫瑰古堡两千年，神殿厅廊峭壁悬。

玉刻精雕谁创造，残阳如血染山巅。

耶稣苦路十四站 ②

橄榄山头望圣城，耶稣苦路总悲情。

手搓石板血犹热，莫负苍天死与生。

---

① 2019年3月于约旦。佩特拉古城是两千多年前，在撒哈拉山粉红色的山石峡谷上，古人手工开凿而成，因山岩呈玫瑰色，又称玫瑰古城，是约旦最负盛名的古迹，也是世界新七大奇迹之一。

② 2019年3月于以色列耶路撒冷。从耶路撒冷的橄榄山上，可以俯瞰圣城全景。耶稣当年就是沿着橄榄山走下，在被判死刑后，他背负沉重的十字架，经过十一站，被钉死在十字架上（十二站），他的遗体被从十字架抬下放在一块血红色的石板上（十三站），三天后，耶稣在停放他的山洞里复活（十四站）。

游法源寺^①（一）

法源寺里树千枝，正是丁香绽放时。

游客只夸花色好，而今谁记向天诗。

游法源寺^②（二）

法源寺里悯忠台，百结千年解未开。

雪海问花花不语，凝香独自落尘埃。

北海涠洲岛^③

茫茫北海前，小岛似星悬。

滴水丹屏阔，凌空火石坚。

汤翁诗有泪，梅尉岭生烟。

合浦还珠日，人间月更圆。

---

① 2019 年 4 月于北京法源寺。明末抗清名将袁崇焕和清末反清志士谭嗣同
被杀后，都曾被人暗中背至法源寺内超度。谭嗣同曾赋绝命诗"我自横刀向
天笑，去留肝胆两昆仑"。

② 注："百结"即丁香花别称。

③ 2019 年 5 月于北海涠洲岛。中国明代伟大的剧作家汤显祖，曾被贬谪至
此，写下"为映吴梅福，回看汉孟尝。弄绡珠有泪，盘露滴君裳"的诗句。

念奴娇·丝绸之路 ①

丝绸古道，见孤帆远影，荒沙戈壁。汉韵唐风何处是，万里霜空凝碧。胡乐西珠，宋瓷明玉，苦雨驼铃滴。地天辽阔，至今烟树历历。

一带一路重开，举杯邀月，携手风云激。起舞霓裳三界动，应笑何人悲泣。亚铁龙腾，欧桥虹落，大展鲲鹏翼。中华兴复，拭观天下谁敌。

念奴娇·读二十四史 ②

史书读罢，叹江山万里，尽洒疆血。底事千年霜草外，冷眼长空风烈。汉剑秦戈，唐刀宋戟，涂炭元清钺。承平何许？但惊狼火不绝。

刘项烽鼓将消，孙曹又起，五胡侵华阙。乱世英雄争霸业，白骨纷纷如雪。千古功名，如今何在？华夏铮如铁。凭栏谁会，举头天上星月。

---

① 2019 年 5 月于大西北。

② 2019 年 5 月于北京。

忆江南·童年 ①

童年好，世事未知艰。白日街头追粉蝶，绿杨阴下滚银环。能不忆童年。

童年忆，最忆是家园。月下篱墙寻蟋蟀，课余闾巷放风鸢。何日更重欢。

童年忆，临镜对霜颜。尝尽人间千种味，赢来虚室一身闲。何似返童年。

西夏王陵 ②（新韵）

驰骋西陲两百年，天骄至此坠黄泉。

可怜尽洒荒郊血，独剩沙中几粒丸。

贺兰山岩画 ③

贺兰东麓断崖前，栩栩图符欲问天。

岁月无言唯石语，凝思对话五千年。

---

① 2019 年 6 月于北京。
② 2019 年 6 月于宁夏。
③ 2019 年 6 月于宁夏贺兰山。

中卫沙坡头 ①

黄河万里此回旋，沙浪千层漫浸天。

落日长留摩诘景，今无大漠起孤烟。

西部影城 ②（新韵）

明清古堡废墟中，妙手春回百鸟鸣。

漫点荒沙书墨色，高粱牧马染深红。

宁夏沙湖 ③

水绕沙丘绿复黄，芦花深处藕花香。

驼铃声里鸳鸯醉，塞北苏南是一乡。

---

① 2019 年 6 月于宁夏中卫。当年王维曾到此，留下"大漠孤烟直，长河落日圆"的千古名句。

② 2019 年 6 月于宁夏镇北堡西部影城。

③ 2019 年 6 月于宁夏沙湖。

海上冰山 ①

海上飘来一座山，堆琼滴翠美如仙。

莫非瀛岛从天降，水下安知险万千。

布雷顿角岛——天际线 ②

云吻山头水吻天，凌空一道海崖悬。

鲲鹏不见同风起，却有长鲸跃上边。

圣玛丽岛观塘鹅 ③

银浪千层上碧天，陡崖万丈海中悬。

塘鹅一旦随风起，疑是晴空雪满川。

---

① 2019 年 7 月于纽芬兰特威林盖特。
② 2019 年 7 月于纽芬兰布雷顿角岛。
③ 2019 年 7 月于纽芬兰圣玛丽岛。

尼亚加拉大瀑布 ①

长河一去自滔滔，忽入平原地断腰。

万丈悬崖何处去？转身化作练千条。

遣兴 ②（新韵）

心同野鹤本无机，早步幽林暮向溪。

明月诗书闲做伴，唯觉山水是吾期。

忆雨中访虎丘剑池 ③

雷雨声中访虎丘，深潭碧水恨悠悠。

空藏池下三千剑，难保夫差项上头。

---

① 2019 年 8 月于加拿大多伦多。

② 2019 年 8 月于加拿大多伦多。

③ 2019 年 9 月于加拿大多伦多。

蟋蟀 ①

霜寒渐近起秋声，蟋蟀还留几日行。

纵使相逢犹举剑，互残同类为谁鸣。

撒哈拉沙漠与三毛 ②（一）

大漠荒原万里沙，孤身极目望天涯。

无情却有真情在，试看三毛一束花。

撒哈拉沙漠与三毛 ③（二）（新韵）

天空飘落万千沙，洒向人间化锦霞。

谁解三毛多少爱，夕阳血染撒哈拉。

---

① 2019 年 9 月于加拿大多伦多。

② 2019 年 10 月于摩洛哥梅祖卡撒哈拉大沙漠。

③ 2019 年 10 月于摩洛哥梅祖卡撒哈拉大沙漠。

撒哈拉沙漠之夜 [①]（新韵）

仰望沙丘望夜空，银河流荡卷云龙。

凡·高心底应曾见，童稚当年似梦中。

蓝色小镇——舍夫沙万 [②]

蓝天蓝地映蓝墙，碧海翻波宝石光。

小巷门前花满树，台阶白犬卧斜阳。

沃鲁比利斯古城遗址 [③]

罗马雄城世界连，凯旋门外舞常旋。

残墙断柱人何在？壁画徒留忆旧年。

---

① 2019 年 10 月于摩洛哥梅祖卡撒哈拉大沙漠。

② 2019 年 10 月于摩洛哥舍夫沙万。

③ 2019 年 10 月于摩洛哥梅克内斯。

菲斯古城 [①]（新韵）

泥墙石板早炊烟，窄巷终迷百道弯。

运货毛驴闲步影，时光停滞两千年。

深秋雨夜 [②]

急雨潇潇暮色迟，枫林应是落红时。

秋风且莫殷勤扫，留待明朝好作诗。

晚秋步小溪谷 [③]

溪谷寒风起，萧萧坠叶鸣。

遥闻泉石响，恐是咽秋声。

---

① 2019 年 10 月于摩洛哥菲斯古城。

② 2019 年 10 月于加拿大多伦多。

③ 2019 年 10 月于加拿大多伦多。

溪谷踏秋 ①

野谷踏秋归，林深日影微。

时闻泉石响，但见水禽飞。

遣兴 ②

平生偏爱水云间，世事翻波自等闲。

梦里花开花落后，看山还是旧时山。

奇琴伊察金字塔 ③

高塔层层入碧天，暗同历法两千年。

羽蛇光影凌霄下，玛雅如何不信仙。

---

① 2019 年 10 月于加拿大多伦多。

② 2019 年 10 月于加拿大多伦多。

③ 2019 年 11 月于墨西哥奇琴伊察。

伊克基尔天坑 [①]

谁抛碧玉化深潭，藤蔓清流百丈悬。

但下瑶池来仰泳，何须转世作神仙？

奇琴伊察玛雅大球场 [②]

千年广场赛何球？不赌金牌却赌头。

胜者终归谁可料，祭司台上垒骷髅。

海泳 [③]

仰泳朝天荡碧波，眼前蝴蝶影婆娑。

忽然栩栩形中去，梦蝶庄生蝶梦何？

---

① 2019 年 11 月于墨西哥坎昆。

② 2019 年 11 月于墨西哥奇琴伊察。

③ 2019 年 11 月于墨西哥坎昆。

雪后红枫 ①

高台一树枫，坠雪簇深红。

落木萧萧下，凌然独破空。

闲居 ②

饭后清茶一两杯，诗书闲把暂眉开。

独吟不觉天将雪，松鼠先知觅食来。

读知晓"七律" ③

新刊七律细吟时，正对窗前雪满枝。

碎石一堆难作景，琼琚句句是君诗。

---

① 2019 年 11 月于加拿大多伦多。

② 2019 年 11 月于加拿大多伦多。

③ 2019 年 11 月于加拿大多伦多。"七律"指知晓刊登于《中华诗词导刊》
的诗"读刘凤池诗集《诗与远方》"。

寄友 ①

半世沧桑鬓已衰，逢时每忆望乡台。

劝君更上华山顶，满目风光入眼来。

读楚汉"鸿沟盟约" ②

鸿沟一道锁寒云，汉楚相持此界分。

若使项王先背信，不知天下唤谁君。

萧何与韩信 ③

千古高名后世垂，荒郊寒骨更堪悲。

当年只解追韩信，竹剑丛中却怨谁？

---

① 2019 年 12 月于北京。
② 2019 年 12 月于北京。
③ 2019 年 12 月于北京。

读温庭筠"过五丈原"诗①

铁马雕云已绝尘，蜀山冷落柳营沦。

卧龙空耗三军力，未必谯周不识人。

破阵子·战疫情②

荆楚寒凝大地，龟蛇雾锁长江。万里山河蒙疫虐，亿户家门闭祸殃。国人惊断肠。

天使白衣亮剑，铁军赤胆横枪。怒斩妖魔驱鬼魅，不让阴霾遮日光。神州春草芳。

庚子年春雪③（新韵）

长街十里静无人，万户千家紧掩门。

却有飞花偏解意，窗前漫舞报来春。

---

① 2020 年 1 月于北京。
② 2020 年 2 月于北京。
③ 2020 年 2 月于北京。

庚子年腊梅 ①

楼下黄梅一两枝，凌寒独自绽开时。

江山万里阴霾日，犹吐清香不肯迟。

默拉皮火山 ②

烈火冲天起，熔岩破万家。

百年无鸟迹，千里少桑麻。

云澹星垂野，山空月映沙。

茫茫灰岭上，独绽一枝花。

棒槌山 ③

棒槌山上棒槌悬，直入云霄试问天。

此物谁言愚且鲁，群峰引领数千年。

---

① 2020 年 2 月于北京。

② 2020 年 5 月于北京。今闻我于 2016 年去过的印尼默拉皮火山再次喷发，于是又成诗一首。

③ 2020 年 10 月于承德。

绮望楼望月 ①

绮望楼头望月圆，旧时曾照御书前。

清光今夜应如故，来伴何人卧榻边？

粉黛子花海 ②

云霞几片气氛氲，粉黛花开色已均。

美女丛中争一笑，回眸等待是何人。

坝上草原奇景 ③

坝上秋风醉欲酥，河边草木景皆殊。

同源何以非同道，远水繁荣近水枯。

---

① 2020 年 10 月于承德绮望楼。绮望楼曾是当年乾隆帝的读书赏月之处，而今改为宾馆。

② 2020 年 10 月于北京。

③ 2020 年 10 月于北京。坝上草原秋天水边奇景，远水草木繁荣，而近水草木皆枯死。据说是因其离水太近根腐烂而死，正合哲理"过犹不及"吧。

游潮州忆韩文公 ①

文公愚直不宜官，空负高才仕路难。

却是村民偏有意，潮州山水尽名韩。

滇池观红嘴鸥 ②

滇池一月海波西，玉羽飞来落满堤。

我与白鸥相对笑，蜗名蝇利不须提。

抚仙湖 ③

抚仙湖畔有何仙？一月樱花绽满川。

万顷琉璃清见底，水晶宫下古沉滇。

---

① 2020 年 12 月于潮州。唐韩文公（韩愈），性耿直，仕路艰难，多遭贬谪。但在被贬潮州时，为民除害，兴水利办教育，深得人心。为感其德，潮州人将潮州鳄鱼溪改名韩江，笔架山改名韩山，并于此修建了韩文公祠。

② 2021 年 1 月于昆明。

③ 2021 年 1 月于云南抚仙湖。抚仙湖是云南的第三大湖，中国的第二大深水湖，湖水晶莹剔透，清澈见底。相传有二仙来此不归天，据说湖底沉有古滇国遗址。

元阳梯田（新韵）①

天梯十里挂云山，晨起炊生袅袅烟。

万丈银蛇盘锦绣，百层霞彩映流丹。

张颠狂草输三色，禹玉溪图愧半边。

一缕佛光惊晓照，哈尼千载垦耕田。

燃沉香读诗②

霓裳一曲袖回雪，洛水凌波影动摇。

半卷诗书闲入梦，沉香几缕醉闻箫。

天坛杏花喜鹊③

老树新花互映时，手机频举客如痴。

谁人更解春风意，喜鹊飞登第一枝。

---

① 2021 年 1 月于云南元阳。

② 2021 年 1 月于北京。

③ 2021 年 4 月于北京天坛。

凤凰古城 ①

凤凰城里凤凰游，凤自高飞水自流。

点点渔船摇碧影，蒙蒙烟雨上层楼。

崇文笔墨书香在，将府刀枪胆气留。

日暮笙歌灯火处，苍山如海月如钩。

天问台（新韵）②

天问台前再问天，屈平来此赋千言。

如今飞探行星去，可解君疑第几篇？

凤凰台 ③

凤凰台上凤何留，烟雨沱江吊脚楼。

浊酒一杯诗一首，人生有味自悠悠。

---

① 2021 年 4 月于湖南凤凰城。

② 2021 年 4 月于湖南德夯玉泉溪峡谷天问台。

③ 2021 年 4 月于湖南凤凰城南华山凤凰台。

矮寨大桥[1]

峡谷飞桥半入天，千峰脚下走云烟。

眼前银浪推之去，行至中途已化仙。

重游恭王府（新韵）[2]

和珅府邸又重游，银殿金砖玉苑楼。

万画祈蝠终变祸，千屋藏宝为谁留？

一床一室堪足用，一饮一食何复求？

看淡世间名与利，寿福自有不需筹。

重游瞿塘峡（中华通韵）[3]

瞿塘别梦四十年，故地重游鬓已斑。

楚水虽非当日水，巴山还是旧时山。

潮平赤甲夔门阔，夕照孤城郁岛悬。

白帝不知何处去，祠堂千载渺云烟。

---

[1] 2021 年 4 月于湖南德夯矮寨大桥。

[2] 2021 年 5 月于北京恭王府。

[3] 2021 年 6 月于三峡奉节。

重游三峡 ①

长江险峻已非前，故地重游四十年。
但使飞登群嶂顶，又开眼界一重天。

三峡神女天路 ②

飞驰天路步峰巅，俯瞰长江万壑穿。
神女应邀来对饮，巫山云雨更无前。

三峡人家 ③

西陵峡上山如画，龙进溪前碧水流。
最是丹青生色处，白帆红女立船头。

---

① 2021 年 6 月于长江三峡。
② 2021 年 6 月于三峡巫山神女天路。
③ 2021 年 6 月于三峡人家。

宜昌三国遗址有感 ①

争雄荆楚战难休，关羽张飞尽断头。

千古兴亡谁与论，人和天地更何优？

三游洞 ②

三游洞里我来游，不敢题词在上头。

自古赋诗千万首，如今只有白苏留。

屈原故里照面井 ③（新韵）

水清水静水无澜，照面能分忠与奸。

自古来人谁敢照，如今可否识贪官？

---

① 2021 年 6 月于宜昌西陵峡三国遗址。

② 2021 年 6 月于宜昌三游洞。

③ 2021 年 6 月于秭归屈原故里。

武汉一天四地游^①（新韵）

东湖荷畔踏车行，黄鹤楼头黄鹤情。

武大樱园花已过，归元寺里悟禅经。

阿尔山天池^②（一）（新韵）

玉女山头静入禅，不知何去不知源。

云龙雷雨全收尽，莫教红尘起浪翻。

阿尔山天池^③（二）（新韵）

百丈山头百尺潭，水澄水碧水无澜。

清流若道无鱼跃，潜鸟因何戏上边？

---

① 2021年6月于武汉。

② 2021年7月于内蒙古阿尔山天池。阿尔山天池水，即无进水口又无出水口，但却久旱不涸，久雨不溢，始终保持在同一水位线，叹为神奇！

③ 2021年7月于内蒙古阿尔山。阿尔山天池水清澈无鱼，但却见池水上有几只潜水鸟在嬉戏，不知所为何来？

阿尔山杜鹃湖 ①

褐岩碧水影徘徊，神女凌波沐浴来。

莫道此时花色少，杜鹃花落石花开。

呼伦贝尔七仙湖 ②

草原千里望无边，翡翠平湖一串连。

仙女谁曾来沐浴，牧民铁骑不须鞭。

钱塘潮 ③

枕上惊闻万马鸣，推窗但见玉山倾。

长风猎猎翻江海，伍子千年尚不平。

---

① 2021 年 7 月于内蒙古阿尔山。阿尔山杜鹃湖，此时虽然杜鹃花已落，但由于到处散布的长满苔花的火山石，亦如山花烂漫，装点着湖光山色。

② 2021 年 7 月于呼伦贝尔草原七仙湖。

③ 2021 年 9 月于海宁盐官镇。"伍子"指伍子胥，屈原《九章》中"伍子逢殃兮，比干菹醢"。

钱塘交叉潮①

越甲吴兵列阵开，铁戈银剑涌潮来。

两军交战谁言胜，且看惊涛裂岸回。

钱塘回头潮②

江潮滚滚向西流，横撞长堤掉转头。

怒作滔天千尺浪，粉身碎骨不言休。

钱塘半夜潮③

夜半惊闻虎啸声，潮头一线海天横。

雪飞浪涌须臾过，江水悠悠照月明。

---

① 2021 年 9 月于海宁大裂口。

② 2021 年 9 月于海宁老盐仓。

③ 2021 年 9 月于海宁盐官。

雷峰塔 ①

雷峰塔影历千秋，倒后如何又复修。

法海深藏蟹甲内，白蛇可否再重游。

虎跑泉泡龙井茶 ②

禅寺重来四十秋，最思泉水煮茶柔。

如今身价高千倍，原味因何不再留？

花筑·暖树·民宿 ③

乱花庭院乱飞花，暖树民居暖似家。

但使西湖来做客，金秋月下品新茶。

---

① 2021 年 9 月于杭州新雷峰塔。

② 2021 年 9 月于杭州虎跑。

③ 2021 年 9 月于杭州花筑·暖树民宿。

青虾 [1]

江海波涛任自游，长戈坚甲笑王侯。

生来虽有成龙态，一旦身红万事休。

天平与指南针（新韵）[2]

天平谁重向谁偏，不论黑白与淡咸。

哪似磁针多定力，东西再好总朝南。

钟表（新韵）[3]

分分秒秒竞争先，日夜催人莫等闲。

即使重新归起点，可惜已不是昨天。

---

[1] 2021 年 10 月于北京。

[2] 2021 年 10 月于北京。

[3] 2021 年 10 月于北京。

气球 ①

气球吹气便升天，翘首飘飘自比仙。

一旦皮囊戳个洞，粉身跌落化尘烟。

蜘蛛 ②

蜘蛛结网罗，关系自然多。

一旦风波起，游丝剩几何？

立冬 ③

忽来寒夜雪加风，秋色千枝一洗空。

唯有庭梧真国士，琼花托起笑苍穹。

---

① 2021 年 10 月于北京。

② 2021 年 10 月于北京。

③ 2021 年 11 月于北京。